U0120963

后浪

唐人绝句精华

刘永济 编著

江苏凤凰文艺出版社
JIANGSU PHOENIX LITERATURE AND
ART PUBLISHING

图书在版编目（CIP）数据

唐人绝句精华 / 刘永济编著 . —— 南京 : 江苏凤凰
文艺出版社 , 2024.1（2024.7 重印）

ISBN 978-7-5594-7752-1

Ⅰ . ①唐… Ⅱ . ①刘… Ⅲ . ①绝句 – 诗集 – 中国 – 唐
代 Ⅳ . ① I222.742

中国国家版本馆 CIP 数据核字 (2023) 第 185343 号

唐人绝句精华

刘永济　编著

编辑统筹	尚　飞
责任编辑	曹　波
特约编辑	梁子嫣
装帧设计	墨白空间·Yichen
内文排版	文明娟
出版发行	江苏凤凰文艺出版社
	南京市中央路 165 号，邮编：210009
网　　址	http://www.jswenyi.com
印　　刷	北京盛通印刷股份有限公司
开　　本	880 毫米 × 1194 毫米　1/32
印　　张	15.5
字　　数	345 千字
版　　次	2024 年 1 月第 1 版
印　　次	2024 年 7 月第 2 次印刷
书　　号	ISBN 978-7-5594-7752-1
定　　价	118.00 元

江苏凤凰文艺版图书凡印刷、装订错误，可向出版社调换，联系电话 025 – 83280257

目录

缘起
及
取
舍
标
准

甲、缘起

我自一九五九年夏患风湿性关节炎后，不良于行，承大学党委关注，暂不开课。但我自考虑，虽一时行动艰难，然坐着做研究工作是无妨的，因念王士祯的《唐人万首绝句选》一书流行虽久，今日读之，尚有当改选之处，久思新选一书而无暇，何不趁此时为之。考王氏素以神韵之说为诗家倡。其说出于司空图、严羽两家，曾编《唐贤三昧集》以张其说[1]。虽人多宗仰，目为大家，而过

---

1. 王士祯论诗主神韵。其《池北偶谈》卷十八载："汾阳孔文谷（天胤）云：'诗以达性情，然须清远为尚。薛西原论诗取谢康乐、王摩诘、孟浩然、韦应物。言"白云抱幽石，绿筱媚清涟"，清也；"表灵物莫赏，蕴真谁为传"，远也；"何必丝与竹，山水有清音""景昃鸣禽集，水木湛清华"，清远兼之也。总其妙在神韵矣。''神韵'二字，予向论诗，首为学人拈出，不知先见于此。"按据此则王氏前已有倡导者。又王士祯《唐贤三昧集·序》曰："严沧浪论诗云：'盛唐诸人，惟在兴趣。羚羊挂角，无迹可求。透彻玲珑，不可凑泊。如空中之音，相中之色，水中之月，镜中之象。言有尽而意无穷。'（按'羚羊挂角'出《传灯录》："义存禅师谓众曰：'我若羚羊挂角，你向什么处扪摸？'"）司空表圣论诗云：'妙在酸咸之外。'康熙戊辰春杪，归自京师，居宸翰堂，日取开元天宝诸公篇什读之，于二家之言，别有会心。"

求空灵，过矜修饰，以吞吐为风致，其流弊所至，遂有"肤廓"与"缥缈无着"之讥[2]。一时诗家如赵执信即援引其前冯班之说以斥其非，并专著《谈龙》一书，抨击甚力[3]。他如施闰章、沈德潜、蒋士铨、宋荦、袁枚、纪昀诸人，均有不满的批评。赵氏《谈龙录》既反对王氏称作诗当如"云中之龙，时露一鳞一爪"，复反对其诗中无人，"人人可用，处处可移"；又引《金史·文艺传》周昂的话反对"文章工于外而拙于内"，皆中王氏要害[4]。至施闰章与王氏交谊很好，然施尝语王门人洪升曰："尔师如华严楼阁，弹指即见。吾诗如作室者，瓴甓木石一一就平地筑起。"则亦不满其缥缈不着实之论也。蒋士铨《忠雅堂集》卷二十六有《论诗杂咏》三十首。其论王诗曰："兰麝绕珠翠，美人在金屋。若使侍姬姜，未免修眉蹙。唐贤临晋书，真意苦不足。"又卷十八有《说诗一首示翰泉》，其

2.《四库全书总目提要》（赵执信《因园集》提要）曰："平心而论，王以神韵缥缈为宗，赵以思路劖刻为主。王以规模阔于赵而流弊伤于肤廓。赵之才力锐于王，而末派病于纤小。"又《四库全书简明目录》（《谈龙录》提要）曰："王士祯与门人论诗，谓当如云中之龙，时露一鳞一爪。赵执信因作此书以排之。大旨主于诗中有人，不当为缥缈无着之语，使人人可用，处处可移。其说足救新城末派之弊，似相反而实相成。"按《提要》以"肤廓"与"缥缈无着"之弊，归之末派，实则王氏自身即有此失。

3. 冯班《严氏纠谬》曰："沧浪论诗，止是浮光掠影，如有所见，其实脚跟未曾点地。故云盛唐之诗'如空中之音，相中之色，水中之月，镜中之象'。种种比喻，殊不如刘梦得云'兴在象外'一语妙绝。"按《严氏纠谬》系冯著《钝吟杂录》中之一卷。王氏《唐贤三昧集·序》首引严说，故冯虽非纠王，纠严即可作纠王用，此赵氏所以乐于援引也，而"浮光掠影""脚跟未曾点地"之论，实中王氏要害。

4. 赵执信《谈龙录》有引金周昂的话一段曰："余读《金史·文艺传》其定周昂德卿之言曰：'文章工于外而拙于内者，可以惊四筵而不可以适独坐，可以取口称而不可以得首肯。'又云：'文以意为主，以言语为役。主强而役弱则无令不从。今人往往骄其所役，至跋扈难制，甚者反役其主，虽极词语之工而岂文之正哉！'"按赵引周说，亦恰中王氏之弊。王氏所作实不免役强主弱，有时且反役其主。周氏所论"文以意为主，以言语为役"云云，尤与"思想性第一，艺术性第二"的理论相合。

略曰："同时王新城，俗士群相推。声色岂不佳，但袭毛与皮。秋谷撰《谈龙》，嫚骂颇有宜。"沈德潜《重订唐诗别裁集·序》曰："新城王阮亭尚书选《唐贤三昧集》，取司空表圣'不著一字，尽得风流'、严沧浪'羚羊挂角，无迹可求'之意，盖味在咸酸外也，而于杜少陵所云'鲸鱼碧海'、韩昌黎所云'巨刃摩天'者，或未之及。"宋荦《漫堂说诗》亦有与沈相同之论曰："近日王阮亭《十种唐诗选》与《唐贤三昧集》，原本司空表圣、严沧浪绪论，所谓'言有尽而意无穷''妙在酸咸之外'者，以此力挽尊宋祧唐之习，良于风雅有裨。至于杜之海涵地负，韩之鳌掷鲸呿，尚有所未逮。"袁枚《随园诗话》中评王之语极多，其卷二第三十八条有曰："阮亭先生，自是一代名家。惜誉之者既过其实，而毁之者亦损其真。须知先生才本清雅，气少排奡，为王孟韦柳则有余，为李杜韩苏则不足也。"此论尚平允。其卷三第二十九条又曰："阮亭主修饰不主性情。观其到一处必有诗，诗中必用典，可以想见其喜怒哀乐之不真矣。或问：'宋荔裳有绝代消魂王阮亭之说[5]，其果然否？'余应之曰：'阮亭先生非女郎，立言当使人敬，使人感且兴，不必使人消魂也。然即以消魂论，阮亭之色，亦并非天仙化人，使人心惊者也，不过一良家女五官端正，吐属清雅，又能加宫中之膏沐，熏海外之名香，倾动一时，原不为过。……'"此论则不免伤于轻薄，评文者不应如此，然"喜怒哀乐不真"之评，却非诬罔。纪昀

---

5. 按今传宋琬《安雅堂集》未刻稿卷五《题冒青若小像》诗有此句，作"绝代诗人王阮亭"。岂初稿作"消魂"，故招来袁枚之讥笑。据乾隆丙戌彭启丰《序》称琬曾手定诗三十卷，后因蜀乱入都散佚，康熙间重刻一本，迥非原书，则宋氏之诗有与原稿不同者，或经重刻改易，亦意中事。

《阅微草堂笔记》卷三《滦阳消夏录》中，载益都李词畹言：秋谷寓一家园中，夜方制一诗未成，窗外有人与之谈话，因日与酬对，但其人不肯入室，且不道姓名。秋谷亦不深究，知为鬼魅，亦不畏惧。"秋谷与魅语时，有客窃听。魅谓：'渔洋山人诗如名山胜水，奇树幽花，而无寸土菽五谷；如雕阑曲榭，池馆宜人，而无寝室庇风雨；如彝鼎罍洗，斑斓满几，而无釜甑供炊爨；如纂组锦绣，巧出仙机，而无裘葛御寒暑；如舞衣歌扇，十二金钗，而无主妇司中馈。'"纪昀此文，假设鬼语，讥评王氏，亦犹蒋士铨、沈德潜、袁枚之意，谓其空饰外貌而乏内容，可美观而不切实际，以古语评之则是言之无物，以今理论之则是形式主义也。然统观诸家于王氏所以必取司空图"不著一字，尽得风流"，与严羽"羚羊挂角，无迹可求"的原因所在，尚未能指出。我尝从其所作诗歌及自编诗集中反复玩索，而后知王氏之倡为神韵说，从诗学的角度来说，固有如《四库全书总目提要》所称，与宋荦《漫堂说诗》所论，乃以救清初学宋诗之弊的意思[6]。就神韵说本身作为文学的一种理论来说，原亦非不可。但王氏之倡为此说，其思想深处，尚别有原因。盖当清初，汉民族常思反抗，因之清廷对于其时知识分子猜忌百端，文网至密。文人著述，即其所最注意之处，故每易触其忌讳，甚至杀

6.《四库全书总目提要》(《唐贤三昧集》提要)曰："诗自太仓、历下以雄浑博丽为主，其失也肤。公安、竟陵以清新幽渺为宗，其失也诡。学者两途并穷，不得不折而入宋，其弊也滞而不灵，直而好尽，语录、史论皆可成篇。于是士祯等遂重申严羽之说，独主神韵以矫之。盖亦救弊补偏，各明一义。其后风流相尚，光景流连。赵执信等遂复操二冯旧法，起而相争。"按太仓，王世贞，字元美；历下，李攀龙，字于鳞，当时并称"王李"。公安，袁宏道，字中郎；竟陵，钟惺，字伯敬，谭元春，字友夏，当时称公安体、竟陵体。是为明诗中两大派。二冯，冯舒、冯班兄弟也。

身灭族。而无耻之辈，辄以告密为进身之阶。试考清初诸大文字之狱，不难知其镇压手段之残酷。其中如康熙初年庄廷鑨之狱，为王氏亲所闻见，自不能不有戒惧之心[7]。考王氏生于明崇祯七年，明亡时方十一岁，照理未必有故国之思。但当明亡之时，其伯父曾壮烈殉国。而新城被清军攻陷后，其家中人多有受害者。王氏母亲亦险遭不测。王氏对此，必然印象甚深，感动甚大，故其二十四岁所作《秋柳》诗，即含凭吊亡明之意。《秋柳》诗中寓意甚深，尤显著而易犯忌讳者，莫如诗前之《序》。《秋柳》诗原《序》有"仆本恨人，性多感慨。寄情杨柳，同《小雅》之仆夫；致托悲秋，望湘皋之远者"等句。湘皋远者，用屈原《九歌·湘夫人》篇"将以遗兮远者"，暗中乃指明末逃亡的政府。至其"杨柳""仆夫"句，系用《小雅·采薇》"昔我往矣，杨柳依依"，及《出车》"忧心悄悄，仆夫况瘁"两处之语组合而成。试检《小雅》此二篇《小序》，则触犯清廷之处，大足招来大祸。《采薇》篇《序》曰："采薇，遣戍役也。文王之时，西有昆夷之患，北有猃狁之难。以天子之命，令将率，遣戍役，以守卫中国。"《出车》篇则将率还师，歌以劳之也。此等诗语，如一告发，祸且莫测。故王氏后来讳莫如深。其刻《感旧集》时，竟将此《序》删去，一种惧祸之心理，至为显明。即其平生所作诗歌，凡有关当时政治良否、社会情状，绝少反映，岂即所谓"不著一字""无迹可求"之义邪？然其全集中间有涉及

7. 此如康熙二年的庄廷鑨因私撰《明史》，被吴之荣告发，谓其书多指斥清人之语，酿成大案，株连被杀者七十余人之多。又如冯舒因编《怀旧集》，被人告发，谓其书中有讥谤清室之语，下狱，终亦被杀。此皆王氏亲见亲闻者，能不寒心！则王氏选诗、作诗不敢稍涉讥讽，原不足为奇。

民生疾苦之作，如《蚕租行》等[8]，则皆对劳动人民缺乏真挚感情，无非只是旁观者之叹嗟而已。恰如袁枚所讥"喜怒哀乐之不真"，此则非可以司空图与严羽之说为借口也。若其自编诗集，其中大部分系游览山川古迹之作，此等诗篇除运用典故，描绘景色，谐协声律，敷设藻采，别无可观，而尤可怪者，其自编诗集，特以歌颂统治者的《对酒》篇居首，命意何在，固极明显。按管世铭《韫山堂诗集》卷十六有追记旧事诗一首曰："诗无达诂最宜详，咏物怀人取断章。穿凿一篇《秋柳》注，几令耳食祸渔洋。"自注："秦人屈复注王渔洋《秋柳》诗，'白下''洛阳''帝子''公孙'等字妄拟为凭吊胜朝，最为穿凿。"又按管又记一事曰："丁未春大宗伯某（彭元瑞乾隆丁未时官工部尚书，见《梵天庐丛录》卷二十二），摘摭工渔洋、朱竹垞、查他山三家诗及吴园次长短句语疵，奏请毁。事下机庭；时余甫内直，惟请将《曝书亭寿李清》七言古诗一首，事在禁前，照例抽毁，其渔洋《秋柳》七律及他山《宫中草》绝句，园次词语意均无违碍。当路颇韪其议，奏上报可。"考乾隆丁未为五十二年，距王氏之殁七十余年，尚有告发者，若无

---

8. 按《渔洋山人精华录》乃王氏自编，托名曹禾、盛符升同编。其中古今体诗共计一千七百首，大都游览名胜，题跋书画，投赠亲友及宴饮、即事、论诗、谈艺之作。《四库全书总目提要》称其"以清新俊逸之才，范水模山，批风抹月倡天下"，诚为笃论。通观全集，惟卷一有《复雨》《蚕租行》《春不雨》三题，略及人民勤苦之事。诗中表达的情感，不够热烈和肫挚。此外涉及朝政者，卷六有《漫兴》十首，卷七有《秦中凯歌》十一首（王氏《居易录》自记此诗中"河西三将"云云，曾经御览。此可见清帝留心臣下诗文），及卷十之《滇南凯歌》六首，皆连章叠咏，颂扬清廷平乱战绩之词，别无可取。然王氏官扬州推官时，曾设法募集银两二万余，代清扬州人民积欠，官声甚好。又其官刑部尚书时，遇事谨慎，用法不滥，因而全活者甚多，虽居镇压人民的职位而非一味迎合统治者，固位求荣，不恤民命之流可比。王氏选《唐人绝句》一书，在康熙五十七年戊子，王氏已七十五岁，不能不想保此余龄，归骨丘陇，故其所选定之作，凡涉讥讽，概从刊削，其情亦可悯矣。

管世铭为之回护，则祸作矣。管氏称《秋柳》诗注穿凿，正是为王回护，故有"耳食祸渔洋"之语。因此之故，王氏《唐人万首绝句选》一书，虽多脍炙人口之作，然而反映当时政治以及劳动人民生活、讽刺统治阶级的荒淫剥削诸诗，几乎没有（按王选虽也有些《宫怨》《塞上》等曲，都是合于他的艺术观点而入录的）。此固由王氏本人的阶级立场所决定，而王氏心中畏惧以文字取祸，亦占重要地位。我所谓今日读之，尚觉有待改选之处，即在于此。

考王氏选此书时，乃七十五岁退居故乡以后。其书凡例称"每欲删定宋洪氏《万首绝句》，以其浩瀚，辄尔中辍，后二十年始成"。可见王氏对于删定洪氏书之计划，筹虑已久，至老方定。我乃取洪书细读，于可以补充王选之作，悉行录出，初稿得诗约千首，几经增删，及今作注释时，乃厘定为七百八十八首。所录比王选较少而内容充实过之，因遵毛主席"取其精华"的指导，名之曰《唐人绝句精华》。惟凭我个人一孔之见，是否尚有去取不当之处，仍乞国内诗家赐以指正，实为厚幸。

乙、去取标准

绝句在诗的各体中为最小，或以为截取五七言律诗中四句而成，绝非事实。其发生与发展在唐律之前，却与唐律同其盛概。观郭茂倩《乐府诗集》第八十六卷以下所载民间歌谣，绝句的雏形已具，但当汉魏之际，绝句尚未定型，故每于五七言中杂以三四言之句，又不必皆为四句一章，或二句或三句或六句不等。及至晋宋以后，渐多四句一章之作，究与唐宋人绝句不同。故许学夷《诗源辩体》称之为"五言四句""七言四句"，以别于唐宋绝句。是以论此体之成为定型及其丰富多彩，郁成壮观，却在李唐一代[9]。我今所选大体亦不出洪迈的《万首唐人绝句》一书。至于王氏《唐人万首绝句选·凡例》所称新都杨氏的《绝句增奇》，我未之见，但参以宋赵章泉、韩涧泉《唐诗绝句精选》、元杨士弘《唐音》、明高棅《唐诗品汇》第三十八至五十五卷绝句部分及明唐光允《唐诗拾遗》第四卷绝句部分，再加以宋郭茂倩《乐府诗集》、清代所编《全唐诗》、沈德潜《唐诗别裁》、管世铭《读雪山房唐诗钞》两书的绝句部分、姚鼐《唐人绝句诗钞》、王闿运《唐诗选》中绝句部分及近人邵裴子《唐诗绝句》，此外还参考诸家诗话中所论及的唐人绝句名作，如计有功《唐诗纪事》等，斟酌损益，几经改定，唐人绝句之可选者，大体已具。

绝句之体裁虽小，诗家皆认为难工。盖必作者的艺术手段甚高，概括力甚强，方能于区区四句之中，将客观的事物反映在作者

---

9. 王夫之《姜斋诗话》曰："五言绝句自五言古诗来，七言绝句自歌行来。此二体本在律诗之前，律诗从此出，演令充畅耳。有云绝句者，截取律诗一半，或绝前四句，或绝后四句，或绝首尾各二句，或绝中两联。审尔，断头刖足为刑人而已。"又刘大勤《师友诗传续录》，大勤问："或论绝句之法，谓绝者，截也，须一句一断，特藕断丝连耳。然唐人绝句如'打起黄莺儿''松下问童子'诸作，皆顺流而下，前说似不尽然？"王士祯答："所谓截句，谓或截律诗前四句，如后二句对偶者是也，或截律诗后四句，如起二句对偶者是也，非一句一截之谓。然此等迂拘之说，总无足取。今人或竟以绝句为截句，尤鄙俗可笑。"又钱木庵《唐音审体》曰："二韵律诗谓之绝句，所谓四句一绝也。《玉台新咏》有古绝句，古绝也。……宋人有谓绝句是截律诗之半者，非也。"又曰："绝句之体，五言七言略同。唐人谓之小律诗，或四句皆对，或四句皆不对，或二句对、二句不对，无所不可。"又施均父《岘佣说诗》曰："谢朓以来即有五言四句一体，然是小乐府，不是绝句，绝句断自唐始。"按从上引诸家之说观之，绝句盖出于古乐府，一也；绝句非截取五七言律中四句而成，二也；绝句应断自李唐，三也。盖就形式观之，颇有似律诗中四句者，故有疑为截律诗四句而成，实则五言绝出于齐梁小乐府，七言绝亦有似乐府者，《姜斋诗话》谓出歌行，亦非。

思想感情上最切要、最精彩的部分，或作者主观中对于其所接触的客观事物有着最足以感动人的处所，概括出之，又或即使是小小景物或生活细节，皆人人意中所有而未尝形之笔墨者，能写来明白如话，光景犹新，读者由其所已写者可以推见其未写者，由其部分可以推见其全体，即能于吟咏之余，觉其情溢词外，状呈墨中，犁然有当于心，自能意味深长。刘禹锡所谓"片言可以明百意，坐驰可以役万景"，梅圣俞所谓"状难写之景如在目前，含不尽之意见于言外"，尤于绝句为至要之论。王氏论诗，谓"诗如神龙，见其首不见其尾，或云中露一爪一鳞而已，安得全体"，亦于绝句为尤宜。赵氏以此论不全面，恐人但以一爪一鳞为龙，故反对之，实则二人之言可互相补充。绝句正以一爪一鳞为佳，不必全身毕露而全身具在，方为合作。刘勰《文心雕龙·物色》论文人摹绘物色，有"以少总多，情貌无遗"八字，今用以说明绝句的特色性，至为恰当。"以少"则一爪一鳞也，"无遗"则全身具在矣[10]。李唐一代以诗歌取士，故其时作者辈出，诗学极盛，绝句一体亦即于此时呈灿烂之观，不但作者众多，作品繁富，其所涉及的范围亦极为广泛。读洪氏《万首唐人绝句》一书，真如入五都之市，神迷目眩。王氏因以叹其浩瀚，不易删定，诚非过论。今欲于此极众多的作者，极

---

10. 赵执信《谈龙录》曰："钱塘洪昉思（升）久于新城之门矣，与予友。一日，并在司寇宅论诗。昉思嫉时俗之无章也，曰：'诗如龙然，首尾爪角鳞鬛一不具，非龙也。'司寇哂之曰：'诗如神龙，见其首不见其尾，或云中露一鳞一爪而已，安得全体，是雕塑绘画者耳！'予曰：'神能者，屈伸变化，固无定体，恍惚望见者，第指其一鳞一爪，而龙之首尾完好，故宛然也。若拘于所见，以为龙具在是，雕绘者反有辞矣。'昉思乃叹服。"按王氏"安得全体"之说，谓不必全体写出，全体固在云中。赵氏则强调不可以一鳞一爪即龙之全体。二人之论原不牴牾。即洪氏"不具非龙"之说，在讥时俗作诗，章法不完之弊，用意亦非误。合参三人之说，绝句之章法亦显然矣。

繁富的作品，极广泛的范围中，取其精华，舍其糟粕，不可不先定一去取的标准。此种标准，粗略规定去取各十条列后。至宋贤以后诗话家、诗选家论绝句之语，今除间采入有关作品之释词中外，并择要附录于本书之末，以供省览。诗人小传则列于一作者名下，略可考见其人生平，未能详也。

取的标准：

1. 凡通过作者的思想感情反映当时政治、社会情况而加以批判者，如杜甫的《闻河北诸道节度入朝》，吕温的《旱甚观权门移芍药》，李敬方的《汴河直进船》之类。

2. 凡描写劳动人民生活或代其呼吁者，如陆龟蒙、曹邺的《筑城》，张碧的《农父》，来鹄、杜荀鹤的《蚕妇》，李绅的《古风》，聂夷中的《田家》之类。

3. 凡吊古、怀古之作可为当时统治者鉴戒者，如刘禹锡的《石头城》《台城》，罗邺的《汴河》，鲍溶的《隋宫》，李商隐的《北齐》《齐宫》，陆龟蒙、皮日休的《馆娃宫》之类。

4. 凡咏物之作而有所寄托者，如李益的《隋宫燕》，李商隐的《屏风》，罗隐的《金钱花》，韩偓的《观斗鸡》之类。

5. 凡代征人、征人妇、宫人，或为封建制度所压迫的妇女抒写怨思者，如李白的《玉阶怨》，白居易的《闺怨》，王昌龄的《长信秋词》，张籍的《邻妇哭征夫》，卢纶的《逢病军人》，陈陶的《陇西行》，以及诸家《塞上曲》《塞下曲》《王昭君》之类。

6. 凡摹绘山水，得其精神，或虽小小景物而写来光景犹新，又可见作者体察自然之力及其胸襟气概者，如王维的《辋川》诸作，李白的《望庐山瀑布》，畅当的《登鹳雀楼》，钱珝的《江行无题》之类。

7. 凡论诗或评诗人、吊诗人者，如杜甫的《戏为六绝句》，李商隐的《漫成》，杜牧的《读韩杜集》，元稹的《酬李甫见赠》，戴叔伦的《题三闾大夫庙》，郑谷的《读前集》之类。又如描写音乐、图画等作，亦间有采入。

8. 凡描地方风俗者，如刘禹锡的《竹枝》，白居易的《浪淘沙》，王叡的《祠渔山神女歌》，以及诸家的《江南曲》《采莲曲》之类。

9. 凡悼伤或赠别而具有真情者，如李白的《送孟浩然之广陵》，王维的《送元二使安西》，元稹的《闻乐天授江州司马》，李商隐的《散关遇雪》，陈去疾的《西上辞母坟》之类。

10. 凡已脍炙人口之作，今日读之尚能引人入胜，而无不良影响者，如韦应物的《滁州西涧》，柳宗元的《江雪》，白居易的《问刘十九》，耿沣的《拜新月》，张继的《枫桥夜泊》，杜牧的《秋夕》，韩偓的《已凉》之类。

舍的标准：

1. 凡寻常酬应，既无深意厚感，又不关民生国计者；

2. 凡事关个人升沉，有叹老嗟卑情绪者；

3. 凡描写冶游之事，带有色情者；

4. 凡投赠僧道之作，带有消极思想者；

5. 凡吟咏景物而无所寄托或不足以见作者胸襟者；

6. 凡颓废放荡，带有感伤色彩者；

7. 凡颂扬统治阶级或封建色彩太浓者；

8. 凡滑稽无赖或搬弄文字以为游戏者；

9. 凡涉神仙鬼怪，带有迷信倾向者；

10. 凡属小说中虚构人物之作者；但此类中亦有民间传说，经文人润色流传者，不在此例。

虞世南　世南字伯施，余姚人。少时与兄世基同师顾野王，文章婉缛，见称于徐陵。隋时官秘书郎，入唐为秦王府记室参军，迁太子中舍人。太宗即位，世南历任弘文馆学士、秘书监，赐爵永兴县子，卒谥文懿。太宗称其德行、忠直、博学、文辞、书翰为五绝。有集三十卷，今佚。

蝉

垂绥饮清露，流响入疏桐。
居高声自远，非是借秋风。

〔**注**〕〔绥〕冠缨也。蝉首有触须，如人之冠缨。

〔**释**〕首二句写蝉，"清露"言洁，"疏桐"言高，"流响"声远闻也。三四句借蝉抒怀，言果能立身高洁者，不待凭借，自能名声远闻也。

王绩　绩字无功，绛州龙门人。文中子王通之弟。隋末授秘书省正字，不乐在朝，求为六合丞。绩性嗜酒，不任事，未久，弃官还里。唐高祖武德初，以前官待诏门下省。时太乐署史焦革家善酿，绩求为丞。革死，复弃归东皋，著书，号东皋子。有集五卷，今存三卷。

题酒店壁

（五首录一）

此日长昏饮，非关养性灵。

眼看人尽醉，何忍独为醒。

〔释〕按绩生当隋唐之际，世乱未安，故其诗有伤时之感。三四句用屈赋"众人皆醉我独醒"语而反言之，以见己之"昏饮"，乃不忍见世之溷浊也。

卢照邻　照邻字升之，范阳人。十岁从曹宪、王义方授"苍雅"之学，调邓王府典签。王有书十二车，照邻尽披览，略能记忆，王爱重，比之相如。调新都尉，染风疾，去官，居太白山，又客游东龙门山，疾甚，足挛，一手又废，乃去阳翟具茨山下买园居之，自以为高宗尚吏己独儒，武后尚法己独黄老，后封嵩山，屡聘贤士己已废，著《五悲文》以自明。病既久，与亲属诀，自沉颍水。有集二十卷，又《幽忧子》三卷，今存者七卷。

曲池荷

浮香绕曲岸，圆影覆华池。
常恐秋风早，飘零君不知。

〔释〕首二句写池荷，三四句借荷抒怀，与虞世南《蝉》诗同一作法。照邻才学足用而病废。此诗亦《离骚》"恐美人之迟暮"之意。言为心声，发于不觉也。

藕池觀魚圖

清池荷暎見魚行巨口細鱗
足可烹此日讀書三萬卷不
如熟讀養魚經

魚戲西复東藕花
紅処自娛與不知
許廄沱晚飯

韦承庆　承庆字延休，郑州阳武人。事继母以孝闻，举进士，官太子司议，屡进忠谏。长寿中累迁凤阁侍郎，三掌天官选事，铨授平允。神龙初以附张易之，流岭表，起为秘书少监，授黄门侍郎，未拜卒。有集六十卷，今佚。

南行别弟

（二首录一）

万里人南去，三秋雁北飞。
不知何岁月，得与尔同归。

〔释〕此南迁岭表而作，因南行时，见雁北飞，有感于兄弟远别，不知何日方得如雁北归也。计有功《唐诗纪事》称"韦氏孝友"，此诗正见其友爱之情。

张九龄　九龄字子寿，韶州曲江人。七岁知属文。擢进士第，始调校书郎，进中书舍人，出为冀州刺史，以母不肯去乡里，表换洪州都督，徙桂州兼岭南按察选补使，以张说荐，为集贤院学士，俄拜中书侍郎同平章事，迁中书令，为李林甫所嫉，改尚书右丞相，罢政事，贬荆州长史，请归展墓，卒谥文献。九龄为相，有謇谔匪躬之诚，尝识安禄山必反，请诛，不许。有集二十卷，今存。

自 君 之 出 矣

自君之出矣，不复理残机。
思君如满月，夜夜减清辉。

〔释〕此乐府古题，作者皆以"自君之出矣"发端，其下抒别情，多用比说，犹有古乐府遗意。

王勃　勃字子安，绛州龙门人。文中子王通之孙，六岁善文辞，及第后授朝散郎，沛王闻其名，召署王府修撰。是时诸王斗鸡，勃戏为文《檄英王鸡》，高宗以为交构斥之。勃既废，客剑南，久之，补虢州参军，坐事复除名。勃父福畤亦以勃故左迁交阯令。勃往省父，渡海溺水，悸而卒，年二十八。勃好读书，属文先磨墨数升，引被覆面卧，忽起书之，不易一字，时人谓之腹稿。与杨炯、卢照邻、骆宾王齐名，天下称为四杰。有集三十卷，今存十六卷。

别 人

（四首录一）

江上风烟积，山幽云雾多。
送君南浦外，还望将如何！

〔注〕〔南浦〕江淹《别赋》："送君南浦，伤如之何！"

〔释〕此送别后抒情之作。"江上"送人之地，"山"则诗人所居。"风烟积""云雾多"，则望去人不复能见，以见别情难遣如此。

普安建阴题壁

江汉深无极，梁岷不可攀。
山川云雾里，游子何时还？

〔**释**〕此诗写山高水深、云雾杳冥之中，游子有四顾苍茫之感。写来无迹，久咏自知。

杜审言　审言字必简，襄阳人。善五言诗，少与李峤、崔融、苏味道为文章四友，擢进士第，为隰城尉，累转洛阳丞，坐事贬吉州司户参军，与同僚不叶。司马周季重、司户郭若讷诬以罪系狱，免归。则天召授著作佐郎，迁膳部员外郎。神龙中坐交张易之兄弟，流峰州，寻入为国子监主簿，修文馆直学士卒。有文集十卷，今佚，《全唐诗》存诗一卷。

赠苏绾书记

知君书记本翩翩，为许从戎赴朔边。
红粉楼中应计日，燕支山下莫经年。

〔**注**〕〔燕支山〕《通典》："甘州删丹县有焉支山……此山产红蓝，可为燕脂。""焉支""燕脂""燕支"并同。

〔**释**〕此诗用代苏书记之室人抒写望归之情，以嘱其早归，为赠别诗别开生面，故古今传诵。

郭震　震字元振，魏州贵乡人。以字显，少有大志，十八举进士，为通泉尉，任侠使气，拨去小节，尝盗铸及掠卖部中口千余以饷遗宾客。武后召欲诘问，既与语，奇之，索所为文章，震上《宝剑篇》。后览之嘉叹，授右武卫铠曹参军，进奉宸监丞。久之，拜凉州都督。中宗神龙中，迁左骁卫将军、安西大都护。睿宗立，召为太仆卿。景云二年，进同中书门下三品。先天元年，为朔方军大总管，明年，以兵部尚书复同中书门下三品，封代国公。明皇讲武骊山，震以军容不整，流新州。开元元年，起为饶州司马，道病卒。有集二十卷，今佚。

子夜四时歌

（八首录二）

青楼含日光，绿池起风色。
赠子同心花，殷勤此何极。

陌头杨柳枝，已被春风吹。
妾心正断绝，君怀那得知。

〔注〕〔子夜歌〕《唐书·音乐志》："《子夜》，晋曲也。晋有女子名子夜，造此声。"《乐府解题》曰："后更为四时行乐之词，谓之《子夜四时歌》。"作者多叙男女别情。

蛩

愁杀离家未达人，一声声到枕前闻。
苦吟莫向朱门里，满耳笙歌不听君。

米囊花

开花空道胜于草，结实何曾济得民。
却笑野田禾与黍，不闻弦管过青春。

〔释〕前首借蛩抒写两种不同地位之人对于劳者之歌，感受不同。后首借米囊花名实不符，讥讽居显位者无益于民，反笑无位之志士寂寂一生。两首皆用对比手法倾吐不平，但与盗铸私钱、掠卖人口之行为，适成相反，岂有激而为者邪！郭氏殆晋周处、戴渊一流人物也。周、戴皆初为不法而后改过者，见《世说新语》。

苏颋 颋字廷硕，京兆武功人，瓌之子。幼敏悟，一览千言不忘。擢进士，调乌程尉。举贤良方正，历监察御史，神龙中迁给事中、修文馆学士、中书舍人。明皇爱其文，制诏多颋作，时称小许公，后罢为益州长史，复入知吏部选事，卒谥文宪。颋以文章显，与燕国公张说称望略等，世称"燕许"。有集三十卷，今佚。

汾上惊秋

北风吹白云，万里渡河汾。
心绪逢摇落，秋声不可闻。

〔注〕〔摇落〕屈原《九辩》："悲哉秋之为气也，萧瑟兮草木摇落而变衰！"

〔释〕首二句正写秋声，"心绪"句则内心感于秋风摇落草木而惊起也。刘勰《文心雕龙·物色》有"写气图貌，既随物以宛转；属采附声，亦与心而徘徊"之语，实足说明诗人感物而作之情状。

张敬忠　敬忠自监察御史累迁吏部郎中。开元七年，拜平卢节度使。

边词

五原春色旧来迟，二月垂杨未挂丝。
即今河畔冰开日，正是长安花落时。

〔注〕〔五原〕《后汉书·郡国志》："并州五原郡，秦置为九原，武帝更名。"

〔释〕此边词而不言边塞之苦，但用对比手法将河畔与长安两两相形而意在言外，且语意和平，可想见唐初国力之盛。

骆宾王　宾王义乌人，七岁能赋诗。武后时，数上疏言事，除临海丞，怏怏不得志，弃官去。徐敬业乱，以为府属，为敬业作檄讨武后。后读之嬉笑，至"一抔之土未干，六尺之孤安在"，矍然曰："谁为之？"或以宾王对。后曰："宰相安得失此人。"敬业败，宾王亡命，不知所之。

易水送人

此地别燕丹，壮发上冲冠。
昔时人已没，今日水犹寒。

〔注〕〔易水送别〕《史记·荆轲传》："（荆轲）遂发，太子（丹）及宾客知其事者皆白衣冠以送之，至易水之上。既祖取道，高渐离击筑，荆轲和而歌，为变徵之声，士皆垂泪涕泣，又前而为歌曰：'风萧萧兮易水寒，壮士一去兮不复还。'复为羽声，慷慨，士皆瞋目，发尽上指冠。于是荆轲就车而去，终已不顾。"

〔释〕此睹易水而思古事之作，首二句直写送别时事，"壮发"五字写慷慨赴义之状如见。三四抒居今思古之情。"今日"五字加重首二句之意，见荆轲虽早没而其英风义概犹可想见。读此诗可见作者概括力之强。

张说 说字道济，一字说之，洛阳人。武后策贤良方正，说所对第一，授左补阙，擢凤阁舍人，忤旨，配流钦州。中宗召说还，累迁工部、兵部侍郎，修文馆学士。睿宗拜为中书侍郎，知政事。开元初进中书令，封燕国公，寻出刺相州，左转岳州，召拜兵部尚书，知政事，敕令巡边。后为集贤院学士，尚书左丞相，卒谥文贞。说为人敦气义，重然诺，喜延纳后进，朝廷大述作多出其手，与苏颋号"燕许大手笔"。谪岳州后，诗益凄惋，人谓得江山之助。有集三十卷，今存二十五卷。

送梁六自洞庭山作

巴陵一望洞庭秋，日见孤峰水上浮。
闻道神仙不可接，心随湖水共悠悠。

〔**注**〕〔梁六〕梁知微也。〔巴陵〕《唐书·地理志》："岳州，隋巴陵郡。"〔洞庭〕《拾遗记》："洞庭山浮于水上，其下有金堂数百间，玉女居之，四时闻金石丝竹之声，彻于山顶。"

〔**释**〕此说谪居岳州送梁知微而作，说集又有《送梁知微渡海东诗》，当即此诗。诗写别情止末句七字。首二句实写洞庭湖山，中夹第三句遂使实境化成缥缈之景，引起第四句别情便觉悠然无尽。

沈佺期 佺期字云卿，相州内黄人。善属文，尤长七言之作。擢进士第。长安中累迁通事舍人，预修《三教珠英》，转考功郎、给事中，坐交张易之流驩州，稍迁台州录事参军。神龙中，召见，拜起居郎，修文馆直学士，历中书舍人，太子少詹事，开元初卒。建安后汔江左，诗律屡变，至沈约、庾信以音韵相婉附，属对精密。乃佺期与宋之问尤加靡丽，回忌声病，约句准篇，如锦绣成文，学者宗之，号为"沈宋"。有集十卷，今佚。

北邙山

北邙山上列坟茔，万古千秋对洛城。
城中日夕歌钟起，山上惟闻松柏声。

〔注〕〔北邙山〕杨佺期《洛城记》："北邙山连岭亘四百余里，实古今东洛九原之地。"《十道志》："邙山在洛阳县四十里。"

〔释〕此诗亦用对比法，以城中歌钟与山上松柏声对言，使人读之生感，所以警但知贪乐之人者深矣。

东方虬 虬，武后时为左史。

王昭君
（三首）

汉道方全盛，朝廷足武臣。
何须薄命妾，辛苦事和亲。

掩泪辞丹凤，衔悲向白龙。
单于浪惊喜，无复旧时容。

胡地无花草，春来不似春。
自然衣带缓，非是为腰身。

〔注〕〔王昭君〕《西京杂记》："元帝后宫既多，乃使画工图形，按图召幸之。诸宫人皆赂画工，独王嫱不肯。匈奴求美人为阏氏，上按图以昭君行。及召见，貌为后宫第一。"〔丹凤〕指宫阙，汉建章宫有凤凰阙，见《三辅黄图》。〔白龙〕指沙漠，西域有白龙堆，见《汉书·西域传》。〔腰身〕《管子》："楚王好小腰而美人省食。"

〔释〕唐梨园有此曲，唐人多以咏昭君。此三首，首言朝无安边之策，乃令女子和亲；次言昭君悲离故国而形容憔悴；末言胡地无欢，自然瘦减，非如楚女，希冀恩幸也。三首皆用代言体为昭君抒写离愁，此等诗贵能曲达人情而不著议论。后来如白居易之"满面胡沙"、王涣之"梦里分明"皆此题佳作。

张泓　泓（一作纮）久视中登第，后自左拾遗贬许州司户。《全唐诗》存诗三首。

怨诗

去年离别雁初归，今夜裁缝萤已飞。
征客近来音信断，不知何处寄寒衣。

〔释〕此代征人妇抒情之作。唐人此类诗最多，大都各出新意，体贴入微，比观颇得启发之益。

贺知章　知章字季真，会稽永兴人。少以文词知名，擢进士，累迁太常博士。开元中，张说为丽正殿修书使，奏请知章入书院同撰《六典》及《文纂》，后转太常少卿，迁礼部侍郎，加集贤院学士，改授工部侍郎，俄迁秘书监。知章性放旷，晚尤纵诞，自号"四明狂客"，醉后属词，动成卷轴。天宝初，请为道士还乡里，诏赐镜湖剡川一曲，年八十六卒。

晓发

故乡杳无际，江皋闻曙钟。
始见沙上鸟，犹埋云外峰。

〔释〕此诗首句揭明作诗之意，次句接写晓发，三四句虽写晓景而首句"杳无际"之意得此点明，盖晓雾初开，近鸟虽明，远山犹隐，愈觉前路杳冥也。

回乡偶书
（二首）

少小离家老大回，乡音无改鬓毛衰。
儿童相见不相识，笑问客从何处来。

离别家乡岁月多，近来人事半消磨。

惟有门前镜湖水，春风不改旧时波。

〔注〕〔镜湖〕《会稽记》："汉顺帝永和五年，会稽太守马臻创立镜湖，在会稽、山阴两县界。"

〔释〕此诗前首起两句尚是常语，三四句始将久客他乡之感，用儿童不识之小小情节说来，意趣便生动。次首写久别家乡、人事多变之感，用春风不改水波之无干情事点染，亦包含无穷，此诗家所谓含蓄也。

采莲

稽山罢雾郁嵯峨，镜水无风也自波。

莫言春度芳菲尽，别有中流采芰荷。

〔注〕〔稽山〕《汉书·地理志》，会稽郡山阴县会稽山在南，上有禹冢、禹井。

〔释〕首二句写景，三四句因采莲芰，觉春虽已过而别有芳菲，言外有高人别有可乐之意。

沈如筠　如筠句容人，横阳主簿。《全唐诗》存诗四首。

闺　怨

雁尽书难寄，愁多梦不成。
愿随孤月影，流照伏波营。

〔**注**〕〔伏波营〕后汉建武中马援为伏波将军讨交阯。
〔**释**〕此亦代征人妇之词。天宝中讨南诏，故用伏波事。

张旭　旭苏州吴人。嗜酒，善草书，初仕为常熟尉。《全唐诗》存诗六首。

山中留客

山光物态弄春晖，莫为轻阴便拟归。
纵使晴明无雨色，入云深处亦沾衣。

〔释〕此诗末句最能写出深山云雾溟蒙景色。

桃花矶

隐隐飞桥隔野烟，石矶西畔问渔船。
桃花尽日随流水，洞在青溪何处边？

〔释〕此诗暗用陶潜《桃花源记》，因矶上桃花联想之者。

崔国辅　国辅吴郡人。开元中应县令举，授许昌令，累迁集贤直学士、礼部员外郎，后坐事贬晋陵郡司马。

怨 词

（二首录一）

姜有罗衣裳，秦王在时作。
为舞春风多，秋来不堪着。

〔**释**〕此宫怨词，但以旧日舞衣不堪再着为言，而怨情自见。春秋二字表今昔盛衰。"春风多"三字中包含旧情无限。秦王乃泛称，不必指实。

古 意

净扫黄金阶，飞霜皎如雪。
下帘弹箜篌，不忍见秋月。

〔**释**〕此亦怨词也。不忍见月者，月圆而人独分离也。崔国辅绝句纯从古乐府出。殷璠《河岳英灵集》称国辅诗"婉娈清楚，深宜讽味，乐府数章，古人不及也"。

长信草

长信宫中草，年年愁处生。
时侵珠履迹，不使玉阶行。

〔注〕〔长信宫〕《汉官仪》："帝祖母称长信宫。"《汉书·外戚传》：班
婕妤失宠，求供养太后长信宫。
〔释〕此因珠履不来而怨及无情之草，用意深婉。

采莲曲

玉溆花红发，金塘水碧流。
相逢畏相失，并着采莲舟。

小长干曲

月暗送潮风，相寻路不通。
菱歌唱不辍，知在此塘中。

〔注〕〔长干〕《吴都赋》"长干延属"注："建业南五里有山冈，其间
平地，吏民杂居，东长干中有大长干、小长干，皆相连。"
〔释〕此二诗皆写水乡人民风俗之词也。

王昭君

一回望月一回悲，望月月移人不移。
何时得见汉朝使，为妾传书斩画师。

〔注〕〔画师〕毛延寿也。《西京杂记》言元帝后悔遣昭君，乃穷究其事，画工毛延寿等皆弃市。

王维 维字摩诘，河东人。工书画，与弟缙俱有俊才。开元九年擢进士第，调太乐丞，坐累为济州司仓参军，历右拾遗、监察御史、左补阙、库部郎中，拜吏部郎中，天宝末为给事中。安禄山陷两都，维为贼所得，服药阳喑，拘于菩提寺。安禄山宴凝碧池，维潜赋诗悲悼，闻于行在。贼平，陷贼官三等定罪，特原之，责授太子中允，迁中庶子、中书舍人，复拜给事中，转尚书右丞。维以诗名盛于开元、天宝间，宁薛诸王、驸马、豪贵之门，无不拂席迎之。得宋之问辋川别墅，山水绝胜，与道友裴迪浮舟往来，啸咏终日。维笃于奉佛，晚年长斋禅诵，一日忽索笔作书数纸，别弟缙及平生亲故，舍笔而卒。有集六卷，今存。

鸟鸣涧

人闲桂花落，夜静春山空。
月出惊山鸟，时鸣春涧中。

〔注〕本篇为《云溪杂题五首》之一。

鹿柴

空山不见人，但闻人语响。

反景入深林，复照青苔上。

栾家濑

飒飒秋雨中，浅浅石溜泻。
跳波自相溅，白鹭惊复下。

竹里馆

独坐幽篁里，弹琴复长啸。
深林人不知，明月来相照。

〔注〕三首均录自《辋川二十首》。〔辋川〕《陕西志》："辋川在蓝田县南，去县八里。"

〔释〕以上四诗皆一时清景与诗人兴致相会合，故虽写景色，而诗人幽静恬淡之胸怀，亦缘而见。此文家所谓融情入景之作。

相思子

红豆生南国，春来发几枝。
劝君休采撷，此物最相思。

〔注〕〔相思子〕《资暇集》："豆有圆而红、其首乌者，举世呼为相思

子，即红豆之异名也。"

〔**释**〕此以珍惜相思之情托之名相思子之红豆也。

杂 咏
（三首录一）

君自故乡来，应知故乡事。
来日绮窗前，寒梅着花未？

送 黎 拾 遗

相送临高台，川原杳何极。
日暮飞鸟还，行人去不息。

〔**注**〕〔黎拾遗〕名昕。
〔**释**〕二十字中不明言别情，而鸟还人去，自然缱绻。

九 月 九 日 忆 山 东 兄 弟

独在异乡为异客，每逢佳节倍思亲。
遥知兄弟登高处，遍插茱萸少一人。

〔**注**〕〔茱萸〕草决明也。《续齐谐记》："汝南桓景从费长房游学。长
房谓之曰：'九月九日，汝南当有大灾厄，急令家人缝囊盛茱萸系臂上，登

山饮菊花酒，此祸可消。'"

〔释〕原注"十七岁作"。此诗读之令人生友爱之感。

送元二使安西

渭城朝雨浥轻尘，客舍青青柳色新。
劝君更尽一杯酒，西出阳关无故人。

〔注〕〔元二〕未详其名。〔安西〕《唐会要》："贞观十四年，于西州置安西都护府，治交河城。"〔渭城〕《括地志》："咸阳故城亦名渭城，在雍州北五里。"〔阳关〕《元和郡县志》："陇右道沙州寿昌县：阳关在县西六里，以居玉门关之南，故曰阳关。"

〔释〕此诗经乐工采以入乐，名《渭城曲》。乐工采诗入乐时，用裁截及重叠两种方法，使整齐字句成为长短句，以便歌唱。此诗则每句三叠，故又名《阳关三叠》。

送沈子福归江东

杨柳渡头行客稀，罟师荡桨向临圻。
唯有相思似春色，江南江北送君归。

〔注〕〔临圻〕在今江苏江宁县东北三十里。旧注以为曲岸头，非。〔罟师〕打鱼人。罟，渔网也。此诗言罟师荡桨，当是沈子福所乘者乃渔舟。

〔释〕王维送别诗各有新意。前首"西出"句看似平常，实未经人道过。且七字中含情深婉，不用凄凉等词而意自黯然。后首以别情与春色结合言之，春满江南江北，情亦同之，亦不必质言别情而情已浓至。

少年行

（四首）

新丰美酒斗十千，咸阳游侠多少年。
相逢意气为君饮，系马高楼垂柳边。

〔注〕〔新丰〕《汉书·地理志》新丰县注："高祖七年置。"应劭曰："太
上皇思东归，于是高祖改筑城市街里以象丰，徙丰民以实之，故号新丰。"

出身仕汉羽林郎，初随骠骑战渔阳。
孰知不向边庭苦，纵死犹闻侠骨香。

〔注〕〔羽林郎〕《后汉书·百官志》："羽林郎比三百石，掌宿卫侍从，
常选汉阳、陇西、安定、北地、上郡、西河凡六郡良家补。"〔骠骑〕《史
记·卫将军骠骑列传》："元狩二年春，以冠军侯去病为骠骑将军。"〔渔
阳〕章怀太子《后汉书》注："渔阳郡在渔水之阳，今幽州。"《汉书·地理
志》："渔阳郡秦置县。"〔侠骨香〕张华《游侠曲》："生从命子游，死闻侠
骨香。"

一身能擘两雕弧，虏骑千重只似无。
偏坐金鞍调白羽，纷纷射杀五单于。

〔注〕〔雕弧〕《玉篇》："弧，木弓也。雕弧谓有雕画之弧。"〔白羽〕
《文选·上林赋》"满白羽"，注引文颖曰："以白羽为箭故言白羽也。"〔五
单于〕《汉书·匈奴传》："稽侯狦为呼韩邪单于，日逐王薄胥堂为屠耆单
于，呼揭王自立为呼揭单于，右奥鞬王自立为车犁单于，乌借都尉亦自立
为乌借单于，凡五单于。"

汉家君臣欢宴终，高议云台论战功。
天子临轩赐侯印，将军佩出明光宫。

〔注〕〔云台〕汉图功臣像之台。〔明光宫〕汉武帝宫名。

〔释〕游侠是古代社会中常见之人物，司马迁《史记》专为此辈作《游侠传》。历代诗人所写之《少年行》《结客少年场》等诗，也是描绘此辈生活习尚。此辈人从其轻生死、重然诺、舍身赴义一面看，不失为义士，然亦有"设财役贫，豪暴侵陵孤弱，恣欲自快"之类，如司马迁所讥者，则今世所谓土豪矣。王维此题共四首，大抵美游侠能立边功又悯其赏功不及，观第二首"孰知"二句与第四首末句，此意显然。

菩提寺禁闻逆贼凝碧池上作乐作

万户伤心生野烟，百官何日更朝天。
秋槐叶落空宫里，凝碧池头奏管弦。

〔注〕〔菩提寺〕《长安志》："平康坊南门之东有菩提寺，隋开皇二年陇西公李敬道所奏立。"〔凝碧池〕《唐禁苑图》："凝碧池在西内苑重元门之北，飞龙院之南。"《明皇杂录》："天宝末，群贼陷两京……禄山尤致意乐工，求访颇切，于旬日获梨园弟子数百人。群贼因相与大会于凝碧池……乐既作，梨园旧人不觉歔欷相对泣下。……有乐工雷海青者投乐器于地西向恸哭，逆党乃缚海青于戏马殿支解之。……王维时为贼拘于菩提寺，闻之赋诗云云。"

〔释〕此诗前二句写京都沦陷景象，三句写故宫荒凉，皆以抒悲悼之情，末句则引起悲悼之原因也。

裴迪　迪关中人，初与王维、崔兴宗居终南，同倡和，天宝后为蜀州刺史，与杜甫、李颀友善。《全唐诗》存诗二十九首。

华子冈

落日松风起，还家草露晞。
云光侵履迹，山翠拂人衣。

茱萸沜

飘香乱椒桂，布叶间檀栾。
云日虽回照，森沉犹自寒。

〔注〕〔沜〕音畔，水岸也。〔檀栾〕枚乘《兔园赋》："修竹檀栾，夹水碧鲜。"形容竹叶之词。

〔释〕裴迪《辋川》各诗，其佳者可与王维并美，此二篇是也。

崔颢　颢汴州人，开元十一年登进士第，累官司勋员外郎，天宝十三年卒。

长干曲

（四首录三）

君家住何处，妾住在横塘。
停船暂借问，或恐是同乡。

家临九江水，来去九江侧。
同是长干人，生小不相识。

下渚多风浪，莲舟渐觉稀。
那能不相待，独自逆潮归。

〔注〕〔长干〕《舆地纪胜》："长干是秣陵县东里巷名，江南谓山陇之间曰干。金陵五里有山冈，其间平地民庶杂居，有大长干、小长干、东长干，并是地名。"〔长干曲〕《乐府诗集》卷七十二《杂曲歌辞》有《长干曲》。古辞曰："逆浪故相邀，菱舟不怕摇。妾家扬子住，便弄广陵潮。"〔横塘〕《文选·吴都赋》"横塘查下"，刘渊林注："横塘、查下在淮水南，近陶家渚，缘江长堤谓横塘。"〔九江〕此非浔阳之九江，当是江淮之间水道有九也。〔下渚〕未详。

〔释〕此咏水乡民俗之诗也。

祖咏 咏洛阳人，登开元十二年进士第，与王维友善。

终南山望余雪

终南阴岭秀，积雪浮云端。
林表明霁色，城中增暮寒。

〔注〕〔终南山〕《长安志》："万年县：终南山在县南五十里。"

〔释〕《唐诗纪事》：有司试《终南望余雪》诗，咏赋四句，即纳于有司。或诘之，咏曰："意尽。"按唐时应试诗限以韵数（曾定为五言六韵，共十二句），今咏止四句而意已尽，不求合格式即交卷，故古今流传以为佳话。今观此诗首二句写望终南山雪，三四句形容余雪，更无余义，若勉凑几句，虽合程式，非好诗矣。

李颀　颀东川人，家于颍阳，擢开元十三年进士第，官新乡尉。有集一卷，今佚。

野老曝背

百岁老翁不种田，惟知曝背乐残年。
有时扪虱独搔首，目送归鸿篱下眠。

储光羲　光羲兖州人。登开元中进士第，又诏中书试文章，历监察御史，坐陷贼贬官。有集七十卷，今存诗集五卷。

江 南 曲
（四首录三）

绿江深见底，高浪直翻空。
惯是湖边住，舟轻不畏风。

逐流牵荇叶，沿岸摘芦苗。
为惜鸳鸯鸟，轻轻动画桡。

日暮长江里，相邀归渡头。
落花如有意，来去逐船流。

〔注〕〔江南曲〕吴兢《乐府古题要解》："《江南曲》古词云‘江南可采莲’云云，盖美其芳晨丽景，嬉游得时。若梁简文‘桂楫晚应旋’，唯歌游戏也。"

〔释〕储光羲此诗与古词同意，皆写水乡民俗之词。

明妃词

（四首录二）

日暮惊沙乱雪飞，傍人相劝易罗衣。
强来前殿看歌舞，共待单于夜猎归。

胡王知妾不胜悲，乐府皆传汉国辞。
朝来马上箜篌引，稍似宫中闲夜时。

〔注〕〔箜篌引〕《古今注》谓霍里子高妻丽玉作，伤狂人渡河堕水死也。

〔释〕此诗设为明妃在胡中情事，代之抒情，与他作但叙情语者不同，故明顾璘批点《唐音》谓"惟此篇与明妃传神"，又谓"日暮惊沙"一首"直将不对景语，形出凄凉"。是也。

王昌龄　昌龄字少伯，京兆人，登开元十五年进士第，补秘书郎。二十二年中宏词科，调汜水尉，迁江宁丞，晚节不护细行，贬龙标尉卒。昌龄工诗，绪密而思清，与高适、王之涣齐名，世称王江宁。有集六卷。

朝来曲

日昃鸣珂动，花连绣户春。
盘龙玉台镜，唯待画眉人。

〔注〕〔日昃〕日西斜时。〔鸣珂〕马勒上饰曰珂。〔玉台镜〕《世说》：刘聪为玉镜台，温峤辟刘越石长史北征得之，后娶姑女，下焉。〔画眉〕《汉书·张敞传》："（敞）为妇画眉，长安中传张京兆眉怃，有司以奏敞。上问之。对曰：'臣闻闺房之内，夫妇之私，有过于画眉者。'上爱其能，弗备责也。"

〔释〕此春闺妇人待夫婿朝回之情，诗但写其娇贵之状，与寻常闺怨之作不同。

闺怨

闺中少妇不曾愁，春日凝妆上翠楼。
忽见陌头杨柳色，悔教夫婿觅封侯。

〔注〕〔凝妆〕犹言妆束。

〔释〕此写少妇春愁也。"不曾"一本作"不知"。作"不曾"与凝妆上楼，忽感春光，顿觉孤寂，因而引起懊悔之意，相贯而有力。"忽见"，则本无愁者亦愁矣。曰"悔教"，有悔不该让其去求幻想之富贵，而失现前室家之乐之意。诗人笔下活描出一天真"少妇"之情态，而人民困于征役，自在言外，诗家所谓不犯本位也。

长信秋词

（五首录二）

金井梧桐秋叶黄，珠帘不卷夜来霜。
熏笼玉枕无颜色，卧听南宫清漏长。

〔注〕〔长信〕宫名。《汉书·外戚传》：孝成班婕妤初入宫为少使，俄而大幸，为婕妤，居增成舍。其后赵飞燕姊弟亦从微贱兴。婕妤恐久见危，求供养太后长信宫。〔熏笼〕古人取暖、熏衣之具。〔南宫〕即未央宫。

奉帚平明金殿开，且将团扇暂徘徊。
玉颜不及寒鸦色，犹带昭阳日影来。

〔注〕〔奉帚〕吴均《行路难》曲："班姬失宠颜不开，奉帚供养长信台。"〔团扇〕班婕妤《怨歌行》："新制齐纨素，鲜洁如霜雪。裁为合欢扇，团团似明月。出入君怀袖，动摇微风发。常恐秋节至，凉飙夺炎热。弃捐箧笥中，恩情中道绝。"〔昭阳〕汉殿名，赵飞燕姊弟所居。

〔释〕此诗以《长信》为题，系取班婕妤故事为一般失宠宫人抒写怨情。前首失宠者熏笼玉枕皆无颜色。卧听漏长者，一夜不眠也。后首用班姬怨歌团扇，以明弃捐之意。"玉颜"二句，言不及寒鸦，犹能飞入昭阳，带将日影，以见恩情中绝之人，即寒鸦亦不如也。日影正以比君恩。读此种诗可知封建帝王蔑视女子、喜新厌故、淫荒无道之罪恶，不知葬送若干人于深宫中也。

春宫曲

昨夜风开露井桃，未央前殿月轮高。
平阳歌舞新承宠，帘外春寒赐锦袍。

〔注〕〔未央〕《三辅黄图》："未央宫周回二十八里，前殿东西五十丈，深十五丈。"〔平阳歌舞〕《汉书·外戚传》："孝武卫皇后字子夫……为平阳主讴者。……帝祓霸上，还过平阳主，主见所侍美人。帝不说，既饮，讴者进，帝独说子夫。……主因奏子夫送入宫。"

〔释〕此又另一种写法，但写他人得宠，而己之失宠可知。写得宠者借卫子夫事言之。唐诗人咏唐事皆借汉事言，如白居易《长恨歌》咏明皇、杨妃而曰"汉皇重色思倾国"，高适《燕歌行》感于唐代征戍之事而曰"汉家烟尘在东北，汉将辞家破残贼"，皆是。

采莲曲

（二首录一）

荷叶罗裙一色裁，芙蓉向脸两边开。
乱入池中看不见，闻歌始觉有人来。

〔释〕此写采莲女亦从古词"江南可采莲"来。首二句一言裙与荷叶同色，一言脸与荷花共美，故第三句有"乱入池中"，不能分别之句，而至末句"闻歌始觉"点明，以见采莲女之美。元杨载谓绝句之"宛转变化工夫，全在第三句，若于此转变得好，则第四句如顺流之舟矣"。其理不但此诗可证明，唐绝佳者大都如此写法。

从军行

（五首）

烽火城西百尺楼，黄昏独上海风秋。
更吹羌笛关山月，无那金闺万里愁。

〔注〕〔从军行〕《乐府解题》："《从军行》皆军旅辛苦之辞。"〔海风〕北地凡湖泊皆曰海，如蒲昌海（见《汉书·西域传》）、蒲类海（见《后汉书·明帝纪》）、北鞮海（见《后汉书·窦宪传》）。〔关山月〕《乐府古题要解》："《关山月》，伤离也。"〔无那〕即无奈。

琵琶起舞换新声，总是关山离别情。
撩乱边愁听不尽，高高秋月照长城。

〔注〕〔琵琶〕《释名》："琵琶本出于胡中，马上所鼓也。"〔长城〕《史记·蒙恬传》："乃使蒙恬将三十万众，北逐戎狄，收河南，筑长城，因地形，用险制塞，起临洮至辽东，延袤万余里。"

青海长云暗雪山，孤城遥望玉门关。
黄沙百战穿金甲，不破楼兰终不还。

〔注〕〔青海〕《十三州记》："允吾县西有卑禾羌海谓之青海。"〔雪山〕《后汉书·班超传》注："西域有白山，通岁有雪，亦名雪山。"〔玉门关〕

《元和郡县志》："陇右道沙州寿昌县：玉门故关在县西北一百一十七里。"
〔楼兰〕《汉书·西域传》："鄯善国本名楼兰。"

大漠风尘日色昏，红旗半卷出辕门。
前军夜战洮河北，已报生禽吐谷浑。

〔注〕〔辕门〕黄度"五官解"："会同有兵事则为车宫，所谓兵车之会。今犹称将幕为辕门。"〔洮河〕《元和郡县志》："陇右道洮州临潭县：洮水出县西南三百里强台山。"〔吐谷浑〕《新唐书·西域传》："吐谷浑居甘松山之阳，洮水之西，南抵白兰，地数千里。"

秦时明月汉时关，万里长征人未还。
但使龙城飞将在，不教胡马度阴山。

〔注〕〔龙城〕《汉书·匈奴传》："岁正月诸长少会单于庭祠，五月大会龙城，祭其先天地鬼神。"王先谦补注："'索隐'崔浩云'西方胡皆事龙神，故名大会处为龙城'。"〔飞将〕《史记·李将军传》："（李）广居右北平，匈奴闻之，号曰汉之飞将军，避之。"〔阴山〕《汉书·匈奴传》："（侯）应曰：'臣闻北边塞至辽东，外有阴山……至孝武世，出师征伐，斥夺此地，攘之于幕北。……边长老言匈奴失阴山之后，过之未尝不哭也。'"

〔释〕唐代诗人作边塞词者极多，大抵多写边塞荒寒、戍卒辛苦、伤离念远之情。王昌龄、岑参等尤长于作此类诗歌。兹录王诗五首，以见一斑。第一首言边烽不息，黄昏登楼，满耳秋风，已十足悲凉，此时更闻羌笛吹出《关山月》曲，安得不生金闺万里之愁。第二首琵琶之新声，亦撩人之怨曲，满腹离绪之人，何堪听此，故有第三句。此诗末句骤读之似与上三句不相连贯，乃诗人用暗接之法。盖离人每以月为异地两情相联系之物，故谢庄《月赋》有"美人迈兮音尘阙，隔千里兮共明月"之句，又如杜甫月夜思家有"今夜鄜州月，闺中只独看"之作，李白牛渚忆人有"登舟望秋月，空忆谢将军"之诗，一写人独看，一写己空忆；而张九龄望月有"清迥城边月，流光万里同。所思如梦里，相望在庭中"之篇，则万里相望也。凡此皆因月生感之作，王诗末句忽接写月，正以见边愁不尽者，对此"高高秋月"但"照长城"，愈觉难堪也。句似不接，而意实相连，此之谓暗接。第三首又换一意，写思归之情而曰"不破楼兰终不还"，用一"终"字而使人读之凄然。盖"终不还"者，终不得还也，连上句金甲着穿观之，久戍之苦益明，如以为思破敌立功而归，则非诗人之本意矣。第四首但写边军战胜之事。据《唐书·西戎吐谷浑传》，太宗征伏允（吐谷浑酋长）入朝，称疾不至。贞观九年，诏特进李靖为西海道行军大总管，兵部尚书侯君集为积石道行军总管，任城王道宗为鄯善道行军总管，仍为靖副，并突厥、契苾之众以击之。诸将频与贼遇，连战破之，伏允西走。将军薛万均率轻锐追奔，入碛数百里，两军会于大非川，伏允自缢而死。国人乃立顺为可汗，称臣内附。诗所写或即此战事。第五首"人未还"言师劳无功也。三四句责将非其人。倘得李广为将，则边境自安矣。"秦时明月"句，沈归愚《说诗晬语》谓"防边筑城起于秦、汉，明月属秦，关属汉，诗中互文"。此句不过见边事乃历代所有也。

芙蓉楼送辛渐

（二首录一）

寒雨连江夜入吴，平明送客楚山孤。
洛阳亲友如相问，一片冰心在玉壶。

〔**注**〕〔芙蓉楼〕《元和郡县志》："江南道润州：晋王恭为刺史，改创西南楼名万岁楼，西北楼名芙蓉楼。"〔辛渐〕未详。〔玉壶〕鲍照《白头吟》："清如玉壶冰。"

〔**释**〕此昌龄方自龙标贬所归吴，次晨即于芙蓉楼饯别辛渐之作。末句沈归愚谓"言己不牵于宦情也"。按此用鲍诗以明己虽被贬而心地光明如玉壶冰也，不便质言，故托之比喻。

常建 建开元中进士及第，大历中为盱眙尉。有集三卷，今存。殷璠称"建诗似初发通庄，却寻野径，百里之外，方归大道。所以其旨远，其兴僻，佳句辄来，惟论意表"。

三日寻李九庄

雨歇杨林东渡头，永和三日荡轻舟。
故人家在桃花岸，直到门前溪水流。

〔注〕〔永和三日〕王羲之《兰亭诗序》："永和九年岁在癸丑，暮春之初，会于会稽山阴之兰亭，修禊事也。"〔桃花岸〕此暗用《桃花源记》。记称："晋太元中，武陵人捕鱼为业，缘溪行，忘路之远近，忽逢桃花林。夹岸数百步，中无杂树。"李九当是隐居高士，故以其所居比之桃花源。此用典使人不觉是典之例也。

塞下曲
（五首录二）

铁马胡裘出汉营，分麾百道救龙城。
左贤未遁旌竿折，过在将军不在兵。

〔注〕〔塞下曲〕《乐府诗集·新乐府辞》有《塞上曲》《塞下曲》，皆述边事之词。〔分麾〕分兵也。〔左贤〕匈奴有左右贤王。〔旌竿〕幡竿也，

旗竿也。〔旌竿折〕言兵败也。《晋书·陆机传》："（机）讨长沙王乂，始临戎而牙旗折。"

〔释〕此诗前三句皆言兵败，末句始提出作诗本意，言兵败之过在将不善用兵也。

北海阴风动地来，明君祠上御龙堆。
髑髅皆是长城卒，日暮沙场飞作灰。

〔注〕〔龙堆〕《汉书·西域传》："楼兰国最在东垂，近汉，当白龙堆，乏水草。"

〔释〕此首写沙场惨黩之状，读之令人悚动。可见唐代边患之深，兵士死事之烈，皆其时朝政之失所致。

薛维翰　维翰登开元进士第，存诗五首。一作蒋维翰。

闺　怨
（二首录一）

美人怨何深，含情倚金阁。
不笑复不语，珠泪纷纷落。

〔释〕此诗可与李白《怨情》一首参看。

刘长卿　长卿字文房，河间人。开元二十一年进士。至德中，为监察御史，以检校祠部员外郎为转运使判官，知淮南鄂岳转运留后。鄂岳观察使吴仲孺诬奏，贬潘州南巴尉，会有为之辨者，除睦州司马，终随州刺史。长卿以诗驰声上元、宝应间。皇甫湜云："诗未有刘长卿一句，已呼宋玉为老兵。"权德舆谓长卿自诩为"五言长城"。集十卷，今存。

逢雪宿芙蓉山

日暮苍山远，天寒白屋贫。
柴门闻犬吠，风雪夜归人。

〔注〕〔白屋〕贫士所居也。
〔释〕此诗二十字将雪夜宿山人家一段情事，描绘如见。

茱萸湾

荒凉野店绝，迢递人烟远。
苍苍古木中，多是隋家苑。

〔注〕〔茱萸湾〕《江南通志》："茱萸湾在江都县东北二十里。"〔隋苑〕

《寿春图经》："（隋）十宫在江都县北长阜苑内，依林傍涧，因高跨阜，随地形置焉，并隋炀帝立也。曰归雁宫、回流宫、九里宫、松林宫、枫林宫、大雷宫、小雷宫、春草宫、九华宫、光汾宫，是曰十宫。"

〔释〕此吊古之作也。首二句已极见荒远，三句五字，更具萧森，末句淡淡指出隋苑，而今昔衰盛之感，不言自见。王世贞所谓"愈小而大，愈促而缓"，五绝之妙，此诗有之。

春草宫

君王不可见，芳草旧宫春。
犹带罗裙色，青青向楚人。

〔注〕〔春草宫〕见前《茱萸湾》"隋苑"注。〔罗裙色〕杜甫《琴台》诗："野花留宝靥，蔓草见罗裙。"

〔释〕此亦吊古之词。第三句从第二句"芳草"引出，因草色与罗裙同而想见昔日之宫人，故曰"犹带"，又因今日之草色青青，但向楚人，补足首句之意，词意回环入妙。江都故东楚地，故曰"楚人"。

送李穆归淮南

扬州春草新年绿，未去先愁去不归。
淮水问君来早晚，无人偏畏过芳菲。

〔注〕〔春草〕淮南小山《招隐士》："王孙游兮不归，春草生兮萋萋。"

〔释〕诗因李穆归淮南惜别而作。首二句用《招隐士》篇语，既切淮南，又寓招隐之意。淮南小山招隐，非招贤士隐退，乃招隐退之贤士出仕也。故篇末有"王孙兮归来，山中兮不可以久留"。长卿用其意，故"先愁去不归"，恐其去而久留不出也。第三四句写别情，问君何时从淮南而来，因虽有大好春光而无人共赏，反怕过芳菲时节也。全首无惜别之语而别意极深厚。

新息道中

萧条独向汝南行，客路多逢汉骑营。
古木苍苍离乱后，几家同住一孤城。

〔注〕〔新息〕《汉书·地理志》："汝南郡新息县。"

〔释〕此写汝南新息县道中所见也。李正封（与韩愈）郾城联句"雪下收新息"，乃指李愬破吴元济事。据今人岑仲勉《读全唐文札记》根据权德舆《秦征君校书与刘随州唱和诗序》，知长卿卒于德宗贞元七年以前，破蔡州事已不及知，此诗所指或系德宗建中四年李希烈陷汝州，贞元二年希烈为其将毒杀，淮西始平之事。

王翰　翰字子羽，晋阳人，登进士第，举直言极谏，调昌乐尉，复举超拔群类，召为秘书正字，擢通事舍人，驾部员外，出为汝州长史，改仙州别驾。日与才士豪侠饮乐游畋，坐贬道州司马卒。有集十卷，今佚。

凉州词

（二首录一）

蒲桃美酒夜光杯，欲饮琵琶马上催。

醉卧沙场君莫笑，古来征战几人回。

〔注〕〔凉州词〕《乐府诗集·近代曲辞》有《凉州歌》，引《乐苑》曰："《凉州》宫调曲，开元中西凉都督郭知运进。"〔蒲桃酒〕《史记·大宛传》："宛左右以蒲陶为酒。"〔夜光杯〕《十洲记》："周穆王时，西胡献夜光常满杯。杯是白玉之精，光明夜照。"

〔释〕此写从军将士临发之情事也。首二句言其事，三四句言其情。琵琶本马上乐，胡地所为。蒲桃、蒲陶、葡萄一物异名，酒亦胡地所产，夜光杯用《十洲记》亦西胡所有，皆以状边塞风物。将士饮酒方酣，忽闻琵琶之声，顿起从军之感。故即接以三四句，语似放旷，意实悲凉矣。清人施均父《岘佣说诗》谓"作悲伤语读便浅，作谐谑语读便妙"。语犹未的。玩末句何由见其为谐谑，只觉其感慨苍凉耳。

孟浩然　浩然字浩然，襄阳人。少隐鹿门山，年四十乃游京师，尝于太学赋诗，一坐嗟伏。浩然与张九龄、王维为忘形交。山南采访使韩朝宗谓浩然闲深诗律，寘诸周行，必咏穆如之颂，因入奏与偕行，先扬于朝，约日引谒。浩然方饮不赴。明皇以张说之荐，召浩然令诵所作，乃诵"北阙休上书"一诗，至"不才明主弃"，帝曰："卿不求仕，朕岂弃卿。"因放还。张九龄镇荆州，署为从事，开元末疽发背卒，年五十。浩然每为诗伫兴而作，造意极苦，篇什既成，洗削凡近。皮日休《孟亭记》云："明皇世，章句之风，大得建安体，论者推李翰林、杜工部为尤。介其间能不愧者，惟吾乡之孟先生也。"集三卷，今存。按浩然遇明皇，匿床下一事，见《唐摭言》，与《唐诗纪事》不同。明胡震亨《唐音癸签》"谈丛一"谓："孟襄阳伴直，从床底出见明皇，有诸乎？果尔，不逮坦率宋五远矣。令人主一见，意顿尽，何待诵诗始决也。"此论极是，故今不采《摭言》而从《纪事》。

春 晓

春眠不觉晓，处处闻啼鸟。
夜来风雨声，花落知多少。

〔释〕此古今传诵之作，佳处在人人所常有，惟浩然能道出也。闻风雨而惜落花，不但可见诗人清致，且有屈子"哀众芳之零落"之感也。

宿建德江

移舟泊烟渚，日暮客愁新。
野旷天低树，江清月近人。

〔注〕〔建德江〕《清统志》："严州府建德县，有新安江。"

〔释〕此诗首二句写宿建德江之时地，"客愁"，旅愁也。第三句写远景，野旷则似天低于树。第四句写近景，江清则觉月近于人。合观之有辽阔凄寂之感，所谓"客愁新"也。诗家有情在景中之说，此诗是也。不可但赏其写景之工，而不见其客愁何在。再者，此诗章法与转变在第三句者异，三四两句作对结束，其转变置于第二句末三字。明胡元瑞《诗薮》谓："对结者须意尽，如王之涣'欲穷千里目，更上一层楼'，高达夫'故乡今夜思千里，霜鬓明朝又一年'，添着一语不得乃可。"盖对结句如意犹未尽，则成律诗之前半首，故后人有半律之讥。

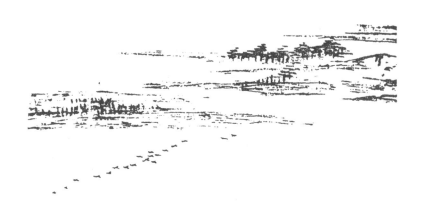

李白 白字太白，陇西成纪人，或曰山东人，或又曰蜀人。少有逸才，志气宏放，飘然有超世之心。天宝初，白至长安，贺知章见其文叹曰："子谪仙人也。"言于明皇，召见金銮殿，奏颂一篇。帝赐食，亲为调羹，有诏供奉翰林。白尝与酒徒饮于市，帝坐沉香亭，意有所感，欲得白为乐章，召入而白已醉，左右以水颒面，稍解，援笔成文，婉丽精切。帝爱其才，数宴见，尝醉使高力士脱靴。力士素贵，耻之，摘其诗以激杨贵妃。帝欲官白，妃辄沮止。白自知不为亲近所容，求还山。帝赐金放还，乃浪迹江湖，终日沉饮。永王璘都督江陵，辟为僚佐。璘谋乱兵败，白坐长流夜郎，会赦得还。代宗立，以左拾遗召而白已卒。集三十卷，今存。

玉阶怨

玉阶生白露，夜久侵罗袜。
却下水晶帘，玲珑望秋月。

〔**注**〕〔玉阶怨〕《乐府诗集·相和歌辞·楚调曲》有《玉阶怨》，亦宫怨词也。

〔**释**〕二十字写一人初则伫立玉阶，立久罗袜皆湿，乃退入帘内，下帘望月，未尝一字及怨情，而此人通宵无眠之状，写来凄冷逼人，非怨而何？

静夜思

床前明月光，疑是地上霜。
举头望明月，低头思故乡。

〔释〕清李重华《贞一斋诗说》谓："五言绝发源《子夜歌》，别无妙巧，取其天然二十字，如弹丸脱手为妙。"李白此诗绝去雕采，纯出天真，犹是《子夜》民歌本色，故虽非用乐府古题，而古意盎然。前人尝言李白曾以乐府学授人，知其于此体功力甚深。

怨情

美人卷珠帘，深坐颦蛾眉。
但见泪痕湿，不知心恨谁。

越女词
（五首录一）

耶溪采莲女，见客棹歌回。
笑入荷花去，佯羞不出来。

〔注〕〔耶溪〕《寰宇记》："若耶溪在会稽县东二十八里。"
〔释〕此与前《怨情》诗，皆体情之作，各极其妙。比而观之，可见诗人笔具造化，塑造形象，皆栩栩如生，王安石《题张司业诗》有"看似

寻常最奇崛，成如容易却艰辛"之语，最能道出诗人创作之甘苦。即如太白此二篇，固赖主观虚构，亦需客观实验，非率尔可能也。

独坐敬亭山

众鸟高飞尽，孤云独去闲。
相看两不厌，只有敬亭山。

〔注〕〔敬亭山〕《郡国志》："宛陵北有敬亭山。"

〔释〕首二句独坐所见，三四句独坐所感。曰"两不厌"，则有相看而厌者；曰"只有"，则有不如此山者。此二句既以见山之神秀，令人领略不尽，亦以见己之赏会，独在此山。用一"两"字，便觉山亦有情，而太白之风神，有非尘俗所得知者，知者其山灵乎！

渌水曲

渌水明秋月，南湖采白蘋。
荷花娇欲语，愁杀荡舟人。

〔注〕〔渌水曲〕《乐府诗集·琴曲歌辞》有《渌水曲》，谓蔡邕所作，名《蔡氏五弄》。引《琴书》曰："邕性沉厚，雅好琴道，嘉平初，入清溪访鬼谷先生所居，山有五曲，一曲制一弄。……南曲有涧，冬夏常渌，故作《渌水》。"白诗虽用古题，所咏与采莲、采菱同，盖写所见也。诗中用"南湖"或即南曲之涧。

〔释〕此诗三四两句，造意甚新，言荷花之容态，足令采蘋之女对之

生妒，故曰"愁杀"。"杀"或作"煞"，唐宋时常语，有太甚之意。

系寻阳上崔相涣

（三首录一）

邯郸四十万，同日陷长平。
能回造化笔，或冀一人生。

〔注〕〔系寻阳〕永王璘为江陵府都督，充山南东路及岭南、黔中、江南西路四道节度使，重白才名，辟为府僚佐。及璘擅引舟师东下，胁以偕行。至德二载二月，永王璘兵败，太白亡走彭泽，坐系寻阳狱。〔陷长平〕《史记》："白起越韩魏而攻强赵，北坑马服，诛屠四十余万之众，尽之于长平之下。"

〔释〕李白又有《狱中上崔相涣》五古一首与此同时作。崔相即为白昭雪附永王璘事者。其时房琯军败于陈涛斜，安、史势方盛，李白方系身囹圄之中，而不忘国事，献诗为士卒请命，其气度非常人所及。

田园言怀

贾谊三年谪，班超万里侯。
何如牵白犊，饮水对清流。

〔注〕〔贾谊〕《史记》称"贾谊为长沙王傅三年"。〔班超〕《后汉书·班超传》，班超行诣相者，相者曰："祭酒布衣诸生耳，而当封侯万里之外。"后使西域，五十余国悉皆纳质内属，封超为"定远侯"。〔牵犊、饮流〕《高士传》："许由洗耳于颍滨，时其友巢父牵犊欲饮之，见由洗耳，问其

故。对曰：'尧欲召我为九州长，恶闻其声，是故洗耳。'巢父曰：'子若处高岸深谷，人道不通，谁能见子。子故浮游欲闻，求其名誉，污吾犊口。'牵犊上流饮之。"

〔释〕李白生逢乱世，常有建功立业之心，而所如不合，志气无从发挥，故有此作。诗言仕宦不得志如贾谪长沙，得志如班封侯万里，何如巢父牵犊饮流。言外似有轻功名、慕高隐之志。然其附永王璘，盖思借以靖乱，虽曰被胁，亦非无意，观其永王东巡歌既曰"但用东山谢安石，为君谈笑静胡沙"，又曰"南风一扫胡尘静，西入长安到日边"，则其志皎然矣。其临卒前一年（上元二年）作《闻李太尉（光弼）大举秦兵百万出征东南，懦夫请缨，冀申一割之用，半道病还，留别金陵崔侍御十九韵》，则此志终生不渝矣。后人喜论李、杜优劣，而尊杜抑李者每以杜甫忧国忧民，欲致君尧舜，为李白所不及，以李白"当王室多难，海宇横溃之日，作为歌诗，不过豪侠使气，狂醉于花月之间耳，社稷苍生不系其心膂"（罗大经《鹤林玉露》）。未免从表面、片面论人，非确论也。惟韩愈有"李杜文章在，光焰万丈长"之语最平允。

结袜子

燕南壮士吴门豪，筑中置铅鱼隐刀。
感君恩重许君命，太山一掷轻鸿毛。

〔注〕〔结袜子〕《乐府诗集·杂曲歌辞》有《结袜子》，引《帝王世纪》所载文王、武王自结袜事，及《汉书》王生使张廷尉释之为结袜事；又曰："唐李白辞大抵言感恩之重，而以命相许也。"〔燕南壮士〕《史记·刺客传》："荆轲之客皆亡，高渐离变名姓为人庸保，匿作于宋子。……秦始皇召见……使击筑，未尝不称善，稍益近之。高渐离乃以铅置筑中，复进得近，举筑扑秦皇帝，不中，于是遂诛高渐离。"又曰："专诸者，吴堂邑人也。……伍子胥知公子光之欲杀吴王僚……乃进专诸于公子光。……

四月丙子，光伏甲士于窟室中，而具酒请王僚。……使专诸置匕首鱼炙之腹中而进之。既至王前，专诸擘鱼，因以匕首刺王僚。王僚立死，左右亦杀专诸。"〔太山〕司马迁《报任安书》："人固有一死，或重于太山，或轻于鸿毛，用之所趋异也。"

黄鹤楼送孟浩然之广陵

故人西辞黄鹤楼，烟花三月下扬州。
孤帆远影碧空尽，唯见长江天际流。

〔注〕〔黄鹤楼〕《元和郡县志》："江南道鄂州：城西临大江，西南角因矶名楼为黄鹤楼。"〔广陵〕《续汉书·郡国志》："徐州广陵郡广陵县原注'吴王濞所都，城周十四里半'。"

〔释〕此诗写别情在三四句。故人之舟既远，则帆影亦在碧空中消失，此时送别之人所见者"长江天际流"而已。行者已远而送者犹伫立，正以见其依恋之切，非交深之友，不能有此深情也。善写情者不贵质言，但将别时景象有感于心者写出，即可使诵其诗者，发生同感也。又案，"碧空"《万首唐人绝句》作"碧山"。宋陆游《入蜀记》曰："八月二十八日访黄鹤楼故址。太白登此楼送孟浩然诗云：'孤帆远映碧山尽，唯见长江天际流。'盖帆樯映远山尤可观，非江行久不能知也。"如其说亦佳，但必改"影"作"映"，恐非原稿。

长门怨

（二首录一）

桂殿长愁不记春，黄金四壁起秋尘。

夜悬明镜青天上，独照长门宫里人。

〔**注**〕〔长门怨〕《乐府古题要解》：“《长门怨》为汉武帝陈皇后作也。后长公主嫖女，字阿娇，及卫子夫得幸，退居长门宫，愁闷悲思，闻司马相如工文章，奉黄金百斤令为解愁之词。相如作《长门赋》，帝见而伤之，复得亲幸者数年。后人因其赋为《长门怨》。”

〔**释**〕首二句一春一秋，二字表两种情绪。月悬天上，岂独为长门宫里人，而永夕不眠者，独得月照，则似此明月专为宫人而悬照也。《长门赋》有“悬明月以自照兮，徂清夜于洞房”，李白用之而意更深切。

清平调词

（三首）

云想衣裳花想容，春风拂槛露华浓。
若非群玉山头见，会向瑶台月下逢。

〔**注**〕〔清平调词〕《太真外传》：“开元中，禁中重木芍药，即今牡丹也。得数本红紫浅红通白者，上因移植于兴庆池东沉香亭前，会花方繁开……上曰：‘赏名花，对妃子，焉用旧乐词。’遽命龟年持金花笺宣赐翰林学士李白，立进《清平乐词》三章。”〔群玉山〕《穆天子传》：“至于群玉之山，四彻中绳，先王之所谓策府。”注：“《山海经》云：‘群玉山，西王母所居者。’”〔瑶台〕《太平御览》引《登真隐诀》：“昆仑瑶台是西王母之宫，所谓西瑶上台，上真秘文尽在其中矣。”

一枝红艳露凝香，云雨巫山枉断肠。
借问汉宫谁得似，可怜飞燕倚新妆。

〔注〕〔云雨巫山〕《水经注》："郭景纯云：'丹山在丹阳属巴，丹山西即巫山者也。天帝女居焉。宋玉所谓天帝之季女名曰瑶姬，未行而亡，封于巫山之阳，精魂为草实，为灵芝，所谓巫山之女高唐之阻，旦为行云，暮为行雨，朝朝暮暮，阳台之下。旦早视之，果如其言，故为立庙，号朝云焉。'"〔飞燕〕《汉书·外戚传》："孝成赵皇后，本长安宫人。……及壮，属阳阿主家，学歌舞，号曰飞燕。成帝尝微行出，过阳阿主，作乐。上见飞燕而悦之，召入宫，大幸。有女弟，复召入，俱为婕妤，贵倾后宫。"

名花倾国两相欢，长得君王带笑看。
解释春风无限恨，沉香亭北倚阑干。

〔注〕〔沉香亭〕《雍录》："兴庆宫图，龙池东有沉香亭。"

〔释〕第一首前两句，名花、妃子双写，而以春风比恩幸。后两句又以玉山、瑶台之仙灵，双绾名花、妃子而以见其娇贵。第二首前两句写名花，后两句写妃子，曰"枉断肠"，神女不如名花也。曰"可怜"，飞燕不如妃子也。高力士即以此首以飞燕比杨妃为进谗之用，以激怒杨妃。第三首总结，点明名花、妃子皆能长邀帝宠爱者，以能"解释春风无限恨"也。诗家每用春或春风，或东皇代帝皇。三首皆能以绮丽高华之笔为名花、妃子传神写照。其中第二首，用巫山神女、汉宫飞燕两故事，而楚襄、汉武淫荒逸乐之戒，即在其中，故高力士得指摘其句为进谗之阶，明皇虽爱才亦不能不动心，故终有放还之举。而李白所以一生落拓江湖，不得翱翔云霄，亦即因此。王琦注此诗，谓李白起草之时，用巫山云雨、汉宫飞燕事，别无寓意。以为白系新进之士未必欲托无益之空言，期君之悟，不免浅视诗人矣。至萧士赟以为云雨巫山句有讥贵妃曾为寿王妃，枉断肠者乃寿王，亦不无深文周纳之失。一则失之太浅，一则求之过深，皆难使人信服。又王琦谓"云想"蔡君谟书此诗作"叶想"，必君谟一时笔误，非有意点金成铁，却甚有见。金元遗山与张仲杰论文诗有"文须字字作，亦要字字读"，盖谓读诗文不可轻忽，方不负作者之苦心。

早发白帝城

朝辞白帝彩云间，千里江陵一日还。
两岸猿声啼不住，轻舟已过万重山。

〔注〕〔白帝城〕白帝城在今夔州。杨齐贤注："白帝城，公孙述所筑。初公孙述至鱼复，有白龙出井中，自以承汉土运，故号白帝城。"〔江陵〕《汉书·地理志》："南郡县江陵。"注："故楚郢都，楚文王自丹阳徙此。"〔猿声〕《水经注》："自三峡七百里中，两岸连山，略无阙处，重岩叠嶂，隐天蔽日，自非亭午夜分，不见曦月。至于夏水襄陵，沿溯阻绝。王命急宣，有时朝发白帝，暮宿江陵。其间千二百里，虽乘奔御风，不以疾也。每至晴初霜旦，林寒涧肃，常有高猿长啸，属引凄异，空谷传响，哀转久绝。故渔者歌曰：'巴东三峡巫峡长，猿鸣三声泪沾裳。'"盛弘之《荆州记》同。

〔释〕此诗写江行迅速之状，如在目前，而"两岸猿声"一句，虽小小景物，插写其中，大足为末句生色。正如太史公于叙事紧迫中忽入一二闲笔，更令全篇生动有味。故施均父谓此诗"走处仍留，急语仍缓"，乃用笔之妙。

望庐山瀑布

日照香炉生紫烟，遥看瀑布挂前川。
飞流直下三千尺，疑是银河落九天。

〔注〕〔庐山瀑布〕《后汉书·郡国志》注："庐山在寻阳县南。有匡俗先生者，出殷周之际，隐遁潜居其下。……时谓所止为仙人之庐而命焉。"《太平御览》引周景式《庐山记》："白水在黄龙南数里，即瀑布水也。土

人谓之白水湖。其水出山腹，挂流三四百丈，飞湍于林峰之表，望之若悬素。"

〔释〕李白集中所写山水，皆气象奇伟雄丽之景，足见其胸次宏阔，亦与山水同。较之王、裴辋川唱和诸作，别具一番境界。大小虽殊，而诗人观物之精细与胸怀之澄澈，能以一己之精神面貌，融入景物之中，则无不同。

望天门山

天门中断楚江开，碧水东流至此回。
两岸青山相对出，孤帆一片日边来。

〔注〕〔天门山〕《图经》："天门山在太平州，当涂县西南二十里。"

〔释〕毛奇龄谓曾见宋本《万首唐人绝句》，李白此诗，"至此"时刻误为"至北"："此是望天门山诗，因梁山、博望夹峙江广，水流至此，作一回旋矣。时刻误'此'为'北'，既东又北，既北又回，已乖句调，兼失义理。"今从毛说，改"北"为"此"。其第三句正为第四句生色，与前首同，梅尧臣所谓"状难写之景如在目前"，读太白诗时时有之。

苏台览古

旧苑荒台杨柳新，菱歌清唱不胜春。
只今惟有西江月，曾照吴王宫里人。

〔注〕〔苏台〕范成大《吴郡志》："姑苏台旧图经云：'在吴县西三十里。'"

越中览古

越王勾践破吴归，义士还家尽锦衣。
宫女如花满春殿，只今惟有鹧鸪飞。

〔注〕〔勾践破吴〕《史记·越王勾践世家》，勾践欲伐吴，"问范蠡，蠡曰：'可矣。'乃发习流二千，教士四万人，君子六千人，诸御千人伐吴。吴师败，遂杀吴太子。……其后四年，越复伐吴。……吴师败，越遂复栖吴王于姑苏之山"。〔义士〕即习流、教士、君子、诸御等人，或疑越人安得称义士者，非也。

〔释〕两诗皆吊古之作。前首从今月说到古宫人，后首从古宫人说到今鹧鸪，皆以见今昔盛衰不同，令人览之而生感慨，而荣乐无常之戒即寓其中。

与史郎中钦听黄鹤楼上吹笛

一为迁客去长沙，西望长安不见家。
黄鹤楼中吹玉笛，江城五月落梅花。

〔注〕〔落梅花〕《乐府诗集·汉横吹曲》有《梅花落》。

春夜洛城闻笛

谁家玉笛暗飞声，散入春风满洛城。

此夜曲中闻折柳，何人不起故园情。

〔注〕〔折柳〕《乐府诗集·汉横吹曲》有《折杨柳》。

〔释〕两诗皆闻笛生感之作。前首先有情后闻笛，后首先闻笛后有情，章法变换。先有情者，情感物也；后有情者，物动情也。

赠汪伦

李白乘舟将欲行，忽闻岸上踏歌声。
桃花潭水深千尺，不及汪伦送我情。

〔注〕〔汪伦〕杨齐贤注："白游泾县，桃花潭村人汪伦常酿美酒以待白。伦之裔孙至今宝其诗。"〔踏歌〕《通鉴·唐纪》："（阎）知微与虏连手踏《万岁乐》于城下。"胡三省注："踏歌者，连手而歌，蹋地以为节也。"〔桃花潭〕王琦注："《一统志》：桃花潭在宁国府泾县西南一百里，深不可测。"

〔释〕王琦注引唐汝询曰："伦一村人耳，何亲于白，既酝酒以候之，复临行以祖之，情固超俗矣。太白于景切情真处，信手拈出，所以调绝千古。"按读此诗既以见汪伦之超俗可喜，亦以见太白之对人民亲切有情，汪伦借太白一诗而留名后世，亦如黄四娘因杜甫一诗而传，诗人之笔可贵如此。

韦应物　应物京兆长安人，少以三卫郎事明皇，晚更折节读书。永泰中，授京兆功曹，迁洛阳丞。大历十四年，自鄠令制除栎阳令，以疾辞不就。建中二年，拜比部员外郎，出为滁州刺史，久之，调江州，追赴阙，改左司郎中。复出为苏州刺史。应物性高洁，所在焚香扫地而坐。惟顾况、刘长卿、丘丹、秦系、皎然之俦，得厕宾客，与之酬倡。其诗闲淡简远，人比之陶潜，称陶韦云。集十卷，今存。

秋夜寄丘员外

怀君属秋夜，散步咏凉天。
山空松子落，幽人应未眠。

〔注〕〔丘员外〕丘丹也。丘尝为仓曹员外郎、祠部员外郎。

怀琅琊深标二释子

白云埋大壑，阴崖滴夜泉。
应居西石室，月照山苍然。

秋斋独宿

山月皎如烛，风霜时劲竹。
夜半鸟惊栖，窗间人独宿。

〔释〕上三诗，与王维辋川诸作颇相似，皆有恬淡闲远之趣。

西塞山

势从千里奔，直入江中断。
岚横秋塞雄，地束惊流满。

〔注〕〔西塞山〕陆游《入蜀记》："晚过道士矶。石壁数百尺，色正青，了无窍穴，而竹树迸枝交络其上，苍翠可爱。自过小孤，临江峰嶂无出其右。矶一名西塞山。"
〔释〕二十字乃一幅山水画，参看陆游《入蜀记》，知此山实西蜀一胜境。

登楼

兹楼日登眺，流岁暗蹉跎。
坐厌淮南守，秋山红树多。

〔释〕高步瀛《唐宋诗举要》："厌，'猒'之借字。《说文》曰'猒，

饱也'。《周语》中韦注曰'猒，足也'。字亦作'厌'。此诗言以淮南守
为自足，因耽玩山树耳，若以厌恶字解之，失其旨矣。唐滁州属淮南道，
此当是为滁州刺史时作。"按高解"厌"为饱，是。谓"诗言以淮南守为
自足，因耽玩山树耳"，则尚未得诗人之用意。观"流岁暗蹉跎"句，知
三四句即从此出，言身为郡守，无益生民，惟饱看"秋山红树"而已。韦
《寄畅当》诗有"丈夫当为国，破敌如摧山。何必事州府，坐使鬓毛斑"，
与此诗同一旨趣。其非以淮南一守自足，固极显然。

登楼寄王卿

踏阁攀林恨不同，楚云沧海思无穷。
数家砧杵秋山下，一郡荆榛寒雨中。

〔**注**〕〔王卿〕未详。
〔**释**〕此诗首二句寄诗之情，三四句登楼之感。细玩末句，知乱后州
郡荒凉景象，实可悲悯。宋刘辰翁谓"韦应物居官自愧，闵闵有恤人之
心"。证以韦《寄李儋元锡》诗"邑有流亡愧俸钱"之句，刘氏之说，可
谓能得诗人忠厚恺悌之情矣。

寄诸弟
（二首）

岁暮兵戈乱京国，帛书间道访存亡。
还信忽从天上落，唯知彼此泪千行。

秋林縱鴿圖

鈴聲翼影
及天嬌十五年
前記手摘何
幸排徊林下
路萬殊紅
樹似前朝

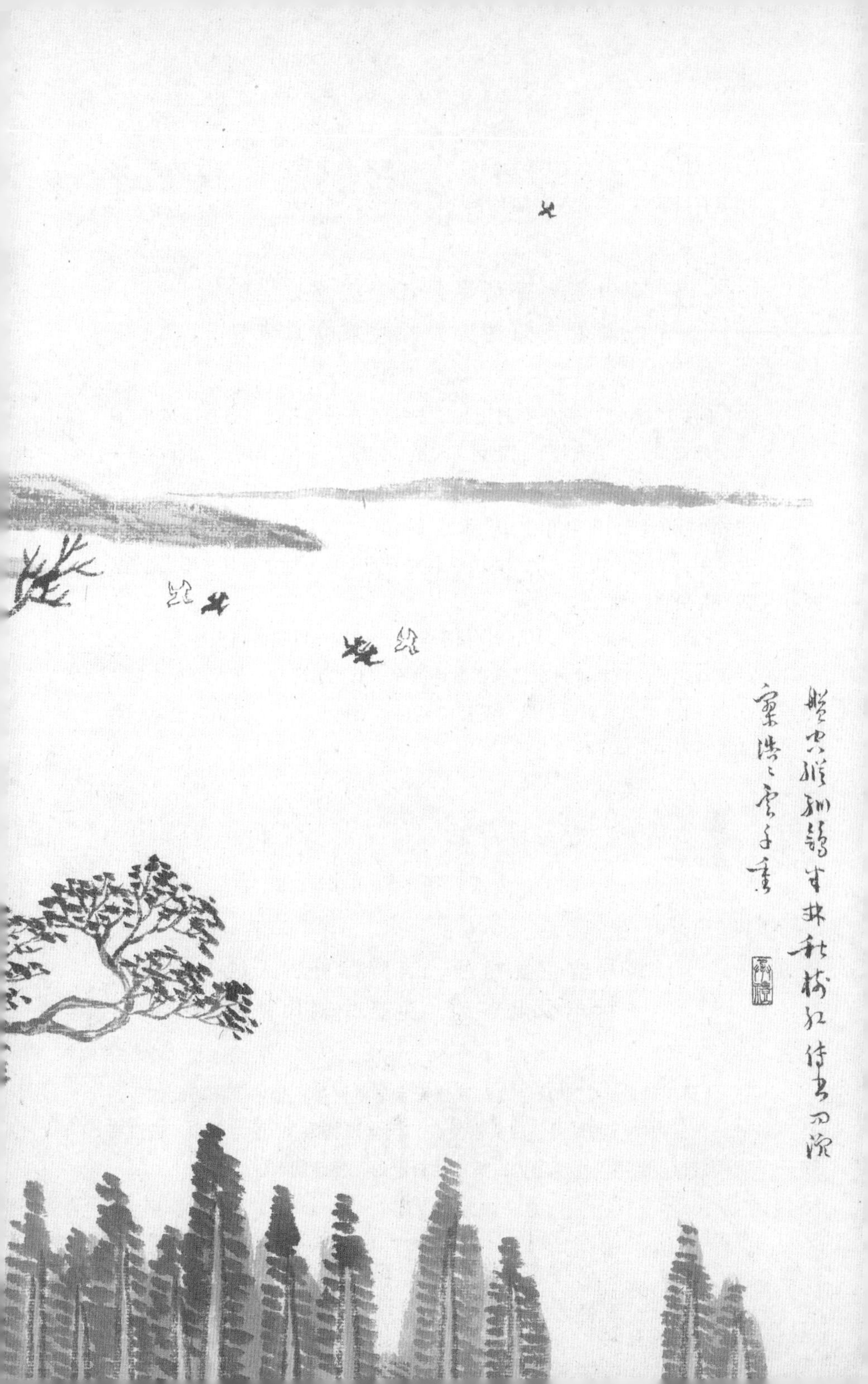

〔注〕〔帛书〕《汉书·苏武传》："常惠教使者言，天子射上林中，得雁足有系帛书，言武等在某泽中。"

雨中禁火空斋冷，江上流莺独坐听。
把酒看花想诸弟，杜陵寒食草青青。

〔注〕〔禁火〕《荆楚岁时记》："去冬至节一百五日，即有疾风甚雨，谓之寒食禁火。"〔流莺〕此暗用谢灵运"园柳变鸣禽"句意。谢此诗乃于永嘉西堂，忽梦惠连，即得"池塘生春草，园柳变鸣禽"之句，见《南史·谢惠连传》，兄弟事也，故用之。〔杜陵〕《汉书·地理志》："杜陵县属京兆尹。"《元和郡县志》："关内道京兆府万年县：杜陵在县东南二十里，汉宣帝陵也。"

〔释〕此二诗，一以见应物笃于兄弟之情，一以见唐当天宝之乱，人民离散之苦。杜甫《月夜忆舍弟》诗亦有"有弟皆分散，无家问死生"之句，《得舍弟消息》诗亦有"不知临老日，招得几人魂"之语，全是一片离乱景象中兄弟不保之痛语。

与村老对饮

鬓眉雪色犹嗜酒，言辞淳朴古人风。
乡村年少生离乱，见话先朝如梦中。

〔释〕读此诗如见两老人对饮谈天宝未乱时事，坐中少年听此如听说梦。比元稹《行宫》诗"白头宫女在，闲坐说玄宗"，更为沉痛。彼说者宫闱盛衰，此则人民苦乐也。其描绘村老处，尤亲切有味。

子规啼

高林滴露夏夜清，南山子规啼一声。
邻家孀妇抱儿泣，我独展转何为情。

〔释〕此亦仁人之言也。孀妇抱儿夜哭，闻者真难为怀。"邻家"二句可抵杜甫《石壕吏》一首。此首一二两句，描写夜景，已足悲凉，合之后两句，其情其景，虽千百年后，犹在眼前矣。

滁州西涧

独怜幽草涧边生，上有黄鹂深树鸣。
春潮带雨晚来急，野渡无人舟自横。

〔释〕此即景之作也。王士祯《唐人万首绝句选·凡例》："元赵章泉、涧泉选唐绝句，其评注多迂腐穿凿。如韦苏州《滁州西涧》一首，'独怜幽草涧边生，上有黄鹂深树鸣'，以为君子在下、小人在上之象。以此论诗，岂复有风雅邪！"此论甚正，从《三百篇》以来，许多好诗被此等迂腐穿凿之说妄解者，不知凡几，岂特无复有风雅，且真风雅之罪人也。

故人重九日求橘

怜君卧病思新橘，试摘犹酸亦未黄。
书后欲题三百颗，洞庭须待满林霜。

〔**注**〕〔三百颗〕王羲之帖："奉橘三百枚，霜未降，未可多得。"〔洞庭〕《山海经》："洞庭之山，其木多橘。"又叶石林《避暑录话》："吴中橘亦惟洞庭东西两山最盛。"

〔**释**〕此诗明白如对话，故古今传诵人口。

休日访人不遇

九日驱驰一日间，寻君不遇又空还。
怪来诗思清人骨，门封寒流雪满山。

〔**释**〕所访之人不知为谁，读末句当是高隐之诗人。

岑参　参南阳人，文本之后。少孤贫，笃学，登天宝三载进士第，由率府参军，累官右补阙，论斥权佞，改起居郎，寻出为虢州长史，复入为太子中允。代宗总戎陕服，委参以书奏之任，由库部郎出刺嘉州。杜鸿渐镇西川，表参为从事，以职方郎兼侍御史，领幕职，使罢流寓不还，遂终于蜀。杜确《嘉州集序》："岑公早岁孤寒，能自砥砺，遍览史籍，尤工缀文。属辞尚清，用志尚切，其有所得，多入佳境，迥拔孤秀，出于常情。每一篇绝笔，则人传写，虽间里士庶、戎夷蛮貊，莫不吟习焉。"有集八卷，今存者七卷。

题三会寺仓颉造字台

野寺荒台晚，寒天古木悲。
空阶有鸟迹，犹似造书时。

〔**注**〕〔三会寺〕《郡国志》："仓颉里在长安，三会寺即其地，一名仓史台。"〔造字〕卫恒《四体书势》："黄帝之史，沮诵苍颉，眺彼鸟迹，始作书契。"

〔**释**〕首二句写三会寺、造字台景物，因其荒古而生怀古之幽情。三四句见鸟迹而缅想造书时。

暮秋山行

疲马卧长坂，夕阳下通津。
山风吹空林，飒飒如有人。

〔释〕诗写旅途荒野凄寂之状，如在目前。

九日思长安故园

强欲登高去，无人送酒来。
遥怜故园菊，应傍战场开。

〔注〕〔送酒〕《续晋阳秋》："陶潜九日无酒，出篱边，怅望久之，见白衣人至，乃王弘送酒使也。即便就酌，醉而后归。"

〔释〕此诗因欲登高而感于无人送酒，又因送酒无人而联想及故园之菊，复因菊而远思故园在乱中。所谓弹丸脱手（谢朓语王筠曰："好诗圆美流转如弹丸。"见《南史·王筠传》）于此诗见之矣。

寄韩樽使北

夫子素多疾，别来未得书。
北庭苦寒地，体内今何如？

〔释〕此诗明白如话，盖以诗代书柬也。然二十字中，友朋相念之情深矣。

苜蓿峰寄家人

苜蓿峰边逢立春，胡芦河上泪沾巾。
闺中只是空相忆，不见沙场愁杀人。

〔注〕〔苜蓿峰〕《西域记》："玉关外有五烽，苜蓿烽其一也。"据此则"峰"应作"烽"。〔胡芦河〕《五代史》"四夷"附录："牛蹄突厥其地尤寒，水曰瓠卢河，夏秋冰厚二尺，春冬冰彻底。"按《旧唐书·高宗纪》有"燕山道总管李谨行破高丽于瓠卢河之西，一作葫芦"。是则葫芦有二，此诗所指当是《五代史》西域之瓠卢河，胡芦、瓠卢、葫芦皆一河异字。

〔释〕此诗三四句较但写家人相忆之词，更进一层，言家人空忆远人，不知远戍沙场之苦，有非空想所知。

碛中作

走马西来欲到天，辞家见月两回圆。
今夜不知何处宿，平沙万里绝人烟。

〔注〕〔碛〕《郡国志》："伊州铁勒国多沙碛。"按岑参又有"十日过沙碛，终朝风不休"之句，即此诗之碛中。

〔释〕此诗末句即前诗之"沙场愁杀人"也。诗为西行途中所作。我国地势西北高于东南，故有首句。

送人

（三首录二）

西原驿路挂城头，客散江亭雨未休。
君去试看汾水上，白云犹似汉时秋。

〔注〕〔西原〕《旧唐书·玄宗纪》："天宝十五载，哥舒翰将兵八万，与贼将崔乾祐战于灵宝西原。"按《一统志》："西原在灵宝西南五十里。"〔汾水〕《元和郡县志》："河东道河中府宝鼎县：汾水北去县二十五里。"

百尺原头酒色殷，路傍骢马汗班班。
别君只有相思梦，遮莫千山与万山。

〔注〕〔殷〕音近烟，本赤黑色，此指醉面色赤也。〔遮莫〕《艺苑雌黄》："遮莫，盖俚语，犹言尽教也。自唐以来有之。"按今尚有"教莫"之语，即"遮莫"。

〔释〕前诗原题作《虢州后亭送李判官使赴晋绛得秋字》。虢州，今河南灵宝县。晋，今山西临汾县；绛，今山西绛县。其时岑参方为虢州长史，设宴后亭为李判官饯别，分韵赋诗，岑得秋韵也。前三四两句用汉武帝《秋风辞》。按《汉武故事》："帝行幸河东，祠后土，顾视帝京，忻然，中流与群臣饮宴。帝欢甚，乃自作《秋风辞》。"其辞有"秋风起兮白云飞"之句。岑参用之，盖因李所至汾河流域，故想及汉武此辞，又因汉武时国势方强，有感于天宝以来，世乱相仍，已非太宗时威震蛮夷之盛世，故托之汉武以寄其忧国之情，而有"试看"之句。后首一题《原头送范侍御得山字》，正写饯别时情景及别后之相思。

封大夫破播仙凯歌
（六首录二）

日落辕门鼓角鸣，千群面缚出蕃城。
洗兵鱼海云迎阵，秣马龙堆月照营。

〔**注**〕〔封大夫〕封常清也。封积功至安西节度使，后因兵败被杀。〔播仙〕岑仲勉《读全唐诗札记》："岑参《凯歌六首》，注云：'天宝中，回纥寇边，常清出师征之，及破播仙，奏捷献凯，乃作凯歌。'据《新唐书》四三下，'播仙镇，故且末城也'。地不近回纥，当日亦未闻有入寇事，殆吐蕃之误耳。"按《唐书》封常清于天宝十二载为安西节度使，曾破大勃律。大勃律在吐蕃西，封氏之捷疑即此事。〔鱼海〕《唐书·李光弼传》："李国臣能抉关，以折冲从，收鱼海五城。"杜甫《秦州杂诗》有"鱼海路常难"句，仇兆鳌注引《唐书》王倕克吐蕃鱼海。〔龙堆〕即白龙堆。《汉书·西域传》："楼兰国最在东垂，近汉，当白龙堆。"诗中地名亦略约言之，必欲指实则拘泥矣。

蕃军遥见汉家营，满谷连朝遍哭声。
万箭千刀一夜散，平明流血浸空城。

〔**释**〕岑参久在边塞，其诗摹绘边塞风光者最多，此诗则赞美封大夫之战功而作。故语特雄肆，不为寒苦之态，然如后首所写，亦可见战阵之烈，颂而有讽矣。

赴北庭度陇思家

西向轮台万里余，也知乡信日应疏。
陇山鹦鹉能言语，为报家人数寄书。

〔注〕〔陇〕《说文》："陇山，天水阪也。"《汉书》扬雄《解嘲》云
"响若坁颓"，应劭注"天水有大阪名陇山"。〔轮台〕《唐书·地理志》：
"北庭大都护府有轮台县。"〔鹦鹉〕《禽经》："鹦鹉摩背而喑。"注："鹦鹉
出陇西，能言。"

〔释〕古时交通不便，远客音信难通。鹦鹉能言，故愿托之通辞，亦
无可奈何之语。

春梦

洞房昨夜春风起，遥忆美人湘江水。
枕上片时春梦中，行尽江南数千里。

〔释〕三四句写梦境入神。

山房春事

（二首录一）

梁园日暮乱飞鸦，极目萧条三两家。
庭树不知人去尽，春来还发旧时花。

〔注〕〔梁园〕本梁孝王兔园。诗人用以为富贵人家之代称。

〔释〕此诗从萧条中想见繁盛，不言人之感慨，但写树之无情，使人诵之，自然生感。

包佶　佶字幼正，天宝六年进士，累官谏议大夫，坐善元载贬岭南，刘晏奏起为汴东两税使。晏罢，以佶充诸道盐铁轻货钱物使，迁刑部侍郎，改秘书监，封丹阳郡公。存诗集一卷。

再过金陵

玉树歌终王气收，雁行高送石城秋。
江山不管兴亡事，一任斜阳伴客愁。

〔注〕〔金陵〕《丹阳记》："秦始皇埋金玉杂宝以厌天子气，故名金陵。"《唐书·地理志》："江南道升州县上元，望本江宁，武德三年更江宁曰归化，八年更归化曰金陵，九年更金陵曰白下。"〔玉树歌〕《乐府诗集·吴声歌曲》有《玉树后庭花》，陈后主作。〔王气〕庾信《哀江南赋》："将非江表王气终于三百年乎！"〔石城〕《丹阳记》："石头城吴时悉土坞，义熙始加砖累石头，因山以为城，因江以为池，形险固有奇势。"

〔释〕此亦吊古之作，三四句感慨甚深。兴亡不关江山事，谁实主之，不言而喻矣。

李嘉祐　嘉祐字从一，赵州人。天宝七年擢第，授秘书正字，坐事谪鄱江令，调江阴，入为中台郎。上元中，出为台州刺史，大历中，复为袁州刺史。与严维、刘长卿、冷朝阳诸人友，善为诗，丽婉有齐梁风。集一卷，今存。

夜宴南陵留别

雪满前庭月色闲，主人留客未能还。
预愁明日相思处，匹马千山与万山。

〔注〕〔南陵〕《旧唐书·地理志》："南陵武德七年属池州，州废属宣州。"

高适 适字达夫，渤海蓨人。举有道科，哥舒翰表为从事，佐翰守潼关。潼关失守，适奔赴行在，擢谏议大夫，节度淮南。李辅国谮之，左授太子少詹事，出为蜀、彭二州刺史，进成都尹、剑南西川节度使，召还为刑部侍郎，转散骑常侍，封渤海县侯。永泰二年卒，谥曰忠。适喜功名，尚节义，年过五十始学为诗，以气质自高。有集十卷，今存。

题张处士菜园

耕地桑柘间，地肥菜常熟。
为问葵藿姿，何如庙堂肉？

〔释〕张处士未详何人。诗意贫贱何必不如富贵，故设为问词以重其人。

别董大
（二首录一）

千里黄云白日曛，北风吹雁雪纷纷。
莫愁前路无知己，天下谁人不识君。

〔**释**〕董大未详，亦是贫士，故为一首有"丈夫贫贱"之语。送别诗不作离别可怜之词而有谁不识君之壮语，知董大必豪士而未达者。高适为人尚节义，于此等诗见之。

塞上闻笛

雪净胡沙牧马还，月明羌笛戍楼间。
借问梅花何处落，风吹一夜满关山。

〔**释**〕本笛曲《落梅花》，诗人每用为真梅花，此诗言笛声吹满关山，亦以梅花言之，盖以梅花代笛声也。

杜甫 甫字子美，其先襄阳人。曾祖依艺为巩令，因居巩。甫天宝初应试不第，后献三大礼赋，明皇奇之，召试文章，授京兆府兵曹参军。安禄山陷京师，肃宗即位灵武，甫自贼中遁赴行在，拜左拾遗，以论救房琯，出为华州司功参军。关辅饥乱，寓居同州同谷县，身自负薪采梠，餔糒不给。久之召补京兆府功曹，道阻不赴。严武镇成都，奏甫为参谋、检校工部员外郎，赐绯。武与甫世旧，待遇甚厚，乃于成都浣花里种竹植树，枕江结庐，纵酒啸歌其中。武卒，甫无所依，乃之东蜀就高适。既至而适卒。是岁，蜀帅相攻杀，蜀大扰，甫携家避乱荆楚，扁舟下峡，未维舟而江陵亦乱，乃溯沿湘流，游衡山，寓居耒阳。未久复北上，卒于中途，年五十九。元稹志其墓，谓"李白壮浪纵恣，摆去拘束，诚亦差肩子美矣，至若铺陈终始，排比声韵，大或千言，次犹数百，词气豪迈，而风调清深，属对律切，而脱弃凡近，则李尚不能历其藩翰，况堂奥乎！"。白居易亦云："杜诗贯穿古今，尽工尽善，殆过于李。"合二人之论观之，庶得杜甫之全。甫之一生，出处劳佚，喜乐悲愤，好贤恶恶，一见之于诗，而又以忠君忧国、伤时念乱为本旨，读其诗可以知其世，故有"诗史"之称。旧集诗文共六十卷，今存。

绝 句

（十二首录五）

迟日江山丽，春风花草香。

泥融飞燕子，沙暖睡鸳鸯。

江碧鸟逾白，山青花欲燃。
今春看又过，何日是归年。

日出篱东水，云生舍北泥。
竹高鸣翡翠，沙僻舞鹍鸡。

舍下笋穿壁，庭中藤刺檐。
地晴丝冉冉，江白草纤纤。

急雨捎溪足，斜晖转树腰。
隔巢黄鸟并，翻藻白鱼跳。

〔**释**〕苏轼称摩诘"诗中有画"。杜甫此等小诗，亦皆画也。但甫所画为花卉禽鱼，与维之山水风月异。至其体察物象之敏锐与其胸怀之恬适，以及融情入景之妙，则无不同。

复 愁
（十二首录四）

人烟生处僻，虎迹过新蹄。
野鹘翻窥草，村船逆上溪。

万国尚防寇，故园今若何？

昔归相识少，早已战场多。

胡虏何曾盛，干戈不肯休。
闾阎听小子，谈笑觅封侯。

今日翔麟马，先宜驾鼓车。
无劳问河北，诸将角荣华。

〔注〕〔翔麟马〕《唐会要》：贞观中，骨利干献良马百匹，其中十匹尤骏，太宗奇之，各为制名，名曰十骥，九曰翔麟紫。〔驾鼓车〕《汉书》："文帝以千里马驾鼓车。"

〔释〕《复愁》者，先曾有作，今复作也。十二首中，有见眼前景物而愁者，"人烟"一首是也。有因时事而愁者，"万国"以下三首是也。"人烟"一首，分写四事，皆可愁者。"万国"，思故乡经乱而愁也。此数诗当作于大历二年，时吐蕃侵邠灵，京师戒严，四方骚动。诗言昔曾暂归，亲友离散，皆缘战祸频仍，则今日之情景更不堪问。上二句设问，下二句从昔日之乱离推想今日作答。"胡虏"，因将帅好乱，干戈无已而愁也。言胡虏易平，而干戈不息者，缘将帅思借边乱而致荣显，不免挑起战祸也。甫《后出塞》诗有"古人重守边，今人重高勋"，亦即此意。"今日"，固诸将跋扈而愁也。当时藩镇有非有高功而拥兵以向中央，而朝廷复一味以爵禄为羁縻骄横之计，譬之马无驾车之劳，徒膺美号，非驾御之策也。读此等诗，知诗人无时不忧国悯乱，不以穷而在野便置国事于度外也。

武侯庙

遗庙丹青落，空山草木长。
犹闻辞后主，不复卧南阳。

〔注〕〔武侯庙〕朱鹤龄注："此指夔州之庙。"张震《武侯祠堂记》："唐夔州治白帝，武侯庙在西郊。"

〔释〕首二句写庙景，"丹青落"，庙宇髹（xiū）漆剥落也。"草木长"，庙外景物荒芜也。后二句咏武侯，"辞后主"，武侯出师有表辞后主也。"卧南阳"，武侯为国有鞠躬尽瘁之心，不以后主昏庸而生退居之志也。曰"犹闻"，有千载犹生之意，写武侯之英灵如在也。

八阵图

功盖三分国，名成八阵图。
江流石不转，遗恨失吞吴。

〔注〕〔八阵图〕《寰宇记》："山南东道夔州奉节县：八阵图在县西南七里。"《荆州图副》："永安宫南一里渚下平碛上，有诸葛武侯八阵图，聚细石为之，各高五尺，广十围，历然棋布，纵横相当，间间相去九尺，正中开南北巷，悉广五尺，凡六十四聚，或为人所散乱，及为夏水所没，冬时水退，复依然如故。"

〔释〕首句极赞武侯，次句入题，三句就八阵图说。"江流"句，从句面看似写聚石不为水所冲激，实已含末句"恨"字之意。末句说者聚讼，大概不出两意：一则恨未吞吴，一则恨失于吞吴。沈德潜《唐诗别裁》评此诗曰："吴蜀唇齿，不应相仇。'失吞吴'，失策于吞吴，非谓恨未曾吞吴也。隆中初见时，已云'东连孙权，北拒曹操'矣。"沈乃主后一说者。盖鼎足之势，在刘备不忍一时之忿伐吴兵败，致蜀失吴援而破裂，遂使晋能各个击破。由此言之，沈说是也。"石不转"有恨不消之意，知此句五字亦非空设。杜甫运思之细，命意之高，于此可见。

漫兴

（九首录四）

眼见客愁愁不醒，无赖春色到江亭。
即遣花开深造次，便教莺语太丁宁。

〔注〕〔漫兴〕偶然兴感而作，或曰漫成。〔无赖〕无聊也。〔造次〕急
遽也，忙迫也。〔丁宁〕反复也，频繁也。

二月已过三月来，渐老逢春能几回。
莫思身外无穷事，且尽生前有限杯。

〔注〕《世说新语》："张翰曰：'使我有身后名，不如生前一杯酒。'"

肠断江春欲尽头，杖藜徐步立芳洲。
颠狂柳絮随风舞，轻薄桃花逐水流。

糁径杨花铺白毡，点溪荷叶叠青钱。
笋根稚子无人见，沙上凫雏傍母眠。

〔注〕〔糁〕桑感切，杂也。
〔释〕此等诗皆随所遇而生感之作，大抵皆偶然之事，有触于中发而
为诗也。"眼见"一首，"花开深造次"，言花急忙便开，"莺语太丁宁"，
莺啼不歇也。看"即遣""便教"四字，正嫌春之无赖也。春本可悦，莺
花亦非可厌之物，但"客愁不醒"之人，反觉其无赖也。"二月"一首，
曰"莫思"正是在思，曰"且尽"有不得已之意。总之皆无可如何之情，
知杜甫此时有满腔心事无可告诉之苦。"肠断"一首，"颠狂""轻薄"，皆

愁人眼中见之如此。"糁径"一首，四句各写一物。合观之，知诗人用意于此，聊以遣愁耳。此数章与《绝句》"迟日江山"数章不同者，彼时诗人心情恬适，故物物可喜，此则正在愁不醒中，故事事可嫌。诗人但率真而动，无所容心，虽似不同，却非矛盾。盖情物相值，或情随物兴，或物以情异，皆极其自然，非可矫饰者。

江畔独步寻花
（七首录四）

江上被花恼不彻，无处告诉只颠狂。
走觅南邻爱酒伴，经旬出饮独空床。

〔注〕〔彻〕尽也。

稠花乱蕊裹江滨，行步敧危实怕春。
诗酒尚堪驱使在，未须料理白头人。

〔注〕〔料理〕犹今言照料也。

江深竹静两三家，多事红花映白花。
报答春光知有处，应须美酒送生涯。

黄四娘家花满蹊，千朵万朵压枝低。
留连戏蝶时时舞，自在娇莺恰恰啼。

〔释〕《寻花》数首，亦是遣兴之词。但此时诗人心情开朗，较作《漫

煙開蘭葉香風暖
岸夾桃花錦浪生
李青蓮鸚鵡洲句清湘老
人濟時亦拓此引興

兴》诗时不同，虽亦不免有迟暮之感，而能以诗酒自豪，不为衰飒之态。曰"颠狂"，曰"堪驱使"，皆傲兀可喜语也。杜诗多变态，故是大家规模。

三 绝 句
（三首）

前年渝州杀刺史，今年开州杀刺史。
群盗相随剧虎狼，食人更肯留妻子！

〔注〕〔渝州〕《旧唐书·地理志》："渝州南平郡本巴郡，天宝元年更名。"〔开州〕《旧唐书·地理志》："开州盛山郡，义宁二年置。"

二十一家同入蜀，惟残一人出骆谷。
自说二女啮臂时，回头却向秦云哭。

〔注〕〔骆谷〕《元和郡县志》："傥谷一名骆谷，在兴道县北三十里。"〔啮臂〕《世说新语》："赵飞燕见召，与女弟啮臂而别。"

殿前兵马虽骁雄，纵暴略与羌浑同。
闻道杀人汉水上，妇女多在官军中。

〔注〕〔殿前兵马〕《唐书·兵志》："广德元年代宗幸陕。鱼朝恩举神策军迎扈。后以军归禁中自将之。"〔羌浑〕党项羌、吐谷浑也。《唐书》："党项羌在古析支之地，汉西羌之别种也。"又曰："吐谷浑自晋永嘉之末始西度洮水，建国于群羌之故地。"

〔**释**〕仇兆鳌注谓"此三章杂记蜀中之乱。首章伤两州之被寇也。次章记难民之罹祸也。末章叹禁军之暴横也"。按首章三四句言群盗甚于虎狼，虎狼食人尚肯留妻子。次章叙所闻难民之言。末章痛斥禁军杀掠人民之罪。三章义正词严，知甫于此愤慨甚深。其时朝政之昏庸、人民之痛苦可知。

夔州歌

（十首录四）

中巴之东巴东山，江水开辟流其间。
白帝高为三峡镇，瞿唐险过百牢关。

〔**注**〕〔夔州〕《十道志》："夔州云安郡，春秋时为鱼国，秦并天下为巴郡地，汉为鱼复县。"〔中巴〕《水经》："刘璋分三巴有中巴、有西巴、有东巴。"《唐书·地理志》："夔州为巴东郡，在中巴之东。"〔百牢关〕《唐书》：汉中郡西县西南有百牢关。《寰宇记》："隋开皇中所置，以入蜀路险，号曰百牢关。"

赤甲白盐俱刺天，间阁缭绕接山巅。
枫林橘树丹青合，复道重楼锦绣悬。

〔**注**〕〔赤甲白盐〕郝郊《入蜀记》："见山高峻，色若盐之白，故曰白盐山。不生树木，土石红紫如人袒背，故曰赤甲。二山相近东西瀼。"

东屯稻畦一百顷，北有涧水通青苗。
晴浴狎鸥分处处，雨随神女下朝朝。

〔注〕〔东屯〕《困学纪闻》："东屯乃公孙述留屯之所，距白帝城五里，东屯之田可百顷，稻米为蜀第一。"〔青苗〕《清统志》："青苗陂在瞿唐东，蓄水溉田，民得其利。"〔神女〕宋玉《神女赋》言楚襄王梦与神女遇。又宋玉《高唐赋序》："妾在巫山之阳，高丘之阻，旦为朝云，暮为行雨。朝朝暮暮，阳台之下。"晴、雨二句，一实写一虚写。

蜀麻吴盐自古通，万斛之舟行若风。
长年三老长歌里，白昼摊钱高浪中。

〔注〕〔长年三老〕陆游《入蜀记》："长年三老，梢工是也。"〔摊钱〕《后汉书·梁冀传》："少为贵戚，逸游自恣，能挽满、弹棋、格五、六博、蹴踘、意钱之戏。"注："何承天《纂文》曰：'诡亿，一曰射亿，一曰射数，即摊钱也。'"

〔释〕李东阳《怀麓堂诗话》："少陵《漫兴》诸绝句，有古《竹枝词》意，跌宕奇古，超出诗人蹊径。"按前人论绝句，多推王昌龄、李太白，对杜甫绝句少有能知其佳者，李氏此论极是。不但《漫兴》诸绝句，即如此诸章，亦以《竹枝词》体为之者。"中巴"一首，记夔州形势也。"赤甲"，写夔州之富庶，"东屯"，述农田稻米之丰，"蜀麻"，说蜀中商业之盛，皆有关国计民生之事，又与但写地方风俗之琐细者不同。

承闻河北诸道节度入朝欢喜口号
（十二首录四）

喧喧道路好童谣，河北将军尽入朝。
自是乾坤王室正，却教江汉客魂销。

〔注〕〔河北诸道节度入朝〕仇兆鳌引朱注曰："唐史大历二年正月，

淮安节度使李忠臣入朝，三月，汴宋节度使田神功来朝，八月，凤翔等道节度使李抱玉入朝。河北入朝事，史无明文，疑公在夔州特传闻而未实耳。"〔口号〕随口吟咏者。

> 英雄见事若通神，圣哲为心小一身。
> 燕赵休矜出佳丽，宫闱不拟选才人。

〔注〕〔英雄〕指常衮请却诸道节度贡献珍玩等物。〔燕赵〕《古诗》："燕赵多佳人。"〔才人〕唐制才人正二千石。

> 东逾辽水北滹沱，星象风云喜共和。
> 紫气关临天地阔，黄金台贮俊贤多。

〔注〕〔辽水〕《水经》："大辽水出塞外卫白平山，东南入塞，过辽东襄平县西。……又玄菟高句丽县有辽山，小辽水所出。西南至辽队县，入于大辽水也。"〔滹沱〕《后汉书》注："滹沱河在今代州繁畤县，东流经定州深泽县东南。"〔紫气关〕仇兆鳌引赵注云："紫气关即函谷关。"〔黄金台〕《上谷郡图经》："黄金台在易水东南十八里。"又《六帖》："燕昭王置千金于台上，以延天下士，谓之黄金台。"

> 李相将军拥蓟门，白头惟有赤心存。
> 竟能尽说诸侯入，知有从来天子尊。

〔注〕〔李相〕李光弼。〔蓟门〕朱鹤龄注："光弼在玄、肃朝尝加范阳节度使，又尝兼幽州大都督府长史，虽止遥领其地，亦可谓之拥蓟门也。"按《文献通考》："燕、范阳二郡……唐为幽州，或为范阳郡，又为大都督府。"

〔释〕仇兆鳌注"喧喧"一首，"此闻诸镇入朝而喜之也"。又引赵注曰："'客魂销'，自伤流落不得还朝也。"按此题第七首"草奏何时入帝乡"句，乃赵注所本。"英雄"一首，仇注："此因其朝献而规讽君心也。"又曰："大历元年十月，上生日，诸道节度使献金帛器服、珍玩、骏马共直缗钱二十四万，常衮请却之而帝不听。据此，则诸镇将有逢迎以献佳丽者，诗云'英雄见事'当指常衮言。'圣哲为心'豫防逸欲也。'小一身'言不侈天下以自奉。"按仇说是也。杜甫于喜悦之余，不忘规讽，有大臣之风，使其居高位得行其志，房、杜贞观之治，不难复见于大历矣。"东逾"一首，仇注："此言疆域广而人才盛也。"按此章首言地广，次句"共和"言群臣当协和，"星象风云"举天象以比之也。三句从首句来，末句应第二句，皆喜悦之余，怀此大愿，亦乱定思治必有之意。"李相"一首，仇注："此以河北入朝，归功李光弼也。"又引钱谦益笺曰："旧书光弼轻骑入徐州，田神功遽归河南，尚衡、殷仲卿、来瑱皆相继赴阙，及惧鱼朝恩谮，不敢入朝，人疑其有二心。此诗特以'白头''赤心'许之。《八哀诗》云'直笔在史臣，将来洗箱箧'，此公之直笔也。"按《唐书·李光弼传》："北邙之败，鱼朝恩羞其策谬，深忌光弼。程元振尤嫉之。及来瑱为元振谮死，光弼愈恐。吐蕃寇京师，代宗诏入援。光弼畏祸，迁延不敢行。广德二年七月薨于徐州。"杜甫《八哀诗》，哀光弼有大功而受谮未明，赉志以殁，故有"直笔在史臣，将来洗筐箧"之句。"洗筐箧"系用《史记》乐羊谤书盈箧事。《史记·甘茂传》："乐羊返而论功，文侯示之谤书盈箧。"杜甫于李光弼之被谤，不为众议所惑，独为光弼明其心迹，既以诸镇入朝之功归之，又于《八哀诗》中特著史臣直笔，应为洗冤，不但著谗人之害忠，亦以见代宗之昏庸也。按唐之末季，藩镇拥兵骄纵，朝廷不能制。杜于初闻诸节度入朝，即郑重劝勉其君臣，其望治之心何等深厚。

解闷

（十二首录五）

沈范早知何水部，曹刘不待薛郎中。

独当省署开文苑，兼泛沧浪学钓翁。

〔注〕〔沈范〕《梁书·何逊传》："范云见其对策，大相称赏，因结忘年交好。一文一咏，云辄嗟赏。沈约亦爱其文，尝谓逊曰：'吾每读卿诗，一日三复，犹不能已。'"〔曹刘〕曹植、刘桢也。〔不待〕不及待也。〔薛郎中〕薛璩也。璩官水部郎中。"省署开文苑，沧浪学钓翁"，璩诗句。

李陵苏武是吾师，孟子论文更不疑。
一饭未曾留俗客，数篇今见古人诗。

〔注〕苏轼疑《文选》所载李陵、苏武赠答五言诗乃后人所拟。观此诗则唐时已有疑者。〔孟子〕孟云卿也。言云卿不疑苏、李诗而师之也。

复忆襄阳孟浩然，清诗句句尽堪传。
即今耆旧无新语，漫钓槎头缩项鳊。

〔注〕〔耆旧〕习凿齿有《襄阳耆旧传》。〔槎头缩项鳊〕《襄阳耆旧传》："岘山下，汉水中出鳊鱼，味极肥而美。襄阳人采捕，遂以槎断水，因谓之'槎头缩项鳊'。"孟诗有"试垂竹竿钓，果得槎头鳊"之句。

陶冶性灵存底物，新诗改罢自长吟。
熟知二谢将能事，颇学阴何苦用心。

〔注〕〔陶冶性灵〕颜之推《家训》："陶冶性情，从容讽谕，入其滋味，亦乐事也。"〔底物〕何等物也。〔二谢〕谢灵运、谢朓也。〔阴何〕阴铿、何逊也。

不见高人王右丞，蓝田丘壑蔓寒藤。

最传秀句寰区满，未绝风流相国能。

〔注〕〔王右丞〕王维也。维曾官尚书右丞。〔蓝田〕维晚年得宋之问蓝田别墅。墅在辋川口，水周于舍下，竹洲花坞，与裴迪浮舟往来，啸咏终日。所赋诗号《辋川集》。〔相国〕维弟王缙也。缙代宗朝宰相。

〔释〕此五章与其他七章合题《解闷十二首》，盖皆闷时，随意杂吟，本无专题也。今择其怀友五首于此。曹丕谓"文人相轻，自古而然"。甫独于诗友推崇之、怀念之如此，真能"不薄今人爱古人"矣。怀薛璩则惜其不遇知音。怀云卿则述其论诗，赞其诗作。怀浩然则忆其清诗，复叹其亡后襄阳耆旧遂空。怀王维则美其诗句，念其故居，而幸其风流未绝。皆于流离寂寞之中，端居深念之时，所未能忘者，有此数人也。甫别有《存殁口号二首》，则弹棋、绘画之能者皆在念中，不但诗友也。老杜乐道人之善，殆其天性使然。

赠花卿

锦城丝管日纷纷，半入江风半入云。

此曲只应天上有，人间能得几回闻。

〔注〕〔花卿〕花敬定也。敬定从崔光远平段子璋之乱，恃功骄恣，剽掠东蜀。

〔释〕花卿虽有功而骄纵不法，甫盖善其有平乱之功，而非其骄恣，故诗末讽其如此酣乐，必不能久也。

戏为六绝句

（六首）

庾信文章老更成，凌云健笔意纵横。
今人嗤点流传赋，不觉前贤畏后生。

〔注〕〔庾信〕仕梁为右卫将军。元帝使聘于周，被留不遣，累迁骠骑大将军，开府仪同三司，虽位通显，常有乡关之思，乃作《哀江南赋》以寄意。〔畏后生〕《论语》："后生可畏，焉知来者之不如今也。"

杨王卢骆当时体，轻薄为文哂未休。
尔曹身与名俱灭，不废江河万古流。

〔注〕〔杨王卢骆〕杨炯、王勃、卢照邻、骆宾王以文词齐名，武后时称为"四杰"。

纵使卢王操翰墨，劣于汉魏近风骚。
龙文虎脊皆君驭，历块过都见尔曹。

〔注〕〔龙文〕《汉书·西域传赞》："蒲梢、龙文、鱼目、汗血之马，充于黄门。"注引孟康曰："四骏马名也。"〔虎脊〕《汉书·礼乐志·天马歌》："天马徕，出泉水。虎脊两，化若鬼。"注引应劭曰："马毛色如虎脊有两也。"〔历块过都〕王褒《圣主得贤臣颂》："过都越国，蹑若历块。"

才力应难跨数公，凡今谁是出群雄。
或看翡翠兰苕上，未掣鲸鱼碧海中。

〔注〕〔翡翠兰苕〕郭璞《游仙诗》:“翡翠戏兰苕，容色更相鲜。”注:“言珍禽芳草，递相辉映，可悦之甚也。兰苕，兰秀也。”

不薄今人爱古人，清词丽句必为邻。
窃攀屈宋宜方驾，恐与齐梁作后尘。

〔注〕〔清词丽句〕《宋书·谢灵运传》:“清词丽句，时发乎篇。”

未及前贤更勿疑，递相祖述复先谁。
别裁伪体亲风雅，转益多师是汝师。

〔释〕钱谦益谓:“诗以论文而题云《戏为六绝》，盖寓言以自况也。韩退之诗:‘李杜文章在，光焰万丈长。不知群儿愚，那用故谤伤。蚍蜉撼大树，可笑不自量。’然则当公之世，群儿谤伤，亦不少矣。故借庾信、四子以发其意。”按此六首开后人以绝句诗论文之风气。仇注:“首章推美庾信也。”“杨王”一首，仇注:“此表章杨王四子也。四公之文，当时杰出，今乃轻薄其为文而哂笑之，岂知尔辈不久销亡，前人则万古长垂，如江河不废乎!”按此首次句钱谦益谓“轻薄为文”指并时之人。卢元昌《杜阐》谓“后生自为轻薄之文而反讥哂前辈”。皆胜仇注。仇以后生谓四杰之文轻薄似非。“纵使”一首，仇注:“‘纵使’二字紧注下句，‘劣于’二字另读，‘汉魏近风骚’连读。”按此十四字连读，意自明白，即是说:纵使卢照邻、王勃等操笔为文，不及汉魏人之文近于风骚也。杜盖谓四杰之文为当时之体，与汉魏之作不同，纵使不同，然比尔曹蹶于长途者则彼乃龙文虎脊之名马，尔曹则驽骀也。“才力”一首，仇注:“此兼承上三章，才如庾杨数公，应难跨出其上，今人亦谁是出群者，据其小巧适观，如戏翡翠于兰苕，岂能巨力惊人，若掣鲸鱼于碧海乎!”按“翡翠兰苕”指当时专讲求声音色泽之美者，鲸鱼碧海，则必情辞并茂、气象宏阔、风格高浑之作，始足当之。“不薄”一首，仇注:“此戒其好高骛远也。言今人爱慕古人，取其清词丽句而必与为邻，我岂敢薄之，但恐志大才庸。揣其意，窃思仰攀屈宋，论其文，终作齐梁后尘耳。"又引王嗣奭《杜臆》说谓："'不薄'二字另读，'今人爱古人'连读，'清词丽句'紧承爱古人。"按此说未得诗意。此章乃杜甫之文学继承论也。盖文学风气，时代相接者必相近，"为邻"，即相近也。后人继承前人，其词句必有相邻近者，"不薄今人爱古人"即说明继承之理如此，而尔曹自以为攀屈宋而方驾之者，必薄视时代相接之齐梁，故嗤点庾赋，又必薄视继承齐梁之近代作者，故哂笑四杰。自杜甫观之，何代无才，何可横亘一今不如古之念于胸中而妄生讥笑！杜甫平生称道阴铿、何逊、谢朓、庾信，皆齐梁作者，爱古人也。美李白、王维、孟浩然、孟云卿、薛璩、苏涣等，不薄今人也。明代前七子李梦阳、何景明诸人祧宋宗唐，自以为高古，不知实违反文学继承之理，故反不如宋人犹能标美于一代也。王嗣奭误读不薄今人句，仇兆鳌复沿而不悟，谓今人能爱古人，故不薄之，则将何以解释首章与次章所言，故知其未得诗意。"未及"一首，仇注："末勉其虚心以取益也。"按此章杜甫之文学发展论也。其主要在"别裁伪体亲风雅"七字。"别裁"者，区别裁去也。文学之事，一代有一代之真才，一时有一时之伪体，真与伪往往并存，不易区别。故杜甫主张"别裁伪体"。能别裁伪体，则古之可师法者多，能得多师，则能兼取众长而融会变化之以成新体。元稹作杜甫墓志铭，称甫"上薄风骚，下该沈宋，言夺苏李，气吞曹刘，掩颜谢之孤高，杂徐庾之流丽"，似矣，但未能说明杜"尽得古今之体势，兼人人之所独专"之后果在能融化以自成一家，为后世开出无限法门，为诗歌发展上付出大量劳力。其诗之可贵与其不同于并时之李白者亦在此。盖李崇古而杜开今也。此章虽在勉人虚心以取益，实自道其诗学成就，与其对于文学发展之正确看法。即就绝句而论，绝句一体在杜手中，凡抒情、写景、记事，以及议论，皆能运用自如，其风格体态亦变化甚多。惟其如此，后世绝句者，每以为杜之绝句乃变体，王世贞且以为不足多法。彼辈正坐不识杜甫具有变古开今之才，而囿于李白、王昌龄两家之作风，非定论也。如上所述，此六绝句之大意已得，惟尚有当辨明者，诗中"今人"与"尔曹"所指，须分别观之。"今人"乃与杜甫同辈诗人，如陈子昂、李白等，皆有轻议齐梁作者之语，杜甫或不同意，对此等人但曰"不觉前贤畏后生"，语气和而婉。"尔曹"则为韩愈所斥谤伤李、杜之群儿也。故诗中直呵之而不少假借，其语气轻重之间，灼然知为两类人，不可混而一之也。

江南逢李龟年

岐王宅里寻常见，崔九堂前几度闻。
正是江南好风景，落花时节又逢君。

〔注〕〔江南〕钱笺："《楚辞章句》'襄王迁屈原于江南，在湘潭之间'，龟年方流落江潭，故曰江南。"〔李龟年〕《明皇杂录》："天宝中，上命宫中女子数百人为梨园弟子，皆居宜春院北。上素晓音律，时有马仙期、李龟年、贺怀智皆洞知律度。……而龟年特承恩遇，其后流落江南，每遇良辰胜景，常为人歌数阕，座上闻之，莫不掩泣罢酒。"〔岐王〕仇注引《旧唐书》谓为睿宗子范。〔崔九〕仇注引原注谓为崔涤。后又引黄鹤说："开元十四年，公止十五岁，其时未有梨园弟子。公见李龟年必在天宝十载后。诗云'岐王'，当指嗣岐王珍。据此，则所云'崔九堂前'者，亦当指崔氏旧堂耳。不然，岐王、崔九并卒于开元十四年，安得与龟年同游邪？"

〔释〕黄鹤著有《杜甫年谱》，其说可信。此诗二十八字中，于今昔盛衰之感，与彼此飘流转徙之苦、会合之难，都无一字明说，但于末句用一"又"字，而往事今情，一齐纳入矣。此等诗非作者感慨甚深，而又语言精妙，不能有此。谁说杜甫绝句不如昌龄、太白。

贾至　至字幼邻，洛阳人。擢明经第，为单父尉，拜起居舍人，知制诰，大历初封信都县伯，迁京兆尹、右散骑常侍卒，谥曰文。集十卷，今佚。

送李侍郎赴常州

雪晴云散北风寒，楚水吴山道路难。
今日送君须尽醉，明朝相忆路漫漫。

钱起　起字仲文，吴兴人。天宝十载登进士第，官秘书省校书郎，终尚书考功郎中。大历中与韩翃、李端辈号十才子。诗格新奇，理致清赡。集十三卷，今存十卷。

戏鸥

乍依菱蔓聚，尽向芦花灭。
更喜好风来，数片翻晴雪。

远山钟

风送出山钟，云霞度水浅。
欲寻声尽处，鸟灭寥天远。

〔**注**〕二首录自《蓝溪杂咏二十二首》。

〔**释**〕钱起小诗，颇具画意，《戏鸥》写白色，《远山钟》写钟声，有画笔所不到处。洪迈《唐人万首绝句》有钱起《江行无题一百首》，据明胡震亨《唐音癸签》集录三考证，认为是其孙钱珝所作，编者误入起集，后人不察，延误至今。胡之言曰："珝历中书舍人，掌纶诰，后坐累贬抚州司马。（按珝由宰相王抟荐，抟得罪，珝坐贬。）其《江行绝句百首》正赴抚时途中所作也。珝有他文载《英华》中云'夏六月获谴佐郡，秋八月自襄阳浮舟而下'。今其诗……等句，其官、其谪地、其经途、其时日无勿与珝合者，起无是也。"今从其说，将《江行百首》归之钱珝。

过 故 洛 城

故城门前春日斜，故城门里无人家。
市朝欲认不知处，漠漠野田空草花。

〔**释**〕此黍离麦秀之悲也。

元结 结字次山，河南人。少不羁，十七乃折节向学，擢上第，复举制科。国子司业苏源明荐之，结上《时议》三篇，擢右金吾兵曹参军，摄监察御史，为山南西道节度使参谋，以讨贼功迁监察御史里行。代宗立，授著作郎。久之，拜道州刺史，为民营舍给田，免徭役，流亡归者万余，进容管经略使，罢还京师卒。集十卷，今存者十二卷。

将牛何处去

（二首）

将牛何处去，耕彼故城东。
相伴有田父，相欢惟牧童。

将牛何处去，耕彼西阳城。
叔闲修农具，直者伴我耕。

〔注〕〔叔闲、直者〕原注："叔闲叟甥，直者长子。"
〔释〕元结五绝，奇古如谣谚，此二诗可见一斑。

欸乃曲

（五首录二）

千里枫林烟雨深，无朝无暮有猿吟。
停桡静听曲中意，好是云山韶濩音。

〔注〕〔欸乃〕棹船声，读若霭（上声）乃。〔韶濩〕韶，舜乐名；濩，本作"護"，音护，汤乐名。

零陵郡北湘水东，浯溪形胜满湘中。
溪口石颠堪自逸，谁能相伴作渔翁？

〔注〕〔浯溪〕《舆地志》："祁阳有浯溪。元结爱其山水，因家焉，作《大唐中兴颂》，颜真卿书石，世称二绝。"按祁阳，《晋书·地理志》："零陵郡统祁阳县。"

〔释〕《欸乃曲》原五首，其体亦《竹枝词》类，今录二首以见元结高致。

枫林亭弥君

张继　继字懿孙，襄州人。登天宝进士第。大历末，检校祠部员外郎，分掌财赋于洪州。高仲武谓其累代词伯，秀发当时，诗体清迥，有道者风。今存诗一卷。

枫桥夜泊

月落乌啼霜满天，江枫渔火对愁眠。
姑苏城外寒山寺，夜半钟声到客船。

〔注〕〔枫桥〕《清统志》："江苏苏州府：枫桥在阊门外西九里。"〔寒山寺〕《清统志》："苏州府：寒山寺在吴县西十里枫桥，相传寒山、拾得尝止此，故名。内有寒山、拾得二像。"

〔释〕此诗所写枫桥泊舟一夜之景，诗中除所见、所闻外，只一愁字透露心情。半夜钟声，非有旅愁者未必便能听到。后人纷纷辨半夜有无钟声，殊觉可笑。

阊门即事

耕夫占募逐楼船，春草青青万顷田。
试上吴门看郡郭，清明几处有新烟。

〔注〕〔占募〕鲍照《东武吟》"占募到河源"，李善注："谓自隐度而

应募为占募也。""隐度"犹今言估量。〔新烟〕《周礼》司烜氏有季春出火之制。后人于寒食禁火三日,后再钻木出火,名曰新火。杜甫《清明》诗"朝来新火起新烟"即指此。又刘长卿《清明登城眺望》诗"百花如旧日,万井出新烟"亦指此。

〔释〕此诗因登城眺望,见田野荒芜,人民流散,皆由募农民为水兵也。"春草"句言田野荒芜,"清明"句言人民流散。《三国志·吴志·陆抗传》言"黄门竖官开立占募兵,民怨役,逋逃入占"。唐自天宝乱后,兵源缺乏,募民为兵,以致人民逃亡者多,故当清明之时,举火之户甚少,故曰"清明几处有新烟"。前诗所谓"愁"或即因时事而愁也。古人诗中凡言愁言恨之句,多系身世之感,未可但从个人之苦乐看也。

韩翃　翃字君平，南阳人。登天宝十三载进士第。淄青侯希逸、宣武李勉相继辟幕府。建中初，知制诰阙人，其时有两韩翃，德宗御批曰与作"春城无处不飞花"韩翃，擢中书舍人卒。翃与钱起、卢纶、吉中孚、司空曙、苗发、崔峒、耿沣、夏侯审、李端号大历十才子。集五卷，今存二卷。

寒食

春城无处不飞花，寒食东风御柳斜。
日暮汉宫传蜡烛，轻烟散入五侯家。

〔**注**〕〔传蜡烛〕《西京杂记》："寒食禁火日赐侯家蜡烛。"《唐会要》："清明取榆柳之火以赐近臣，顺阳气。"〔五侯〕《后汉书·宦者传》：桓帝封单超新丰侯，徐璜武原侯，具瑗东武阳侯，左悺上蔡侯，唐衡汝阳侯，"五人同日封，故世谓之五侯"。

〔**释**〕此举后汉寒食赐火事以讥讽唐代宦官专权也。高步瀛《唐宋诗举要》评此诗曰："唐肃、代以来，宦官擅权，后汉事讽谕尤切。"

郎士元 士元字君胄，中山人。天宝十五载擢进士第，宝应初，选畿县官，诏试中书，补渭南尉，历右拾遗，出为郢州刺史。与钱起齐名，自丞相以下，出使作牧，二君无诗祖饯，时论鄙之，故语曰"前有沈、宋，后有钱、郎"。集二卷，今存一卷。

柏林寺南望

溪上遥闻精舍钟，泊舟微径度深松。
青山霁后云犹在，画出西南四五峰。

〔注〕〔精舍〕《晋书·孝武帝纪》："帝初奉佛法，立精舍于殿内，引诸沙门以居之。"《事物纪原》："汉明帝立精舍以处摄摩腾，即白马寺。"注："今人以佛寺为精舍，不知乃儒者教授之所。"

〔释〕此亦诗中有画之作也。

皇甫冉　冉字茂政，润州丹阳人，晋高士谧之后。十岁能属文，张九龄深器之。冉举天宝十五载进士第一，授无锡尉，历左金吾兵曹。王缙为河南节度，表掌书记，大历初，累迁右补阙，奉使江表，卒于家。高仲武称冉"往以世道艰虞，避地江外，每文章一到，朝廷作者变色"。集三卷，今存七卷。

婕妤春怨

花枝出建章，凤管发昭阳。
借问承恩者，双蛾几许长。

〔释〕此怨词而有妒意。建章、昭阳，皆汉宫名，即承恩者所在，首二句正写其见闻。此诗《唐音统签》作皇甫曾作。

皇甫曾 曾字孝常，冉弟也。天宝中兄弟先后登第，名相上下，时比之张氏景阳、孟阳。曾历侍御史，坐事徙舒州司马，阳翟令。

山下泉

漾漾带山光，澄澄倒林影。
那知石上喧，却忆山中静。

〔**释**〕首二句写山泉漾漾清澄，光彩动人。三四句与王籍《若耶溪》诗"蝉噪林逾静，鸟鸣山更幽"二句，同一别有会心者，皆能于喧中得静意也。

刘方平　方平河南人，与元德秀善，不乐仕进。今存诗一卷。

春雪

飞雪带春风，徘徊乱绕空。
君看似花处，偏在洛城东。

〔**释**〕此诗三四两句，意存讥讽。洛城东皆豪贵第宅所在，春雪至此等处，非但不寒，而且似花，故用一"偏"字，以见他处之雪与此不同。然则此中人之不知人之寒可知矣。

采莲曲

落日晴江里，荆歌艳楚腰。
采莲从小惯，十五即乘潮。

春怨

纱窗日落渐黄昏，金屋无人见泪痕。

寂寞空庭春欲晚，梨花满地不开门。

〔**释**〕此诗于时于境皆极形其凄寂，处在此等环境中之人之情如何，不言而喻，况欲得一见泪痕之人而无之邪！设想至此，诗人用心之细、体情之切，俱非易到。

王之涣　之涣并州人，与兄之咸、之贲皆有文名。天宝间与王昌龄、郑昈、崔国辅联唱迭和，名动一时。今存诗六首。

登鹳雀楼

白日依山尽，黄河入海流。
欲穷千里目，更上一层楼。

〔注〕〔鹳雀楼〕沈存中《梦溪笔谈》："河中府鹳雀楼三层，前瞻中条，下瞰大河。唐人留诗者甚多，惟李益、王之涣、畅当三篇能状其景。"《清统志》："山西蒲州府鹳雀楼在府城西南城上。"

〔释〕沈德潜曰："四语皆对，读去不嫌其排，骨高故也。"按沈评为"骨高"言其所写者大也。首二句已笼罩一切，三四句更形其高，有有余不尽之意。此诗赵凡夫以为朱斌所作，古今传诵皆曰王之涣作，沈括之言，尤为明证，今仍归之王之涣。

凉州词

黄沙直上白云间，一片孤城万仞山。
羌笛何须怨杨柳，春风不度玉门关。

〔注〕〔凉州词〕《乐府诗集·近代曲辞》有《凉州歌》，引《乐苑》

曰：“《凉州》宫调曲，开元中西凉都督郭知运进。”按知运所进者乐曲也。乐辞则取之当时诗人之作。〔玉门关〕《汉书·地理志》“敦煌郡龙勒县”，原注曰：“有阳关、玉门关。”

〔释〕此诗各本皆作“黄河远上”，惟计有功《唐诗纪事》作“黄沙直上”。按玉门关在敦煌，离黄河流域甚远，作河非也。且首句写关外之景，但见无际黄沙直与白云相连，已令人生荒远之感。再加第二句写其空旷寥廓，愈觉难堪。乃于此等境界之中忽闻羌笛吹《折杨柳》曲，不能不有“春风不度玉门关”之怨词。非实指边塞杨柳而怨春风也。《升庵诗话》谓：“此诗言恩泽不及于边塞，所谓君门远于万里也。”唐代常有吐蕃之乱，西边大部地区每被吐蕃侵占，长年戍守之苦，朝廷所不知也。此诗人所以作为诗歌代其吟叹，冀在上者或闻之也。

柳中庸　中庸名淡，以字行，河东人。宗元之族，御史并之弟也，仕为洪府户曹。今存诗十三首。

江行

繁阴乍隐洲，落叶初飞浦。
萧萧楚客帆，暮入寒江雨。

〔释〕诗写江行景物，读之自生旅途凄寂之感。

凉州曲

（二首录一）

关山万里远征人，一望关山泪满巾。
青海戍头空有月，黄沙碛里本无春。

〔注〕〔青海〕《十三州记》："允吾县西有卑禾羌海，谓之青海。"
〔释〕此亦写边塞之诗，不及王作者，不免显露也。末句可作王诗之注，且可证"黄沙"误作"黄河"。

严武 武字季鹰，华州人。工部侍郎挺之之子，以荫调太原府参军，累迁殿中侍御史，从明皇入蜀，擢谏议大夫。至德初，房琯以其名臣子，荐为给事中，历剑南节度使，入为太子宾客，兼御史大夫，改吏部侍郎，寻转黄门侍郎，再为成都尹。以破吐蕃功，进检校吏部尚书，封郑国公。武最善杜甫，其复镇剑南，甫往依之。永泰初卒，其母哭且曰："而今而后，吾知免为官婢矣。"盖武虽有功，其在蜀累年，肆志自矜，恣行猛政，故其母尝忧其得罪也。今存诗六首。

军城早秋

昨夜秋风入汉关，朔云边月满西山。
更催飞将追骄虏，莫遣沙场匹马还。

〔注〕〔西山〕杜甫《野望》诗"西山白雪三城戍"，赵注："西山在松、维州之外，冬夏有雪，号为雪山，所以控带吐蕃之处。"〔飞将〕《汉书》："匈奴号李广为飞将。"

〔释〕首二句军城秋景，三四句杀敌雄心。仇注引《通鉴》："武以崔旰为汉州刺史，使将兵击吐蕃于西山，连拔其城，攘地数百里。"即其事也。

严维 维字正文，越州山阴人。至德二载进士，擢辞藻宏丽科，调诸暨尉，辟河南幕府，终秘书省校书郎，与刘长卿善。今存诗一卷。

岁初喜皇甫侍御至

湖上新正逢故人，情深应不笑家贫。
明朝别后门还掩，修竹千竿一老身。

〔注〕〔皇甫侍御〕皇甫曾也。

〔释〕此诗明白如对话，可见诗人之真率。

顾况 况字逋翁，海盐人。肃宗至德进士。长于歌诗，性好诙谐，尝为韩滉节度判官，与柳浑、李泌善。浑辅政，以校书征。泌为相，稍迁著作郎，悒悒不乐，求归，坐诗语调谑，贬饶州司户参军，后隐茅山以寿终。集二十卷，今存三卷。

石上藤

空山无鸟迹，何物如人意。
委曲结绳文，离披草书字。

敧松漪

湛湛碧涟漪，老松敧侧卧。
悠扬绿萝影，下拂波纹破。

石窦泉

吹沙复喷石，曲折仍圆旋。
野客漱流时，杯粘落花片。

〔注〕三首录自《临平坞杂题十四首》。

〔释〕小小景物，写来皆如画，与王、裴《辋川杂咏》，钱珝《江行无题》，可称五言描写景物佳构。

叶上题诗从苑中流出

花落深宫莺亦悲，上阳宫女断肠时。
君恩不闭东流水，叶上题诗寄与谁？

〔注〕〔上阳宫〕《唐书·地理志》："东都上阳宫在禁苑之东，东接皇城之西南隅，上元中置。高宗常居以听政。"

〔释〕《本事诗》："顾况在洛东门，坐流水上，得梧叶上诗云：'一入深宫里，年年不见春。聊题一片叶，寄与有情人。'况明日亦题诗于叶曰：'花落深宫莺亦悲，上阳宫女断肠时。帝城不禁东流水，叶上题诗欲寄谁？'后十余日，有人又于叶上得诗示况云：'一叶题诗出禁城，谁人酬和独含情。自嗟不及波中叶，荡漾乘流取次行。'"按御沟题叶诗之事凡四见。除顾况外，《唐诗纪事》有卢渥于御沟得一绝句云："流水何太急，深宫尽日闲。殷勤谢红叶，好去到人间。"又《青琐高议》载僖宗时于祐于御沟中拾一叶，上有诗"流水"云云。又《侍儿小名录》载贞元中进士贾全虚得一叶于御沟，悲想其人。大抵文人好事，将一事演为数事。顾况事或其原始也，姑备录之于此，亦诗中佳话也。

宿昭应

武帝祈灵太一坛，新丰树色绕千官。
岂知今夜长生殿，独闭山门月影寒。

紅葉題情付御溝　當時叮嚀向西流
無端東下入人間去　卻使君王不信愁

唐寅

〔注〕〔昭应〕《新唐书·地理志》：京兆府京兆郡县昭应本新丰，垂拱二年曰庆山，神龙元年复故名，有宫在骊山下，贞观十八年置，天宝三载析新丰、万年，置会昌县。七载省新丰，更会昌县及山曰昭应。〔太一坛〕《史记·武帝纪》："亳人薄诱忌奏祠泰一方，曰：'天神贵者泰一，泰一佐曰五帝。古者天子以春秋祭泰一东南郊，用太牢具，七日，为坛开八通之鬼道。'"〔长生殿〕《唐会要》："华清宫天宝元年十月造长生殿，名为集仙台，以祀神。"

〔释〕此诗讽求仙也。德宗服胡僧长生药，暴疾不救，其后宪宗复服方士柳泌金丹药死。诗借汉武求长生以讽时君，三四句讽意甚明。山门月寒，神仙安在，然则长生殿中人之梦可醒矣。

听 歌

子夜新声何处传，悲翁更忆太平年。
只今法曲无人唱，已逐霓裳飞上天。

〔注〕〔子夜〕《乐府诗集·吴声歌曲》有《子夜歌》。引《唐书·乐志》："《子夜》，晋曲也。晋有女子名子夜，造此声，声过哀苦。"〔法曲〕《唐书·礼乐志》："初隋有《法曲》，其音清而近雅。炀帝厌其声淡，曲终复加解音。明皇既知音律，又酷好《法曲》，选坐部伎子弟三百教于梨园。声有误者，帝觉而正之。"〔霓裳〕《乐苑》："明皇至月宫，闻仙乐，及归但记其半。会西凉节度杨敬述进《婆罗门》曲，声调相符，遂以月中所闻为散序，敬述所进为曲而名《霓裳羽衣》。"

〔释〕此闻民歌《子夜》而忆及明皇之《霓裳羽衣曲》，今已无人解唱矣。是不如《子夜》之长传新声于民间也。

耿沣　沣字洪源，河东人。登宝应元年进士第，官右拾遗。工诗，与钱起、卢纶、司空曙诸人齐名，号大历十才子。沣诗浅言偏深世情，不深琢削而风格自胜。今存集一卷。

秋　日

返照入闾巷，忧来与谁语。
古道无人行，秋风动禾黍。

〔释〕二十字中有一片秋天寥汜之气。

拜　新　月

开帘见新月，便即下阶拜。
细语人不闻，北风吹裙带。

〔释〕三四句颇具风致，用笔少而含意多也。

古意

虽言千骑上头居，一世生离恨有余。
叶下绮窗银烛冷，含啼自草锦中书。

〔注〕〔千骑〕古乐府《陌上桑》："东方千余骑，夫婿居上头。"〔锦中书〕《晋书·列女传》："窦滔妻苏氏，始平人也，名蕙，字若兰。滔被徙流沙。苏氏思之，织锦为回文璇图诗以赠滔，宛转循环以读之，词甚凄婉，凡八百四十字，文多不录。"

〔释〕诗言"千骑上头居"之荣，不能偿"一世生离"之苦；与王昌龄"闺中少妇"一首略同，彼写春朝，此言秋夜也。

代园中老人

佣赁谁堪一老身，皤皤力役在青春。
林园手种唯吾事，桃李成阴归别人。

〔注〕〔皤皤〕白发貌。
〔释〕此代劳者之歌也。

戎昱　昱荆南人，登进士第。卫伯玉镇荆南，辟昱为从事，建中中为辰、虔二州刺史。集五卷，今存二卷。

采莲曲

（二首录一）

涔阳女儿花满头，氄氄同泛木兰舟。
秋风日暮南湖里，争唱菱歌不肯休。

〔注〕〔涔阳〕洪兴祖注《湘君》"望涔阳兮极浦"谓："今澧州有涔阳浦。"〔氄氄〕本毛长貌，此以形容女发。

塞下曲

汉将归来虏塞空，旌旗初下玉关东。
高蹄战马三千匹，落日平原秋草中。

〔释〕两诗各成一幅画景，前诗写南湖采莲，自觉风光细腻，后诗写战罢归来，便具雄浑气象。诗人但因物赋形，随境设藻，自成名篇。

窦群 群字丹列，京兆人。兄常、牟，弟庠、巩，皆擢进士第，群独以处士客于毗陵。韦夏卿荐群为左拾遗，转膳部员外郎，兼侍御史、知杂事，出为唐州刺史。武元衡、李吉甫共引之，召拜吏部郎中。元衡辅政，复荐为中丞，后出为湖南观察使。改黔中，坐事贬开州刺史，稍迁容管经略使，召还卒。今传《窦氏联珠集》，存诗二十首。

春雨

昨日偷闲看花了，今朝多雨奈人何。
人间尽似逢花雨，莫爱芳菲湿绮罗。

〔释〕此诗因花雨而悟贪图富贵之非，三四句命意甚奇，世间"爱芳菲"而"湿绮罗"者多矣。然考群平生，亦非能不湿绮罗者。其由吉甫进而告吉甫阴事，几遭不测。

窦庠 庠字胄卿，释褐授国子主簿。韩皋镇武昌，辟为推官。皋移镇京口，用为度支副使，改殿中侍御史，历登、泽、信、婺四州刺史。庠为五字诗颇得其妙。《联珠集》中存诗二十首。

陪留守仆射巡内至上阳宫感兴
（二首录一）

愁云漠漠草离离，太液钩陈处处疑。
薄暮毁垣春雨里，残花犹发万年枝。

〔注〕〔留守〕《文献通考》"留守"条："唐太宗贞观十七年，亲征辽东，置京城留守，以房元龄充，萧瑀为副。其后车驾不在京师，则置留守。"〔太液〕《汉书·郊祀志》："北治大池渐台高二十余丈，名曰泰液。"〔钩陈〕《晋书·天文志》："北极五星，钩陈六星……钩陈后宫也。"

〔释〕上阳宫在东都，玄宗以后，长都长安，东都置留守，上阳宫逐渐荒芜。诗描绘出一幅废宫荒苑之状。次句言旧日池台、后宫皆不能辨，故处处可疑。昔日繁华，惟此万年枝上之残花而已。盖高宗晚年尝在此宫听政，则天传位太子后，亦居此。诗人巡视至此，不免有感，故曰"感兴"。

窦巩　巩字友封，登元和进士，累辟幕府，入拜侍御史，转司勋员外，刑部郎中。元稹观察浙东，奏为副使，又从镇武昌，归京师卒。巩雅裕，有名于时，平居与人言，若不出口，世称"嗫嚅翁"。白居易编次往还诗取尤长者，如张十八古乐府，李二十绅新歌行，卢贞杨巨源二秘书、窦七巩、元八绝句，号《元白往还集》。《联珠集》存诗共二十首。

洛中即事

高梧叶尽鸟巢空，洛水潺湲夕照中。
寂寂天桥车马绝，寒鸦飞入上阳宫。

〔注〕〔天桥〕《唐书·韦机传》："上元中，迁司农卿，检校园苑，造上阳宫，并移中桥从立德坊曲徙于长夏门街，时人称其省功便事。"或即此桥。

〔释〕此与庠诗同意，吊故宫也。庠诗写宫内荒芜，此首则言宫外凋残景象。

宫人斜

离宫路远北原斜，生死深恩不到家。
云雨今归何处去，黄鹂飞上野棠花。

〔注〕〔宫人斜〕《广舆记》：“玉钩斜在江都治之西，炀帝葬宫人处。”
〔云雨〕用宋玉《高唐赋序》“旦为朝云，暮为行雨”以指宫女。

〔释〕“生死”句写尽宫女一生惨事，盖一选入宫则生死皆不得到家也。

代邻叟

年来七十罢耕桑，就暖支羸强下床。
满眼儿孙身外事，闲梳白发向残阳。

〔释〕此诗描画出劳动人民勤劳一生之形象。

唐州东途作

绿林兵起结愁云，白羽飞书未解纷。
天子欲开三面网，莫将弓箭射官军。

〔注〕〔绿林〕《汉书·王莽传》：“南郡张霸、江夏羊牧、王匡等起云杜绿林，号曰下江兵。”〔白羽飞书〕《演繁露》：“有急以鸡羽插木檄，谓之羽檄。”〔三面网〕《史记·殷本纪》：“汤出，见野张网者四面之网曰：‘自天下四方皆入吾网。’汤曰：‘嘻！尽之矣！’乃去其三面。”

〔释〕此记农民起义也。诗中阶级立场甚明。巩乃从统治者立场立言。三四因事不易平，欲招降也。

戴叔伦 叔伦字幼公，润州金坛人。刘晏管盐铁，表戴主运湖南，嗣曹王皋领湖南、江西，表戴佐幕府。皋讨李希烈，留戴领府事，试守抚州刺史，俄即真，迁容管经略使，绥徕蛮落，威名流闻。集十卷，今存二卷。

题三闾大夫庙

沅湘流不尽，屈子怨何深。
日暮秋风起，萧萧枫树林。

〔注〕〔三闾大夫庙〕王逸《离骚序》：“屈原与楚同姓，仕于怀王为三闾大夫。三闾之职，掌王族三姓，曰昭、屈、景。”〔枫树林〕《楚辞·招魂》：“湛湛江水兮上有枫，目极千里兮伤春心，魂兮归来哀江南。”

〔释〕末二句恍惚中如见屈原。暗用《招魂》语，使人不之觉。短短二十字而吊古之意深矣，故佳。

湘南即事

卢橘花开枫叶衰，出门何处望京师。
沅湘日夜东流去，不为愁人住少时。

〔释〕此怀归不得而怨沅湘，语虽无理，情实有之，读来使人为之黯然。

送上饶严明府摄玉山

家在故林吴楚间，冰为溪水玉为山。
更将旧政化邻邑，遥见逋人相逐还。

〔**释**〕此美严能招集流亡也。严本官上饶已有美政，今兼玉山，故有将旧政化邻邑语。冰溪玉山亦借以形容严之清廉也。

卢纶 纶字允言，河中蒲人。大历初数举进士不第。元载取其文以进，补阌乡尉，累迁监察御史，辄称疾去，坐与王缙善，久不调，建中初为昭应令。浑瑊镇河中，辟纶为元帅判官，累迁检校户部郎中。贞元中，舅韦渠牟表其才，驿召之，会卒。集十卷，今存二卷。

塞 下 曲

（六首录三）

鹫翎金仆姑，燕尾绣蝥弧。
独立扬新令，千营共一呼。

〔注〕〔金仆姑〕《左传》："乘丘之役，公以金仆姑射南宫长万。"注："金仆姑，矢名。"〔绣蝥弧〕《左传》："颍考叔取郑之旗蝥弧以先登。"注："蝥弧，旗名。"

月黑雁飞高，单于夜遁逃。
欲将轻骑逐，大雪满弓刀。

〔注〕〔单于〕《汉书·文帝纪》颜注："单于，匈奴天子之号也。""单"，音蝉。

野幕敞琼筵，羌戎贺劳旋。

醉和金甲舞，雷鼓动山川。

〔注〕〔羌〕《说文》："羌，西戎牧羊人也。"〔劳〕读去声，慰劳也。

〔释〕第一首，写军令整肃，次首写战事之烈，末写军中庆功之宴。此题共六首，乃和张仆射之作，故诗语皆有颂美之意，与他作描写边塞寒苦者不同。

逢病军人

行多有病住无粮，万里还乡未到乡。
蓬鬓哀吟古城下，不堪秋气入金疮。

〔释〕凡战阵伤残兵士，理应有抚恤，此诗所写伤兵之苦如此，则其时军政之窳败自在言外。吟，呻吟也。

山店

登登山路何时尽，决决溪泉到处闻。
风动叶声山犬吠，几家松火隔秋云。

〔释〕寻常景色一入诗人之笔便不同。此诗无一奇特之事物而有非画所能画出者，读之如身临其境，故是佳作。

李益　益字君虞，姑臧人。大历四年登进士第，授郑县尉，久不调，益不得意，北游河朔。幽州刘济辟为从事。宪宗召为秘书少监，集贤殿学士，自负才地，多所凌忽，为众不容，谏官举其幽州诗句，降居散秩，俄复用为秘书监，迁太子宾客、集贤学士，判院事，转右散骑常侍。太和初以礼部尚书致仕卒。益长于歌诗，贞元末与宗人李贺齐名，每作一篇，教坊乐人以赂求取，唱为供奉歌辞。其《征人歌》《早行篇》，好事画为屏障。集一卷，今存二卷。

江 南 曲

嫁得瞿塘贾，朝朝误妾期。
早知潮有信，嫁与弄潮儿。

〔注〕〔瞿塘〕《水经·江水注》："江水又东径广溪峡，斯乃三峡之首也。其间三十里，颓岩倚木，厥势殆交。……中有瞿塘、黄龛二滩。"
〔释〕此写商人妇之怨情也。商人好利，久客不归，其妇怨之也。人情当怨深时，有此想法，诗人为之道出。

水 宿 闻 雁

早雁忽为双，惊秋风水凉。
夜长人自起，星月满空江。

〔**释**〕将一瞬间耳闻目见者以二十字写出，光景犹新。

夜上受降城闻笛

回乐峰前沙似雪，受降城外月如霜。
不知何处吹芦管，一夜征人尽望乡。

〔**注**〕〔受降城〕《唐书·张仁愿传》："仁愿请乘虚取汉北地，于河北筑三受降城，绝虏南寇路。"〔回乐峰〕《唐诗纪事》于此首后注："烽，烽火台也。"按古时烽火台，或在山上，故烽或作峰。岑参《苜蓿峰》诗，"峰"字据《西域记》乃"烽"也。李诗又有《暮过回乐峰》诗曰"烽火高飞百尺台"。"峰"即"烽"甚明。〔芦管〕《太平御览·乐部》引汉先蚕仪注曰："笳者，胡人卷芦叶吹之以作乐也，故谓之胡笳。"

〔**释**〕首二句先将边塞荒寒夜景写出，在此时此际忽闻何处胡笳声，引起征人万里离乡之感，故尽望乡也。

从军北征

天山雪后海风寒，横笛偏吹行路难。
碛里征人三十万，一时回向月明看。

〔**注**〕〔天山〕《九州要记》："凉州武威郡有天山。"又《西河旧事》："天山高，冬夏长雪，故曰白山。山中有好木铁，匈奴谓之天山，过之者皆下马拜。在蒲海东一百里，即汉贰师击右贤王之处也。"〔行路难〕《乐府诗集·杂曲歌辞》有《行路难》曲，引《乐府解题》曰："《行路难》，备

言世路艰难及离别悲伤之意。"

〔释〕此诗与前首同，向月看，向东望也。征人在西，东望故乡也。一本作"月中看"似误。

暖 川

胡风冻合鹧鸪泉，牛马千群逐暖川。

塞外征行无尽日，年年移帐雪中天。

〔注〕〔鹧鸪泉〕《唐书·地理志》："丰州西受降城北三百里有鹧鸪泉。"

〔释〕首二句写游牧民族生活中伟大画面。三四写征戍军人在冰天雪地中度着漫长岁月。两相对照，使人生南米军士不及北地牛马之感。又可知当时政府乏安边之策，而边将邀功，每喜生事，以致边地人民日在干戈扰攘之中，戍边士卒永无期满还乡之望。其戕贼民生之责，殆难宽恕。唐代诗人《塞上》《塞下》诸曲，其所描绘边塞寒苦与军士勤劳之作，皆有不满之意见于言外。杜甫《后出塞》诗"古人重守边，今人重高勋"十字，已将政府失策、边将邀功之情况，完全揭穿。他如张蠙《吊万人冢》诗"可怜白骨攒孤冢，尽为将军觅战功"，曹松《己亥岁》诗"凭君莫话封侯事，一将功成万骨枯"，则更淋漓痛快言之矣。

隋 宫 燕

燕语如伤旧国春，宫花欲落旋成尘。

自从一闭风光后，几度飞来不见人。

〔注〕〔隋宫〕《隋书·炀帝纪》："大业元年八月，上御龙舟幸江都。"

《隋书·地理志》江都郡江阳县注："有江都宫、扬子宫。"

〔**释**〕吊古之情由偶见春燕引起，即代燕说，构思颇巧。

宫怨

露湿晴花春殿香，月明歌吹在昭阳。
似将海水添宫漏，共滴长门一夜长。

〔**释**〕不过愁人知夜长之意，却将昭阳歌吹与长门宫漏比说，便觉难堪。

畅当　当河东人。初以子弟被召从军，后登大历七年进士第，贞元初为太常博士，终果州刺史，与弟诸皆有诗名。

登鹳雀楼

迥临飞鸟上，高出世尘间。
天势围平野，河流入断山。

〔**释**〕前二句写楼之高，后二句写楼上所见之广。

杨凝　凝字懋功，由协律郎三迁侍御史，为司封员外郎，徙吏部，稍迁右司郎中，终兵部郎中。集二十卷，已佚，今存诗一卷。

春 怨

花满帘栊欲度春，此时夫婿在咸秦。
绿窗孤寝难成寐，紫燕双飞似弄人。

〔释〕诗意亦寻常闺怨也，但以人孤寝与燕双飞相映成文，便觉有情耳。"咸秦"指咸阳，在唐都城附近。

司空曙　曙字文明（一作初），广平人。登进士第，从韦皋于剑南。贞元中为水部郎中，终虞部郎中。集三卷，今存一卷。

留卢秦卿

知有前期在，难分此夜中。
无将故人酒，不及石尤风。

〔注〕〔石尤风〕《江湖纪闻》："石氏女嫁为尤郎妇。尤远商不归，妻忆之，病，临亡叹曰：'恨不能阻其行，以至于此。今凡有商旅远行，吾将作大风阻之。'自后商旅发船，值打头逆风，曰：'此石尤风也。'"
〔释〕三四句言故人置酒劝留而客不留，岂不及石尤风犹能阻行邪。"无将"者，得无将也。

江村即事

罢钓归来不系船，江村月落正堪眠。
纵然一夜风吹去，只在芦花浅水边。

〔释〕此渔家乐也。诗语得自在之趣。

王建 建字仲初，颍川人。大历十年进士，初为渭南尉，历秘书丞、侍御史，大和中出为陕州司马，从军塞上，后归咸阳，卜居原上。建工乐府，与张籍齐名。《宫词》百首，尤传诵人口。诗集十卷，今存八卷。

新嫁娘
（三首录一）

三日入厨下，洗手作羹汤。
未谙姑食性，先遣小姑尝。

园果

雨中梨果病，每树无数个。
小儿出入看，一半鸟啄破。

〔释〕房皞《读杜诗》诗曰："欲知子美高人处，只把寻常话做诗。"此二首亦以寻常话说寻常事。佳处在朴素而又生动，有民间歌谣之趣。

雨过山村

雨里鸡鸣一两家，竹溪村路板桥斜。
妇姑相唤浴蚕去，闲着中庭栀子花。

〔注〕〔浴蚕〕《周礼》"禁原蚕"注引《蚕书》："蚕为龙精，月直大火则浴其种。"疏："月值大火谓二月。"

江陵道中

菱叶参差萍叶重，新蒲半拆夜来风。
江村水落平地出，溪畔渔船青草中。

〔注〕〔江陵〕《旧唐书·地理志》："荆州江陵府，隋为南郡，天宝元年改为江陵郡。"
〔释〕此两首皆诗人就道路即目所见人物风俗，各以二十八字记之，遂觉千载犹新。

夜看扬州市

夜市千灯照碧云，高楼红袖客纷纷。
如今不似时平日，犹自笙歌彻晓闻。

〔释〕扬州为南北交通枢纽，商贾云集，因之歌楼舞榭亦极多，唐代诗人每艳称之。天宝之乱，尤赖东南财富，支援西北。故中唐以后诗人如张祜有"人生只合扬州死，禅智山光好墓田"，徐凝有"天下三分明月夜，二分明月在扬州"之句。又如杜牧之"二十四桥明月夜，玉人何处教吹箫""春风十里扬州路，卷上珠帘总不如""十年一觉扬州梦，赢得青楼薄幸名"，尤传诵人口之作。王建此诗说扬州市不似时平日，犹笙歌彻晓，可见其繁盛景象。

宫人斜

未央墙西青草路，宫人斜里红妆墓。
一边载出一边来，更衣不减寻常数。

〔注〕〔更衣〕《汉书·东方朔传》："后乃私置更衣，从宣曲以南十二所，中休更衣，投宿诸宫。"注："为休息易衣之处，亦置宫人。"按更衣乃侍候休息时易衣之称，遂以称此辈为更衣。

〔释〕此诗三四句讥讽之意甚明。

过绮岫宫

玉楼倾侧粉墙空，重叠青山绕故宫。
武帝去来红袖尽，野花黄蝶领春风。

〔注〕〔绮岫宫〕《山堂肆考》："绮岫宫在东都永宁县西五里，唐显庆三年置。"

〔释〕以今日之野花黄蝶与昔日之红袖对照生情，见盛衰无常，以喻人君当知警戒。凡唐诗人吊故宫之作，皆此意也。显庆为唐高宗李治年号，诗用武帝亦以汉帝代唐帝也。"去来"者，去后也。"来"为语助词。

十五夜望月

中庭地白树栖鸦，冷露无声湿桂花。
今夜月明人尽望，不知秋思在谁家！

〔**释**〕三四句见同一中秋月夜，人之苦乐各别。末句以唱叹口气出之，感慨无限。

李端　端字正己，赵州人。大历五年进士，初授校书郎，移疾去，未几起为杭州司马，牒诉敲扑，心甚恶之，去隐衡山，号衡岳幽人。有集三卷。

芜城

风吹城上树，草没城边路。
城里月明时，精灵自来去。

〔**释**〕宋鲍照有《芜城赋》，写广陵乱后景象以警临海王子顼。诗题用其赋名，非指广陵也。二十字读之阴森逼人。唐自天宝乱后，藩镇弄兵，天下郡县，荒芜者多，故诗人作诗哀之。

宿石涧店闻妇人哭

山店门前一妇人，哀哀夜哭向秋云。
自说夫因征战死，朝来逢着旧将军。

〔**释**〕哭向秋云者，无可告诉也。

刘商 商字子夏，彭城人。少好学，工文善画，登大历进士第，官至检校礼部郎中，汴州观察判官。集十卷，今存一卷。

行营即事

万姓厌干戈，三边尚未和。
将军夸宝剑，功在杀人多。

〔**释**〕末句讽意甚切而用字不多，所谓一针见血也。

李约　约字在博，郑王元懿玄孙，汧公勉之子，官兵部员外郎，善画梅，精楷隶，以至行雅操知名当时。

观 祈 雨

桑条无叶土生烟，箫管迎龙水庙前。
朱门几处看歌舞，犹恐春阴咽管弦。

〔释〕三四句讥富贵人家全不知民生疾苦。旱甚至桑叶都枯，土亦生烟，则禾黍之槁死可知，而朱门之人尚恐春阴，致管弦潮润，有妨行乐，此辈不知是何心肠，此诗人所以深痛而切讥之也。约本唐宗室之裔孙，能为此言，当时称其至行雅操，观此诗益信。

过 华 清 宫

君王游乐万机轻，一曲霓裳四海兵。
玉辇升天人已尽，故宫犹有树长生。

〔释〕唐诗人每喜作诗讥讽明皇，约此诗犹措词微婉者，由此可知唐代文网犹疏，若宋明之世，必致得祸矣。

于鹄　鹄，贞元间诗人，隐居汉阳，尝为诸府从事。有集一
卷，今存。

古词
（三首录二）

新长青丝发，哑哑言语黠。
随人敲铜镜，街头救明月。

东家新长儿，与姜同时生。
并长两心熟，到大相呼名。

〔注〕〔救月〕《六帖》："长安城中，每当月食，士女取鉴向月击之，
名为救月。"

〔释〕五言绝句前人多谓其出于古乐府，如《子夜》之类，而以张籍、
王建为得其遗意。实则唐诗家多有之，如崔国辅、元结、杜甫皆然。于鹄
此诗亦乐府体也。

江南曲

偶向江头采白蘋，还随女伴赛江神。
众中不敢分明语，暗掷金钱卜远人。

〔**释**〕此亦乐府遗声也。

朱放 放字长通，襄州人，隐于越之剡溪。嗣曹王皋镇江西，辟节度参谋。贞元初召为拾遗，不就。诗一卷，今存。

乱后经淮阴岸

荒村古岸谁家在，野水溪云处处愁。
惟有河边衰柳树，蝉声相送到扬州。

权德舆 德舆字载之，天水略阳人，未冠即以文章称。杜佑、裴胄交辟之。德宗闻其才，召为太常博士，改左补阙，兼制诰，进中书舍人，历礼部侍郎。宪宗元和初，历兵部侍郎，坐郎吏误用官阙，改太子宾客。俄复前官，迁太常卿，拜礼部尚书同平章事。会李吉甫再秉政，帝又自用李绛，议论持异。德舆不敢有所轻重，坐是罢，以检校吏部尚书留守东都，复拜太常卿，徙刑部尚书，出为山南西道节度使。二年，以病乞还，卒于道。德舆积思经术，无不贯综，其文雅正赡缛，动止无外饰而蕴藉风流，自然可慕。文集五十卷，今存。

玉 台 体

（十二首录二）

泪尽珊瑚枕，魂销玳瑁床。
罗衣不忍着，羞见绣鸳鸯。

昨夜裙带解，今朝蟢子飞。
铅华不可弃，莫是藁砧归。

〔**注**〕〔玉台体〕严羽《沧浪诗话》："《玉台集》乃徐陵所序，汉魏六朝之诗皆有之，或者谓但谓纤艳者为'玉台体'，其实则不然。"按胡应麟《诗薮》不以严说为是，因《玉台新咏》所录皆言情之作，自余登览宴

乐之诗无一首也。〔稿砧〕古诗"稿砧今何在，山上复有山。何当大刀头，破镜飞上天"。旧注："稿砧者砆，谓夫也。"按此诗通首用隐语，旧注谓稿砧为砆，以隐指夫，义殊难通，盖砆乃石之次玉者，与稿砧不相涉。明周祈《名义考》谓："古有罪者席稿于椹上，以铁斩之。"盖以铁隐喻夫，铁乃斧钺之属，其说近是。

〔释〕此写思妇念归人之情，前首言人去后之思，后首写望归之切。"裙带解""蟢子飞"，皆俗传有喜事之兆也。不弃铅华者，妆饰以待其归也。

览镜见白发

秋来皎洁白须光，试脱朝簪学舞狂。
一曲酣歌还自乐，儿孙嬉笑挽衣裳。

〔注〕〔朝簪〕簪所以连冠于发者，古者男子挽髻于首，加冠则以簪连之。脱朝簪言脱冠也。

〔释〕自来诗人言白发皆有叹老之意，此篇独怀乐生之心，且狂舞、酣歌，使儿孙挽衣嬉笑，可见作者胸怀开阔，学养甚深。而"脱簪"句有不受羁绊之乐意。

戏赠苏九

白首书窗成巨儒，不知簪组遍屠沽。
劝君莫问长安路，且读鲁山于芴于。

〔**注**〕〔苏九〕苏翰也。题下原注："苏好读元鲁山文，或劝入关者。"
〔簪组〕簪，冠簪也。组，组绶也。古来自帝王以至士皆有绶以贯印，以
色别其等级。〔于芀于〕《唐书》："元德秀为鲁山令，明皇在东都，酺五凤
楼下，命三百里县令刺史各以声乐集。德秀惟乐工数十人，联袂歌《于芀
于》。《于芀于》者，德秀所为歌也。帝闻之叹曰：'贤人之言也。'"

〔**释**〕题曰"戏赠"，诗无戏语，盖止其入关求仕也。观次句所
言，当时仕途芜杂，屠沽之人皆得官，故劝其莫问长安路，且读《于芀
于》也。

羊士谔　士谔，泰山人，登贞元元年进士第，累至宣歙巡官。元和初拜监察御史，坐诬李吉甫，出为资州刺史。诗集一卷，今存。

夜听琵琶
（三首录一）

破拨声繁恨已长，低鬟敛黛更摧藏。
潺湲陇水听难尽，并觉风沙绕画梁。

〔注〕〔拨〕弹琵琶用拨，古有木拨、金拨、玉拨。《酉阳杂俎》："开元中，段师能弹琵琶用皮弦，贺怀智破拨弹之，不能成声。"〔摧藏〕唐太宗《咏琵琶》诗"摧藏千里态，掩抑几重悲"。〔绕画梁〕《列子》：韩娥过雍门，鬻歌假食，既去而余音绕梁樆，三日不绝。

〔释〕首句写弹，次句写弹琵琶之人，三四句写听。陇水、风沙皆所听之声也。

泛舟入后溪
（二首录一）

雨余芳草净沙尘，水绿滩平一带春。
惟有啼鹃似留客，桃花深处更无人。

〔释〕一种极幽静之境为诗人所得，写来如见。

杨巨源　巨源字景山，河中人。贞元五年擢进士第，为张弘靖从事，由秘书郎擢太常博士、礼部员外郎，出为凤翔少尹，复召除国子司业，年七十致仕归。集五卷，今存一卷。

和炼师索秀才杨柳

水边杨柳麹尘丝，立马烦君折一枝。
惟有春风最相惜，殷勤更向手中吹。

〔注〕〔炼师〕《唐六典》："道士有三号，曰法师，曰威仪师，曰律师，其德高思精者，谓之炼师。"按"炼"或作"练"。〔麹尘〕《礼记·月令》："荐鞠衣于先帝，告桑事。"注："如鞠尘色。"《周礼·天官》内司服"鞠衣"。郑司农云："鞠衣，黄桑服也。色如鞠尘，象桑叶始生。"按诗人咏柳，多用"麹尘"，即"鞠尘"。柳叶初生色淡黄与新桑叶色同。"鞠"即"菊"，菊花色黄。"鞠""麹""菊"皆同"匊"声，故可通用。尘者，菊蕊如尘细也。

〔释〕宋谢枋得评曰："杨柳已折，生意何在，春风披拂如有殷勤爱惜之心焉，此无情似有情也。仁人君子常以天地生物之心为心，兴哀于无用之地，垂德于不报之所，与春风吹断柳何异。"按谢氏此评，于诗人用意推阐至极，读诗中三四句，确有寓意。谢氏以比仁人君子应物之心，虽不免过高，然亦题中所有之义也。

令狐楚 楚字壳士，宜州华原人。贞元七年及第，授右拾遗。宪宗时累擢职方员外郎、知制诰，皇甫镈荐为翰林学士，进中书舍人，以党镈及李逢吉而逐裴度，颇干清议。敬宗时，内为尚书仆射，外为诸镇节度，所至皆有善政，卒于山南西道节度使。楚为人外严重而中宽厚，待士有礼，门无杂宾。有文集一百三十卷，诗歌一卷，今佚。

长 相 思
（二首录一）

几度春眠觉，纱窗晓望迷。
朦胧残梦里，犹自在辽西。

从 军 行
（五首录一）

胡风千里惊，汉月五更明。
纵有还家梦，犹闻出塞声。

〔释〕前首写征人妇念征人，后首写征人思家。两首皆从梦说，征人妇梦醒犹似梦中，征人则梦中犹闻出塞声，均善体人情之作。

少年行

（四首录一）

少小边州惯放狂，骒骑蕃马射黄羊。

如今年老无筋力，独倚营门数雁行。

〔**注**〕〔骒〕《正字通》："骒，锄板切，栈上声。马不施鞍辔为骒。"
〔黄羊〕《新唐书·回鹘传》："黠戛斯，古坚昆国也。其兽有野马、骨咄、
黄羊。"

〔**释**〕此以老少对照说，自然感慨。数雁行，思归南也。

裴度 度字中立，河东闻喜人。贞元中擢第，累迁司封员外郎、知制诰。田弘正献魏博六州于朝，宪宗遣度宣谕，魏人惧服。淮蔡作乱，度力请讨贼，诏以度充淮西宣慰招讨使。事平封晋国公，复知政事，为皇甫镈所构，出为太原尹、北都留守、河东节度使。穆宗即位，入为中书侍郎、平章事，旋为李逢吉所间，罢为山南西道节度使。宝历中复入辅政，帝崩，定策诛刘克明等，迎立文宗。牛僧孺、李宗闵以度功高忌之，罢为山南东道节度使，徙东都留守。时阉竖擅权，缙绅道丧，度不复有经济意，乃治第东都，作别墅曰绿野堂，与白居易、刘禹锡觞咏其间。开成拜中书令，寻复兼太原尹、北都留守、河东节度使，固辞不允，至镇病甚，乞还东都养病，诏许还京，卒，赠太傅。度风采俊爽，占对雄辩，出入中外，经事四朝，以身系国之安危者二十年。有集二卷，今存诗一卷。

傍水闲行

闲余何事觉身轻，暂脱朝衣傍水行。
鸥鸟亦知人意静，故来相近不相惊。

〔**释**〕《世说新语》："简文入华林园，顾谓左右曰：'会心处不必在远，翳然林水，便自有濠濮间想也。觉鸟兽禽鱼自来亲人。'"李白诗有"心静海鸥知"句。裴度此诗有物我同适之趣，与简文语、李白诗同意。裴度之时朝中牛、李两党之争甚烈，度介乎其间，屡被排摈。此诗殆有苦于世纷而思反初服之意。暂脱朝衣，便觉鸥鸟亦不惊猜，则朝衣之当脱也可知矣。

韩愈 愈字退之，南阳人。少孤，刻苦为学，尽通六经百家。贞元八年擢进士第，才高又好直言，累被黜贬。初为监察御史上疏极论时事，贬阳山令。元和中再为博士，改比部郎中，史馆修撰，转考功，知制诰，进中书舍人，又改庶子。裴度讨淮西请愈为行军司马，以功迁刑部侍郎，谏迎佛骨，谪刺史潮州，移袁州。穆宗即位，召愈拜国子祭酒，兵部侍郎，使王廷凑归转吏部，为时宰所构，罢为兵部侍郎，寻复吏部卒。赠礼部尚书，谥曰文。文自魏晋来拘偶对，体日衰，至愈一返之古，而为诗豪放，不避粗险，格之变亦自愈始。有集四十卷、外集遗文十卷，今存。

题楚昭王庙

丘坟满目衣冠尽，城阙连云草树荒。

犹有国人怀旧德，一间茅屋祭昭王。

〔注〕〔昭王〕韩愈外集有记宜城驿云："驿东北有井，传是昭王井。井东北数十步，有楚昭王庙。高木万株，旧庙屋极宏盛，今惟草屋一区。然问左侧人，尚云每岁十月，民相率聚祭其前。"按《史记·楚世家》："平王卒，乃立太子珍，是为昭王。"

〔释〕此诗首二句有今昔之感，三四句则记事之词，"怀旧德"之词，乃韩氏所设想，昭王实无何旧德可怀。

晚　春

草树知春不久归，百般红紫斗芳菲。
杨花榆荚无才思，惟解漫天作雪飞。

〔释〕玩三四两句，诗人似有所讽，但不知究何所指。

盆　池

（五首录二）

老翁真个似童儿，汲井埋盆作小池。
一夜青蛙鸣到晓，恰如方口钓鱼时。

〔注〕〔方口〕愈《和卢云夫送盘谷子诗》有"平沙绿浪榜方口"句，注家谓即在盘谷。文集《送李愿归盘谷序》谓"太行之南有盘谷"。

池光天影共青青，拍岸才添水数瓶。
且待夜深明月去，试看涵泳几多星。

〔释〕此题极小，诗人于小中见大，故说来不觉其小。

王涯　涯字广津，太原人。博学工属文，贞元中擢进士第，又举宏词，调蓝田尉，以左拾遗为翰林学士进起居舍人。宪宗元和初，贬虢州司马，徙袁州刺史，以兵部员外郎召知制诰，再为翰林学士，累迁工部侍郎，拜中书侍郎同中书门下平章事，寻罢，再迁吏部侍郎。穆宗立，出涯为剑南、东川节度使，长庆三年，入为御史大夫，迁户部尚书，盐铁转运使。敬宗宝历时，复出领山南西道节度使。文宗嗣位，召拜太常卿，以吏部尚书总盐铁，岁中进尚书右仆射代郡公，久之，以本官同中书门下平章事，俄检校司空兼门下侍郎。李训败，乃及祸。集十卷，今佚。

闺人赠远

（五首）

花明绮陌春，柳拂御沟新。
为报辽阳客，流芳不待人。

远戍功名薄，幽闺年貌伤。
妆成对春树，不语泪千行。

啼莺绿树深，语燕雕梁晚。
不省出门行，沙场知近远。

形影一朝别，烟波千里分。

君看望君处，只是起行云。

洞房今夜月，如练复如霜。

为照离人恨，亭亭到晓光。

〔**释**〕五首含思宛转，极尽闺人念远之情。

愁 思

（二首录一）

网轩凉吹动轻衣，夜听更长玉漏稀。

月度天河光转湿，鹊惊秋树叶频飞。

〔**释**〕诗语但说秋夜闻见而所思即在言外，盖景为情设，情以物动，景中即有情，且无此情亦不感此景也。

陈羽　羽江东人，登贞元进士第，历官乐宫尉佐。诗集一卷，今存。

梁城老人怨

朝为耕种人，暮作刀枪鬼。
相看父子血，共染城壕水。

〔释〕读此二十字，真不知是何世界。

旅次沔阳闻克复而用师者穷兵黩武，因书简之

江上烟消汉水清，王师大破绿林兵。
干戈用尽人成血，韩信空传壮士名。

〔释〕此诗之绿林兵，当指黄巢起义师。考巢于僖宗李儇乾符六年攻襄阳大败，复攻鄂州，东走安徽。其时唐将每于攻克一地，便大肆劫掠。此诗或即因此而作。

吴城览古

吴王旧国水烟空，香径无人兰叶红。
春色似怜歌舞地，年年先发馆娃宫。

〔注〕〔香径〕《香谱》："吴王阖闾起响屟廊，采香径。"〔馆娃宫〕《吴郡志》："灵岩山在平江府城西，吴王别苑在焉，有馆娃宫。"

小江驿送陆侍御归湖上山

鹤唳天边秋水空，荻花芦叶起西风。
今夜渡江何处宿，会稽山在月明中。

戏题山居
（二首录一）

云盖秋松幽洞近，水穿危石乱山深。
门前自有千竿竹，免向人家看竹林。

〔注〕〔看竹〕《晋书·王徽之传》："吴中一士大夫家有好竹，欲观之。徽之坐舆造竹下，讽啸良久。"
〔释〕此诗深得山居之趣。看竹本晋人韵事，而诗言"自有千竿竹""免向人家看竹林"，则韵更高于徽之。

欧阳詹　詹字行周，晋江人。常衮荐之始举进士，官国子监四门助教。集十卷，今存。

赠鲁山李明府

外户通宵不闭关，抱孙弄子万家闲。
若将邑号称贤宰，又是皇唐李鲁山。

〔注〕〔外户〕《礼记·礼运》："是故谋闭而不兴，盗窃乱贼而不作，故外户而不闭，是谓大同。"〔鲁山〕《唐书·元德秀传》："举进士，为鲁山令，所得俸禄悉衣食人之孤遗者，岁满笥余一缣，驾柴车去。天下高其行不名，谓之元鲁山。"皮日休《七爱诗序》："镇浇俗者必有真吏，以元鲁山为真吏焉。"

〔释〕此诵李明府政绩如元德秀。元为鲁山令有德政，人以县名名之，李亦为鲁山令，故曰"若将邑号称贤宰"，则"又是皇唐李鲁山"也。

题王明府郊亭

日日郊亭启竹扉，论桑劝稼是常机。
山城要得牛羊下，方与农人分背归。

〔注〕〔牛羊下〕《诗经·王风·君子于役》："日之夕矣，羊牛下来。"

〔**释**〕此美王明府勤于民事也。封建社会县令为亲民之官，劝农桑乃其职责，王明府日在郊亭与农人亲近，故诗人美之。

泉州赴上都留别舍弟及故人

天长地阔多歧路，身即飞蓬共水萍。
匹马将驱岂容易，弟兄亲故满离亭。

柳宗元　宗元字子厚，河东人。登进士第，应举宏辞，授校书郎，调蓝田尉。贞元十九年，为监察御史里行，王叔文、韦执谊用事，尤奇待宗元，擢尚书礼部员外郎。会叔文败，贬永州司马。宗元少精警绝伦，为文章雄深雅健，踔厉风发，为当时流辈所推仰，既罢窜逐，涉履蛮瘴，居闲益自刻苦，其堙厄感郁，一寓诸文，读者为之悲恻。元和十年，移柳州刺史。江岭间为进士者走数千里从宗元游，经指授者为文辞皆有法。世号柳柳州。元和十四年卒，年四十七。集四十五卷，今存。

江 雪

千山鸟飞绝，万径人踪灭。
孤舟蓑笠翁，独钓寒江雪。

〔释〕顾璘评曰："绝唱，雪景如在目前。"按此诗读之便有寒意，故古今传诵不绝。

柳 州 二 月

宦情羁思共凄凄，春半如秋意转迷。
山城过雨百花尽，榕叶满庭莺乱啼。

〔释〕宗元因王叔文党被贬柳州，非其罪也。此诗不言远谪之苦而一种无可奈何之情，于二十八字中见之。

刘禹锡　禹锡字梦得，彭城人。贞元九年擢进士第，登博学宏词科，从事淮南幕府，入为监察御史。王叔文用事，引禹锡入禁中，与之图议，言无不从，转屯田员外郎，判度支盐铁案。叔文败，坐贬连州刺史，在道贬朗州司马。落魄不自聊，吐词多讽托幽远。蛮俗好巫，尝依骚人之旨，倚其声作《竹枝词》十余篇，武陵溪洞间悉歌之。居十年召还，将置之郎署，以作《玄都观看花》诗，涉讥忿，执政不悦，复刺播州。裴度以母老为言，改连州，徙夔、和二州，久之征入为主客郎中，又以作《重游玄都观》诗，出分司东都。度仍荐为礼部郎中，集贤直学士。度罢，出刺苏州，徙汝、同二州。会昌时加检校礼部尚书卒，年七十二。集三十卷、外集十卷，今存。

经檀道济故垒

万里长城坏，荒营野草秋。
秣陵多士女，犹唱白符鸠。

〔注〕〔檀道济〕《南史·檀道济传》："元嘉十二年，召道济入朝。十三年春将遣还镇，下渚未发，有似鹢鸟集船悲鸣，会上疾动，义康矫诏召入祖道，收付廷尉，及其子八人并诛。时人歌曰：'可怜白鹢鸠，枉杀檀江州。'"按《宋书·道济传》："道济立功前朝，威名甚重，朝廷疑畏之。帝疾笃，彭城王义康召入朝，收而诛之。道济见收，怒目如炬，脱帻投地曰：'乃复坏汝万里长城！'"〔秣陵〕《太平寰宇记》引《金陵图经》："秦

并天下，望气者言江东有天子气，乃凿地脉，断连冈，因改金陵为秣陵。"〔白符鸠〕《晋书·乐志》："《拂舞》出自江左。旧云《吴舞》。杨泓序云：'自到江南见《白符鸠舞》，或言《白凫鸠舞》，云有此来数十年，察其词旨，乃是吴人患孙皓虐政，思属晋也。'"又《南齐书·乐志》："《舞叙》云：'《白符》或云《白符鸠舞》，出江南。白者，金行，符，合也，鸠亦合也。符、鸠虽异，其义是同。'"

〔释〕此诗末句即用当时人歌，但当时何以用白凫鸠，其义难明。高步瀛《唐宋词举要》注引《晋书·乐志》《拂舞》歌诗五篇，一曰《白鸠篇》，二曰《济济篇》，谓"时人歌道济，取喻白符鸠，盖隐寓济字欤"。按《拂舞》歌诗《济济》与《白鸠》为不同之诗篇，时人歌用《白符鸠》，非用《济济》，何云隐寓道济之名。此歌之意实指义康，岂以孙皓之虐比义康邪？禹锡诗用当时人歌亦言秣陵士女，至今不忘道济有功而被义康枉杀也。

答表臣赠别
（二首录一）

嘶马立未还，行舟路将转。
江头暝色深，挥袖依稀见。

始发鄂渚寄表臣
（二首）

祖帐管弦绝，客帆西风生。
回车已不见，犹听马嘶声。

〔注〕〔祖帐〕饯别所设之席。

晓发柳林戌，遥城闻五鼓。
忆与故人眠，此时犹晤语。

出鄂州界怀表臣
（二首录一）

梦觉疑连榻，舟行忽千里。
不见黄鹤楼，寒沙雪相似。

〔释〕表臣名程，敬宗时宰相。禹锡此数诗于朋友相得不忍分离之情，委曲说出。真挚之意，千载犹新。

石头城

山围故国周遭在，潮打空城寂寞回。
淮水东边旧时月，夜深还过女墙来。

〔注〕本篇与后之《乌衣巷》《台城》均录自《金陵五首》。〔石头城〕《元和郡县志》："江南道润州上元县：石头城在县西四里，即楚之金陵城也。吴改为石头城。"〔淮水〕即秦淮河。〔女墙〕《释名》释宫室："城上垣曰睥睨，亦曰女墙，言其卑小，比于城，若女子之于丈夫也。"

〔释〕但写今昔之山、水、明月，而人情兴衰之感即寓其中。

乌衣巷

朱雀桥边野草花，乌衣巷口夕阳斜。
旧时王谢堂前燕，飞入寻常百姓家。

〔注〕〔乌衣巷〕《舆地纪胜》："江南东路建康府乌衣巷，在秦淮南，去朱雀桥不远。《晋志》云：王导自卜乌衣宅，宋时诸谢乌衣之聚，并此巷也。"〔朱雀桥〕《六朝事迹》："晋咸康二年作朱雀门，新立朱雀浮航，在县城东南四里，对朱雀门，南渡淮水，亦名朱雀桥。"

〔释〕三四两句诗意甚明，盖从燕子身上表现今昔之不同。而《岘佣说诗》乃谓"若作燕子他去便呆，盖燕子仍入此堂，王谢零落，已化为寻常百姓矣。如此则感慨无穷，用笔极曲"。其说真曲，诗人不如此也。说诗者每曲解诗人之意，举此一例，以概其余。

台城

台城六代竞豪华，结绮临春事最奢。
万户千门成野草，只缘一曲后庭花。

〔注〕〔台城〕洪迈《容斋随笔》："晋宋间谓朝廷禁近为台，故称禁城为台城。"又《景定建康志》："台城一曰苑城，本吴后苑城，晋成帝咸和中新宫成，名建康宫，即所谓台城也。"〔结绮、临春〕《南史·张贵妃传》："至德二年，于光昭殿前起临春、结绮、望仙三阁，高数十丈，饰以金玉，间以珠翠。"又曰："后主自居临春阁，张贵妃居结绮阁，龚、孔二贵嫔居望仙阁。"〔万户千门〕《汉书》："孝武作建章宫为千门万户。"〔后庭花〕《隋书·乐志》："陈后主于清乐中造《黄骊留》及《玉树后庭花》《金钗两鬓垂》等曲，与幸臣等制其歌词，绮艳相高，极于淫荡，男女唱和，其音甚哀。"

〔释〕冯班谓："陈亡则江南王气尽矣。首句自六代说起，不止伤陈叔宝也。"按禹锡《金陵五题》，此所录三首皆有惩前毖后之意。诗人见盛衰无常而当其盛时，恣情逸乐之帝王以及豪门贵族，曾不知警戒，大可伤悯，故借往事，再三唱叹，冀今人知所畏惮而稍加敛抑也。否则古人兴废成败与诗人何关，而往复低回如此。

自朗州至京戏赠看花诸君子

紫陌红尘拂面来，无人不道看花回。
玄都观里桃千树，尽是刘郎去后栽。

〔注〕〔朗州〕《隋书·地理志》："武陵郡平陈为朗州。"按禹锡贬为朗州司马，历十年之久。

再游玄都观

百亩庭中半是苔，桃花净尽菜花开。
种桃道士归何处，前度刘郎今又来。

〔释〕禹锡《再游玄都观》诗有《序》云："余贞元二十一年为屯田员外郎，时此观未有花。是岁出牧连州，寻贬朗州司马。居十年，召至京师，人人皆言有道士手植仙桃，满观如红霞，遂有前篇，以志一时之事，旋又出牧。今十有四年复为主客郎中，重游玄都观，荡然无复一树，惟兔葵燕麦动摇于春风耳，因再题二十八字，以俟后游。时大和二年三月也。"按禹锡因王叔文事被贬朗州，十年之后，朝中另换一番人物，故有"尽是刘郎去后栽"之句，以见朝政翻覆无常，语含讥讽，是以又为权贵所不

喜，再贬播州，易连州，徙夔州，十四年始入为主客郎中，又因再游诗为
"权近闻者，益薄其行"，遂被分司东都闲散之地。考此两诗所关，前后
二十余年，禹锡虽被贬斥而终不屈服，其蔑视权贵而轻禄位如此。白居易
序其诗，以诗豪称之，谓"其锋森然，少敢当者"。语虽论诗，实人格之
品题也。

与歌者米嘉荣

唱得凉州意外声，旧人惟数米嘉荣。
近来时世轻先辈，好染髭须事后生。

〔**注**〕〔凉州〕《乐府诗集》引《乐苑》："《凉州》，宫调曲，开元中西
凉府都督郭知运进。"

听旧宫人穆氏唱歌

曾随织女渡天河，记得云间第一歌。
休唱贞元供奉曲，当时朝士已无多。

〔**注**〕〔贞元〕唐德宗李适年号。

与歌者何戡

二十余年别帝京，重闻天乐不胜情。

旧人惟有何戡在，更与殷勤唱渭城。

〔注〕〔渭城〕即王维《送元二使安西》诗，首句曰"渭城朝雨浥轻尘"，因号《渭城曲》。

〔释〕刘克庄谓"梦得诗雄浑苍老，尤多感慨之句"。此三诗皆听歌有感之作。米嘉荣乃长庆间歌人，及今已老，故感其不为新进少年所重，而以"好染髭须"戏之。穆氏乃宫中歌者，故有"织女""天河""云间第一歌"等语，而感于贞元朝士无多，以见朝政反覆，与《再游玄都观》诗同意。何戡则二十年前旧人之仅存者，亦以感时世沧桑也。禹锡诗多感慨，亦由其身世多故使然也。

蹋歌词
（四首录二）

春江月出大堤平，堤上女郎连袂行。
唱尽新词欢不见，红霞映树鹧鸪鸣。

新词宛转递相传，振袖倾鬟风露前。
月落乌啼云雨散，游童陌上拾花钿。

〔注〕〔蹋歌〕《唐书·乐志》："宣宗时有葱岭西曲，士女踏歌为队，亦作蹋歌。"按《踏歌》有出于宫廷者，《旧唐书·睿宗纪》"上元夜，上皇御安福门观灯，出内人连袂踏歌，纵百寮观之"是也。有出于民间者，《宣和书谱》："南方风俗，中秋夜，妇人相持踏歌，婆娑月影中，最为盛集。"据此则唐、宋皆有之，大抵连袂踏足而歌，故曰"踏歌"。宋时歌舞曲有《转踏》，亦曰《传踏》。郑仅所作，其放队词即全用禹锡"新词宛转"一首为之，可见此体与踏歌之关系。

竹枝词

（九首录五）

白帝城头春草生，白盐山下蜀江清。
南人上来歌一曲，北人莫上动乡情。

〔**注**〕〔竹枝词〕《乐府诗集》："《竹枝》本出于巴、渝，唐贞元中，刘禹锡在沅湘，以俚歌鄙陋，乃依骚人《九歌》作《竹枝》新词九章，教里中儿歌之，由是盛于贞元、元和间。"〔白盐山〕《水经·江水注》："江水又东径广溪峡，斯乃三峡之首也。其间三十里，颓岩倚木，厥势殆交，北岸山上有神渊，渊北有白盐崖，高可千余丈，俯临神渊，土人见其高白，故因名之。"

山桃红花满上头，蜀江春水拍山流。
花红易衰似郎意，水流无限似侬愁。

日出三竿春雾消，江头蜀客驻兰桡。
凭寄狂夫书一纸，住在成都万里桥。

〔**注**〕〔万里桥〕《华阳国志》："蜀郡城南有江桥南渡曰万里桥。"

瞿唐嘈嘈十二滩，此中道路古来难。
长恨人心不如水，等闲平地起波澜。

〔**注**〕〔瞿唐〕《寰宇记》："瞿唐在夔州东一里，连崖千丈，奔波电激，舟人为之恐惧。"又《水经注》："峡中有瞿塘、黄龛二滩，夏水回复，沿溯所忌。"〔十二滩〕未详其名。

巫峡苍苍烟雨时，清猿啼在最高枝。

个里愁人肠自断，由来不是此声悲。

〔注〕〔巫峡〕《水经注》："江水又东径巫峡……每至晴初霜旦，林寒涧肃，常有高猿长啸，属引凄异，空谷传响，哀转久绝。故渔者歌曰：'巴东三峡巫峡长，猿鸣三声泪沾裳。'"

〔释〕刘禹锡《竹枝词序》曰："四方之歌，异音而同乐。岁正月，余来建平（按：朗州，汉为武陵郡，王莽时改曰建平，即今湖南武陵县），里中儿联歌《竹枝》，吹短笛，击鼓以赴节。歌者扬袂睢舞，以曲多为贤。聆其音，中黄钟之羽，卒章激讦如吴声。虽伧伫不可分，而含思宛转，有淇澳之艳。昔屈原居沅湘间，其民迎神，词多鄙陋，乃作《九歌》，到于今荆楚歌舞之。故余亦作《竹枝词》九篇，俾善歌者飏之，附于末，后之聆《巴歈》，知变风之自焉。"按据此，知禹锡所作，实仿自民歌，所谓"含思宛转"，盖词意多抒写恩怨。但原词朴质，禹锡为之加工，以成今式耳。九首特效《九歌》，则文人好古之习。

竹 枝 词

（二首录一）

杨柳青青江水平，闻郎江上踏歌声。

东边日出西边雨，道是无晴还有晴。

〔释〕"晴"双关"情"字，乐府多有此法，如《子夜歌》之以"丝"双关"思"，"莲"双关"怜"。《读曲歌》之"碑"双关"悲"，"蹄"双关"啼"皆是。

杨柳枝词

（十一首录二）

花萼楼前初种时，美人楼上斗腰支。
如今抛掷长街里，露叶如啼欲恨谁。

〔注〕〔花萼楼〕《唐书·让皇帝宪传》：先天后，以隆庆旧邸为兴庆宫，于宫西南置楼。其西署曰花萼相辉之楼，南曰勤政务本之楼，闻诸王乐，必亟召升楼，与同榻坐。

城外春风吹酒旗，行人挥袂日西时。
长安陌上无穷树，惟有垂杨管别离。

〔释〕《杨柳枝词》盖即古《横吹曲》之《折杨柳》。其词托意杨柳以写离情，或感叹盛衰。今录禹锡两首，前者以柳比人，后者即写离别，不可但作单纯咏物诗看。

浪淘沙

（九首录一）

日照澄洲江雾开，淘金女伴满江隈。
美人首饰侯王印，尽是沙中浪底来。

〔注〕〔淘金〕《桂岭虞衡志》："生金出西南州峒，生山谷田野沙土中。峒民以淘沙为生，坏土出之，自然融结成颗。"又《唐书·南诏传》："长川诸山往往有金，或披沙得之。"

　　〔**释**〕《浪淘沙词》，始于白居易、刘禹锡，大抵描写风沙推移，以见人世变迁无定，或则托意男女恩怨之词。禹锡此首乃言淘沙拣金之劳，而美人、侯王或未知也。

张仲素　仲素字绘之，河间人。宪宗时为翰林学士，后终中书舍人。

春闺思
（三首录一）

袅袅城边柳，青青陌上桑。
提笼忘采叶，昨夜梦渔阳。

〔注〕〔渔阳〕《汉书·地理志》："渔阳郡，秦置，莽曰通路，属幽州。"《文献通考·舆地考》："蓟州：秦置渔阳郡，二汉因之，隋文帝徙元州于此，并立总管府。炀帝初废，置渔阳郡，唐属幽州。"

〔释〕杨慎谓"从《卷耳》首章翻出"。按《诗经·周南·卷耳》首章曰："采采卷耳，不盈顷筐。嗟我怀人，寘彼周行。"孔疏谓"顷筐易盈之器而不能满者，由此人志有所念，忧思不在于此故也"。"梦渔阳"，闺人之夫方戍渔阳，备契丹也。

秋闺思
（二首）

碧窗斜日蔼深晖，愁听寒螀泪湿衣。
梦里分明见关塞，不知何路向金微。

〔注〕〔金微〕《后汉书·和帝纪》："大将军窦宪遣左校尉耿夔出居延塞，围北单于于金微山。"

　　秋天一夜静无云，断续鸿声到晓闻。
　　欲寄征人问消息，居延城外又移军。

〔注〕〔居延〕《汉书·地理志》："张掖郡有居延县。"
〔释〕两诗首二句皆写秋，三四句皆写闺情。

塞 下 曲
（五首录一）

　　猎马千群雁几双，燕然山下碧油幢。
　　传声漠北单于破，火照旌旗夜受降。

〔注〕〔燕然山〕后汉窦宪追单于至燕然山勒石纪功。

崔护　护字殷功，博陵人。贞元十二年登第，终岭南节度使。

题都城南庄

去年今日此门中，人面桃花相映红。
人面只今何处去，桃花依旧笑春风。

〔释〕此诗传有本事，见《唐诗纪事》。《纪事》称："护举进士不第，清明独游都城南，得村居花木丛萃，叩门久，有女子自门隙问之。对曰：'寻春独行，酒渴求饮。'女子启关，以盂水至，独倚小桃柯伫立，而意属殊厚。崔辞起，送至门，如不胜情而入，后绝不复至。及来岁清明，径往寻之，门庭如故而户扃锁矣。因题'去年今日此门中'之诗于其左扉。"沈括《梦溪笔谈》谓崔后以此诗第三句意未全、语未工，改作"人面只今何处去"，至今所传有此两本。唐人作诗不恤重字，取语意为主。后人以其有两今字，故多用"人面不知何处去"句。今按沈说是也。此诗不但重今字，人面桃花亦重用，"只今"正与下句"依旧"相映生情，且作"不知何处去"五字一意，故知不然。

皇甫松 新安人，湜之子，自称檀乐子。今存诗十三首。

浪淘沙

（二首录一）

滩头细草接疏林，浪恶罾船半欲沉。
宿鹭眠洲非旧浦，去年沙嘴是江心。

〔**释**〕此亦人世迁移之情而笔有画意。

吕温　温字和叔，一字化光，河中人。贞元中连中两科。德宗召为集贤校书，后为治书御史，因善王叔文，迁为左拾遗，以侍御史使吐蕃，元和元年乃还。柳宗元等皆坐叔文贬，独温得免，进户部员外郎，与窦群、羊士谔相昵。群为御史中丞，荐温知杂事。士谔为御史，宰相李吉甫持之不报。温乘间奏吉甫阴事，诘辩皆妄，贬均州刺史，议者不厌，再贬道州，久之徙衡州卒。集十卷，今存。

将赴衡州酬别江华毛令

布帛精粗任土宜，疲人识信每先期。
明朝别后无他嘱，虽是蒲鞭也莫施。

〔注〕〔江华〕江华乃道州属县，唐属江南道。〔土宜〕《周礼·土方氏》："以辨土宜。"〔疲人〕白居易有"敢辞为俗吏，且愿活疲民"诗句，"疲人"即"疲民"，唐人避李世民讳，或改"民"作"人"也。按"疲民"字出《周礼·大司寇》："以嘉石平罢民。""罢"即"疲"字，彼文所言乃指罢惰之民，与此诗意不合。此诗所指乃疲劳义。"疲人"即劳民也。〔蒲鞭〕《后汉书·刘宽传》："典历三郡，温仁多恕，吏人有过，但用蒲鞭罚之，示辱而已。"

〔释〕此吕温将去道州，临别戒江华毛县令之诗也。诗中表现一片恺悌君子之心。盖言布帛精粗乃土产之物宜，县令不当专取精者，且此等疲劳之民本知守信，先期交纳，县令不必急催。末句且嘱其虽蒲鞭示辱亦可不用也。

宗礼欲往桂州苦雨因以戏赠

农人辛苦绿苗齐，正爱梅天水满堤。
知汝使车行意速，但令骢马着障泥。

〔注〕〔障泥〕《晋书·王济传》："济善解马性，尝乘一马，着连干障泥，前有水，终不肯渡。济云：'此必惜障泥。'使人解去便渡。"

〔释〕此诗写农民与达官对于雨之心情不同，题曰"戏赠"，实以讥之也。

贞元十四年旱甚见权门移芍药

绿原青陇渐成尘，汲井开园日日新。
四月带花移芍药，不知忧国是何人。

〔释〕此诗亦写农民与权贵遇旱之心情不同，末句直是谴责之词。按唐制每年二月一日，以农务方兴，令百寮具则天大圣皇后所删定《兆人本业记》进呈。吕温有《代文武百寮进农书表》，有曰："经始岁功，导扬生德。征有司之旧典，奉先后之遗文。深居穆清，亲览奥妙。匪崇朝而尽更田亩，不出户而遍洽人情。见捽草抔土之艰，知寒耕热耘之苦。宸心感念，圳亩昭苏。一叹而时雨先飞，三复而春雷自起。"观此文知古之贤者无不重视农民之辛勤，所以告诫深宫之帝王，当知稼穑之艰难，因此事乃国政之本也。今天下大旱，绿原青陇皆将成焦土，农民之忧勤可知，而权门则日日汲水开园，移种芍药，以为娱赏之用，宜诗人严谴之也。

孟郊　郊字东野，湖州武康人。少隐嵩山，性介少谐合。韩愈一见，为忘形交。年五十得进士第，调溧阳尉。县有投金濑、平陵城，林薄蒙翳，下有积水，郊间往坐水旁，徘徊赋诗，曹务多废。令白府以假尉代之，分其半俸。郑余庆为东都留守，署水陆转运判官。余庆镇兴元，奏为参谋，卒。张籍私谥曰贞曜先生。郊为诗有理致，最为愈所称，然思苦奇涩。李观亦论其诗曰"高处在古无上，平处下顾二谢"云。集十卷，今存。

古 怨

试妾与君泪，两处滴池水。
看取芙蓉花，今年为谁死。

〔释〕此诗设想甚奇，池中有泪，花亦为之死，怨深如此，真可以泣鬼神矣。

闺 怨

妾恨比斑竹，下盘烦冤根。
有笋未出土，中已含泪痕。

〔释〕韩愈为郊志墓，称"郊诗刿目怵心，神施鬼设，间见层出"。读此二诗，可见其大概。

张籍　籍字文昌，苏州吴人，或曰和州乌江人。贞元十五年登进士第，授太常寺太祝，久之，迁秘书郎。韩愈荐为国子博士，历水部员外郎，主客郎中。当时有名士皆与游而愈贤重之。籍为诗长于乐府，多警句。仕终国子司业。诗集八卷，今存。

邻妇哭征夫

双鬟初合便分离，万里征夫不得随。
今日军回身独没，去时鞍马别人骑。

〔注〕〔双鬟〕古代女子未嫁梳双鬟，嫁则合之。

〔释〕三四句读之凄然欲泪。张籍古诗多乐府体，绝句则多疏畅，渐与元、白之作风相近。

法雄寺东楼

汾阳旧宅今为寺，犹有当时歌舞楼。
四十年来车马寂，古槐深巷暮蝉愁。

〔释〕郭子仪封汾阳郡王，当时权势烜赫，车马盈门，与今日深巷暮蝉一相比较，自生富贵不长保之感，但此意用唱叹之笔出之，便觉深远。

赠蜀客

蜀客南行祭碧鸡，木棉花发锦江西。
山桥日晚行人少，时见猩猩树上啼。

〔注〕〔碧鸡〕《汉书·郊祀志》："宣帝即位，或言益州有金马、碧鸡之神，可醮祭而致。于是遣谏大夫王褒使持节而求之。"注："金形似马，碧形似鸡。"〔木棉〕《吴录》："《地理志》曰：'交阯安定县有木棉，树高大，实如酒杯，中棉如丝之棉。'"〔锦江〕《华阳国志·蜀志》："锦江，织锦濯其中则鲜明，他江则不好。"

〔释〕此诗于唐代西南地域情况描绘出有与今日不同者。

蛮中

铜柱南边毒草春，行人几日到金潾。
玉镮穿耳谁家女，自抱琵琶迎海神。

蛮州

瘴水蛮中入洞流，人家多住竹棚头。
青山海上无城郭，惟见松牌出象州。

〔注〕〔蛮〕《文献通考·南平蛮考》："南平蛮东距智州，南属渝州，西接南州，北治州，户口四千余，多瘴疠，山有毒草、沙虱、蝮蛇。人楼居，梯而上，名为'干栏'。妇人横布二幅，穿中贯其首，号曰'通裙'。美发

髻垂于后。竹筒三寸斜穿其耳。贵者饰以珠珰。……其王姓朱氏号剑荔王，唐贞观三年遣使内款，以其地隶渝州。"按唐以前凡川黔、两广民族皆蒙蛮称。张籍此二诗所指之蛮，当与《通考》所记有关。所谓"瘴水""毒草"，及"玉环穿耳"均见《通考》中。〔铜柱〕《后汉书·马援传》："援到交阯，立铜柱为汉之极界。"〔金潾〕《汉书》颜注："金潾，交阯地名。"〔松牌〕牌，《玉篇》："牌榜。"《宋史·兵志》："保甲法'置牌书户数姓名'。"按诗所说之"松牌"或与今之界牌同。〔象州〕《唐书·地理志》："象郡本桂林郡，武德四年置。"

〔释〕此二诗所指之蛮，虽不知何种，但观其曰"铜柱南边"，曰"象州"，则应是今两广土著民族。诗记其民俗土风，则亦《竹枝词》类也。

与贾岛闲游

水北原南草色新，雪消风暖不生尘。
城中车马应无数，能解闲行有几人。

〔释〕闲行，寻常事也。而诗人如此郑重提出，且曰"能解"者"几人"，又以之讽"城中车马"，则不寻常矣。王安石题籍诗集诗有"看似寻常最奇崛，成如容易却艰辛"之句，虽非指其绝句，而如此诗即寓奇崛于寻常之中者，不可不知。

秋山

秋山无云复无风，溪头看月出深松。
草堂不闭石床静，叶间坠露声重重。

〔释〕二十八字皆景语而幽静之趣即在其中。

卢仝 仝范阳人，隐少室山，自号玉川子。征为谏议，不赴。韩愈为河南令，爱其诗，厚礼之。仝尝为《月蚀诗》讥元和朋党。后因宿王涯第，罹甘露之祸。诗三卷，今存。按唐文宗李昂大和八年，宰相李训、舒元舆，及郑注、王涯等谋诛宦官仇士良等，诈称金吾仗舍石榴树有甘露降，请帝往观。宦官先至金吾仗舍，见伏甲，因知训等阴谋，遂杀训、注、元舆、涯等十余家，世号"甘露之变"。

逢郑三游山

相逢之处花茸茸，石壁攒峰千万重。
他日期君何处好？寒流石上一株松。

〔释〕郑三不知何人，玩诗意当是隐居高士。

白鹭鸶

刻成片玉白鹭鸶，欲捉纤鳞心自急。
翘足沙头不得时，傍人不知谓闲立。

〔释〕诗语盖借咏白鹭，以讥内慕利禄，而外示高洁者。七绝多用平韵，其用仄韵者音节近古，选家每入古诗。

李贺 贺字长吉，系出郑王后。七岁能辞章。韩愈、皇甫湜始闻未信，过其家，使贺赋诗，援笔辄就，自目曰《高轩过》。二人大惊，自是有名。贺每旦出，骑弱马，从小奚奴，背古锦囊，遇所得，书投囊中，及暮归足成之，率为常。贺诗尚奇诡，绝去畦径，当时无能效者，乐府数十篇，云韶诸工皆合之弦管。仕至协律郎卒，年二十七。诗四卷、外集一卷，今存。

马诗
（二十三首录六）

龙脊贴连钱，银蹄白踏烟。
无人织锦韂，谁为铸金鞭。

〔注〕〔龙脊〕按《汉书·礼乐志》："天马徕，出泉水。虎脊两，化若鬼。"注引应劭语："马毛色如虎脊有两也。"杜甫《戏为六绝句》"龙文虎脊皆君御"用之。疑当作"虎脊"。〔白踏烟〕王琦注："其四蹄白色如踏烟而行。'烟'即'云'也。"〔韂〕音如串。王注："即障泥也。"

大漠沙如雪，燕山月似钩。
何当金络脑，快走踏清秋。

〔注〕〔燕山〕即燕然山。班固《燕然山铭》："经卤碛，绝大漠。"

赤兔无人用，当须吕布骑。
吾闻果下马，羁策任蛮儿。

〔注〕〔赤兔〕王注：“《后汉书》：‘吕布常御良马，号曰赤兔，能驰城飞堑。’”〔果下马〕王注：“《三国志》：‘濊出果下马，汉桓时献之。’裴松之注：‘果下马，高三尺，乘之可于果树下行，故谓之果下马。’”

飂叔去匆匆，如今不豢龙。
夜来霜压栈，骏骨折西风。

〔注〕〔飂叔〕王注：“《左传》：‘昔有飂叔安，有裔子曰董父，实甚好龙，能求其嗜欲以饮食之，龙多归之，乃扰畜龙以服事帝舜。帝赐之姓曰董氏，曰豢龙。’杜预注：‘飂，古国也。叔安，其君名。豢，养也。’”按古以马为龙类，故贺以今不能豢龙，而骏骨为霜折。

催榜渡乌江，神骓泣向风。
君王今解剑，何处逐英雄。

〔注〕王注：“《史记·项羽本纪》：‘项王骏马名骓，常骑之。项王直夜溃围南出，驰走至东城，乌江亭长舣船待，谓项王曰：“江东虽小，地方千里，众数十万人，亦足王也，愿大王急渡。”项王曰：“天之亡我，我何渡为！且我与江东子弟八千人渡江而西，今无一人还，纵江东父老怜而王我，我何面目见之！”乃谓亭长曰：“吾知公长者。吾乘此马五岁，所当无敌，常一日行千里，不忍杀之，以赐公。”乃自刎而死。’”

伯乐向前看，旋毛在腹间。
只今掊白草，何日蓦青山。

〔**注**〕〔伯乐〕古之善相马者。〔旋毛、白草〕王注："郭璞《尔雅注》："伯乐相马法，旋毛有腹下如乳者，千里马也。'颜师古《汉书注》："白草似莠而细，无芒，其干熟时，正白色，牛马所嗜也。'"

〔**释**〕刘辰翁谓"赋马多矣，此独取不经人道者"。盖李贺此二十三首皆借马以抒感。王琦谓"大抵于当时所闻见之中，各有所比。言马也而意初不在马矣"。按二人所论皆是。"龙脊"首言良马未被人所知。"大漠"首言良马思为人用。"赤兔"首言雄骏惟壮士能骑，若驽骀则可供庸人之用。"飂叔"首叹良马不得善养者则必为风霜所摧折。"催榜"首又为项羽之乌骓设想，言其必追念故主。"伯乐"首则设为伯乐叹息良马不遇爱马之主，无从显其材。此诸首均可为咏物诗之规范，所谓"不即不离""不粘不脱"于此诸诗见之矣。

南 园

（十三首录二）

寻章摘句老雕虫，晓月当帘挂玉弓。
不见年年辽海上，文章何处哭秋风。

〔**注**〕〔雕虫〕扬雄《法言》："或问：'吾子少而好赋？'曰：'然，童子雕虫篆刻，壮夫不为也。'"〔哭秋风〕悲秋也。

长卿牢落悲空舍，曼倩诙谐取自容。
见买若耶溪水剑，明朝归去事猿公。

〔**注**〕〔长卿〕《汉书·司马相如传》："相如家徒四壁立。"注："但有四壁，更无资产。"〔曼倩〕夏侯湛《东方朔画赞》："大夫讳朔，字曼倩，平原厌次人也。以为傲世不可以垂训也，故正谏以明节，明节不可以久安

也，故诙谐以取容。"〔若耶溪水剑〕《越绝书》："薛烛对越王曰：'若耶之溪涸而出铜也，古欧冶子铸剑之所。'"〔猿公〕《吴越春秋》："越有处女出于南林，越王聘之。处女北行见于王，道逢一翁，自称袁公。问处女：'闻子善剑，愿一见之。'女曰：'妾不敢有所隐，惟公试之。'于是袁公即杖篛籦竹，竹枝上颉桥，末堕地。女即接末。袁公则飞上树为白猿。"按"篛籦"音"林於"，竹名。颉桥，强直貌。

〔释〕此两首皆借古人以抒写文人不为时所重之情。前首言学虽勤而不能效用于边疆。后首言才如相如而空有四壁，辩如方朔而只以自容，何如去而学剑。

昌谷北园新笋

（四首录二）

斫取青光写楚辞，腻香春粉黑离离。
无情有恨何人见，露压烟啼千万枝。

〔注〕〔昌谷〕《河南志》："昌谷水在河南府宜阳县西九十里，旧名昌河。"〔青光〕古人书用竹简。青光者，削去竹之青皮使之光洁，以便书字也。

古竹老梢惹碧云，茂陵归卧叹清贫。
风吹千亩迎雨啸，鸟重一枝入酒尊。

〔注〕〔茂陵〕《史记·司马相如传》："相如既病免，家居茂陵。"

〔释〕此两诗亦文人不得志于时之作也。考李贺之时，外则藩镇叛逆，戎寇交侵，内则李逢吉之党弄权，而君主则惑于神仙，加之宦官务蒙蔽朝廷，与正人为敌，而贺欲应进士第而谗人乃以其父名晋肃，不应举进士以排斥之。故其诗多抑塞之词、愤慨之语与讥世疾俗之言，而情辞尤极其瑰诡，诗家竟至以鬼才目之，或且诋为险怪，为牛鬼蛇神，亦诗人中最不幸者矣。

刘叉 叉，节士也。少放肆为侠行，因酒杀人亡命，会赦出，更折节读书，能为歌诗，然恃故时所负，不能俯仰贵人。闻韩愈接天下士，步谒之，作《冰柱》《雪车》二诗，出卢、孟右。樊宗师见为独拜。后以争语不能下宾客，因持愈金数斤去，曰："此谀墓中人得耳，不若与刘君为寿。"愈不能止，归齐鲁，不知所终。

代牛言

渴饮颍川水，饿喘吴门月。
黄金如可种，我力终不歇。

〔注〕〔喘月〕《世说新语·言语》："满奋畏风，在晋武帝坐，北窗作琉璃扇屏风，实密似疏，奋有难色，帝笑之。奋答曰：'臣犹吴牛，见月而喘。'"

〔释〕末二句言即使黄金可种而我终不能因此而得闲。以见人欲无穷，民劳无已也。

饿咏

文王久不出，贤士如土贱。
妻孥从饿死，敢爱黄金篆。

〔释〕此不平之鸣也。"从饿死"，任其饿死。"黄金篆"，官印也。读此见又豪侠之性，不屈之节。

赠姚秀才小剑

一条万古水，向我手心流。
临行泻赠君，勿荡细碎仇。

〔释〕此尤见其任侠之性。"荡"当是盪平义。

偶书

日出扶桑一丈高，人间万事细如毛。
野夫怒见不平事，磨损胸中万古刀。

〔释〕为人间不平者报仇，古任侠之流所为也。今欲为之而不能，故使胸中怒气郁结如刀之磨损也。

元稹 稹字微之，河南河内人。幼孤，母郑贤而文，亲授书传，举明经，书判入等，补校书郎。元和初应制策第一，除左拾遗，历监察御史，坐事贬江陵士曹参军，徙通州司马，自虢州长史征为膳部员外郎，拜祠部郎中，知制诰，召入翰林，为中书舍人，承旨学士，进工部侍郎，同平章事。未几，罢相，出为同州刺史，改越州刺史，兼御史大夫，浙东观察使。大和初，入为尚书左丞，检校户部尚书，兼鄂州刺史，武昌军节度使。年五十三卒。稹自少与白居易倡和，当时称"元白"，号为"元和体"。其集与居易集同名"长庆"，共六十卷，今存。

古筑城曲
（五首录二）

筑城须努力，城高遮得贼。
但恐贼路多，有城遮不得。

筑城安敢烦，愿听丁一言。
请筑鸿胪寺，兼愁虏出关。

〔注〕〔鸿胪寺〕《唐百官志》："鸿胪寺卿一人，少卿二人，掌宾客之事。"

〔释〕筑城本以防边，前首言城不足防贼，后首言与其劳民筑城，不如善交邻国。盖鸿胪寺乃接待外宾之官也。且城防坚反使虏不得出，必为内乱。

行宫

寥落古行宫，宫花寂寞红。
白头宫女在，闲坐说玄宗。

〔注〕〔行宫〕《文选·吴都赋》李善注：“天子行所立名曰行宫。”

〔释〕首句宫之寥落，次句花之寂寞，已将白头宫女所在环境景象之可伤描绘出来，则末句所说之事，虽未明说，亦必为可伤之事。二十字中于开元、天宝间由盛而衰之经过，悉包含在内矣。此诗可谓《连昌宫词》之缩写。白头宫女与《连昌宫词》之老人何异！

夜池

荷叶团团茎削削，绿萍面上红衣落。
满地月明思啼螯，高屋无人风张幕。

〔释〕玩末句“高屋无人”四字，知此池必豪家之荒池。以此意看首二句，便有一种萧条之感。

闻乐天授江州司马

残灯无焰影幢幢，此夕闻君谪九江。
垂死病中惊起坐，暗风吹雨入寒窗。

〔注〕〔乐天〕白居易字乐天。元和中白居易以言事强直，贬江州司马。〔江州〕今江西九江市，唐名江州。〔幢幢〕《方言》："幢，翳也。"《唐韵》："幢，宅江切。"

〔释〕元稹与白居易交情最深，读此诗可增友朋之重。

酬李甫见赠

（十首录一）

杜甫天才颇绝伦，每寻诗卷似情亲。
怜渠直道当时语，不着心源傍古人。

〔释〕此与李甫论诗也。元稹对杜甫诗极其倾仰，此诗三四两句颇能道出杜甫于诗有创新之功，但杜之创新实从继承古人而变化之者，观甫《戏为六绝句》可知。元所谓"不着心源傍古人"，言其不一味依傍古人也，非轻视古人，仍与杜甫"不薄今人爱古人"之旨无妨也。

白居易 居易字乐天，下邽人。贞元中擢进士第，补校书郎。元和初，对制策入等，调盩厔尉，集贤校理，寻召为翰林学士，左拾遗，拜赞善大夫，以言事贬江州司马，徙忠州刺史。穆宗初，征为主客郎中知制诰，复乞外，历杭、苏二州刺史。文宗立，以秘书监召，迁刑部侍郎，俄移病除太子少傅。会昌初，以刑部尚书致仕卒。赠右仆射，谥曰文。自号醉吟先生，亦称香山居士，与同年元稹酬咏号"元白"，与刘禹锡酬咏号"刘白"。有《长庆集》七十一卷，今存。

闺 怨 词

（三首录一）

关山征戍远，闺阁别离难。

苦战应憔悴，寒衣不要宽。

〔释〕唐人闺怨词作者甚多，大抵各出新意。此诗为闺人设想，因念征人苦辛，必然瘦减，故有"寒衣不要宽"之句。

招 东 邻

小榼二升酒，新簟六尺床。

能来夜话否？池畔欲秋凉。

问刘十九

绿蚁新醅酒，红泥小火炉。
晚来天欲雪，能饮一杯无？

〔注〕〔刘十九〕嵩阳居士也，名未详。或云即隐居庐山之刘轲。〔绿蚁〕《释名·释饮食》："酒有泛齐，浮蚁在上泛泛然也。"按《周礼·天官》酒正"辨五齐之名，一曰泛齐"，注："泛者，成而泛泛然，如今之宜城醪矣。"疏："言泛者，谓此齐孰时，滓浮在上泛泛然。"按此经之"五齐"对下文三酒言。文有通别，别则齐与酒异，通言之则齐亦酒也。成者，酒熟曰成。蚁者，滓浮酒面如蚁也。

〔释〕读此二诗知白居易之好客，有酒则呼友同饮。

池上
（二首录一）

小娃撑小艇，偷采白莲回。
不解藏踪迹，浮萍一道开。

〔释〕此二十字写小娃天真如在眼前，有画笔所不到者。

过天门街

雪尽终南又欲春，遥怜翠色对红尘。
千车万马九衢上，回首看山无一人。

〔释〕此讽京城中热中之人，皆忙于奔走利名，无有能欣赏自然之美者。

禽 虫

（八首录四）

蟭螟杀敌蚊巢上，蛮触交争蜗角中。
应似诸天观下界，一微尘内斗英雄。

〔注〕〔蟭螟〕《晏子》："景公问于子晏子曰：'天下有极细乎？'对曰：'东海有虫名曰焦螟，巢于蚊睫，飞乳去来而蚊不觉。'"〔蛮触〕《庄子》曰："戴晋人告魏惠王曰：'有国于蜗之左角者曰触氏，有国于蜗之右角者曰蛮氏，时相与争地而战，伏尸数万，逐北旬有五日而后返。'"〔诸天〕《长阿含经》："先于佛所，净修梵行，生忉利天，使彼诸天，增益五福。"按佛书有三十三天之说，故曰诸天。〔微尘〕《首楞严经》："汝观地性，粗为大地，细为微尘。"

蟏蛸网上罥蜉蝣，反覆相持死始休。
何异浮生临老日，一弹指顷报恩仇。

〔注〕〔蟏蛸〕《尔雅·释虫》："蟏蛸，长踦。"郭璞注："小蜘蛛长脚者，俗呼为喜子。"音萧消。〔蜉蝣〕《诗经·曹风》："蜉蝣之羽，衣裳楚楚。"传："蜉蝣，渠略也，朝生夕死，犹有羽翼以自修饰。楚楚，鲜明貌。"〔弹指〕《维摩诘经》："度百千劫，犹如弹指。"

兽中刀枪多怒吼，鸟遭罗弋尽哀鸣。
羔羊口在缘何事，暗死屠门无一声。

〔注〕"中"读去声，言为刀枪所中也。

阿阁鹓鸾田舍乌，妍蚩贵贱两悬殊。

如何闭向深笼里，一种摧颓触四隅。

〔释〕唐自安史乱后，朝政极纷扰。错综其间者，有两种势力。一为藩镇，一为宦官。帝皇之废立，宰臣之进退，视此两势力之消长而定。宦官、藩镇之间，又各分派别，互相倾轧，互相争战。于是政权转易无定，人民痛苦更深。其最著者，有牛僧孺、李宗闵与李德裕之争，史家所谓牛李党争也。有文宗李昂与宰相李训、郑注等之谋杀宦官，反为宦官所杀，史家所谓"甘露之变"也。当事变之初，虽智者不易辨其是非，及事定之后，虽贤者往往以成败论人。因而贤智之士，常陷入其中而不自觉。白居易早鉴及此，故当牛李党争之初即移病以分司东都闲散之地，而甘露变起之前，则以病免退居。其《咏怀》诗有"人间祸福愚难料，世上风波老不禁"之句，畏祸避嫌之心，昭然若揭。此《禽虫八章》之作，盖皆寓言以抒怀。虽未能一一指实，要与上述两事有关。"蟭螟"章自注："自照也。"即诗中所谓"诸天观下界"也。"阿阁"章自注："有所感也。""兽中"章自注："有所悲也。"其所感、所悲，以上述两事证之，当无大误。"蟏蛸"章虽无自注，而两虫相持，至死方休，非指牛李党争而何。后人每以白诗多知足之言，病其千篇一律，不知居易之所以如此，不但自述，且以警世也。考居易自元和十年上疏请捕刺武元衡之贼，为王涯诬以居易母看花堕井死，居易有《赏花》《新井》诗，有伤名教，贬为江州司马以后，每求外任，不愿在朝，实以尔时党争日烈，民生日困，而自度无力挽救，乃萌急流勇退、明哲保身之念，不复如前此之直言敢谏矣。因之其诗之作风亦稍变，《新乐府》《秦中吟》之风格不复有矣。昔孔颖达作《关雎诗序疏》，论诗人救世之情有"典刑未亡，觊可追改，则箴规之意切；淫风大行，莫之能救，则匡谏之志微"之说。白居易贞元、元和间所作，则箴规之意尚切，大和以后之诗，则匡谏之志微矣。盖其前少年气盛，尚有兼善天下之志，其后阅世渐深，虑患渐切，但求独善其身之念遂生。封建社会文人，类多如此，不独白氏一人也。因论此诗为发其凡如此。

涧中鱼

海水桑田欲变时，风涛翻覆沸天池。

鲸吞蛟斗波成血，深涧游鱼乐不知。

〔注〕本篇录自《山中五绝句》。〔海水桑田〕《神仙传》："麻姑谓王方平曰：'自接待以来，见东海三为桑田，向到蓬莱，水乃浅于往者略半也。岂复将为陵陆乎！'"按此诗亦指甘露之变也。

思妇眉

春风摇荡自东来，拆尽樱桃绽尽梅。

惟余思妇愁眉结，无限春风吹不开。

寒闺怨

寒月沉沉洞房静，真珠帘外梧桐影。

秋霜欲下手先知，灯底裁缝剪刀冷。

闺妇

斜凭绣床愁不动，红绡带缓绿鬟低。

辽阳春尽无消息，夜合花前日又西。

〔**释**〕此三首皆代思妇抒情之词。三首各从一点着想，各用一种语言，各极其致。

王昭君

（二首）

满面胡沙满鬓风，眉销残黛脸销红。
愁苦辛勤憔悴尽，如今却似画图中。

汉使却回凭寄语，黄金何日赎蛾眉。
君王若问妾颜色，莫道不如宫里时。

〔**释**〕后一首意从前一首生出。前言"却似画图中"，后言"莫道不如宫里时"，足见昭君苦心，却亏诗人想到。

后宫词

（二首）

泪尽罗巾梦不成，夜深前殿按歌声。
红颜未老恩先断，斜倚薰笼坐到明。

雨露由来一点恩，争能遍布及千门。
三千宫女胭脂面，几个春来无泪痕。

〔**注**〕〔薰笼〕古代取暖与熏衣之具。

〔**释**〕白诗每喜作快语、尽语，如前首之"红颜"句，后首之"几个春来"句，皆嫌快、嫌尽，不免刻露。

燕子楼
（三首）

满窗明月满帘霜，被冷灯残拂卧床。
燕子楼中霜月夜，秋来只为一人长。

钿带罗衫色似烟，几回春暮即潸然。
自从不舞霓裳曲，叠在空箱十一年。

今春有客洛阳回，曾到尚书墓上来。
见说白杨堪作柱，争教红粉不成灰。

〔**注**〕〔燕子楼〕《嘹呓集》："唐张建封妾盼盼誓节燕子楼，今在徐州州廨。"〔霓裳曲〕《乐苑》："玄宗制《霓裳羽衣曲》十二遍。"又郑嵎《津阳门诗》注："帝月宫闻仙乐但记其半，于笛中写之。会西凉进《婆罗门曲》，与其声调相符，遂以月中所闻为之散序，用敬述所进曲作腔，名《霓裳羽衣曲》云。"

〔**释**〕此伤张建封妓关盼盼作。白居易有序称张仲素出示盼盼诗三首，辞甚婉丽，因和其韵。又称张知盼盼始末云："张尚书既殁，彭城有张氏旧第，中有小楼，名燕子。盼盼念旧，爱而不嫁，居是楼十余年，于今尚在。"

感故张仆射诸妓

黄金不惜买蛾眉，拣得如花三四枝。
歌舞教成心力尽，一朝身去不相随。

〔释〕计有功《唐诗纪事》称张仲素以此诗示盼盼。盼盼反复读之，
泣曰："自公薨背，妾非不能死，恐百载之后，人以我公重色，有从死之
妾，是玷我公清范也。所以偷生尔。"乃和白诗云："自守空楼敛恨眉，形
同春后牡丹枝。舍人不会人深意，讶道泉台不去随。"盼盼作诗后，旬日
不食卒。按盼盼能诗，自亦才女。此事是否属实，别无可考。盼盼原唱三
首，录入后列女诗中。

题窗竹

不用裁为鸣凤管，不须截作钓鱼竿。
千花百草凋零后，留向纷纷雪里看。

〔注〕〔鸣凤管〕陈氏《乐书》："盖箫之为器，编竹而成者也。长则声
浊，短则声清。其状凤翼，其音凤声。"
〔释〕此亦借竹抒怀之词。竹以自比，首二句言不为世用，不愿为人
所羁绁也。

移牡丹栽

金钱买得牡丹栽，何处辞丛别主来。

红芳堪惜还堪恨，百处移将百处开。

〔释〕此诗含讽甚明。读"辞丛别主"四字，殆为忘旧恩、媚新主者言也。

暮江吟

一道残阳铺水中，半江瑟瑟半江红。
可怜九月初三夜，露似真珠月似弓。

〔注〕〔瑟瑟〕杨慎《升庵诗话》："瑟瑟，珍宝名，其色碧，故以瑟瑟影指碧字。此言残阳照江，半红半碧耳。"

〔释〕白居易五七言绝句，共七百六十五首，唐人无有如此多者。但写景之诗，殊少佳作。此篇为传诵人口者，全诗从日晚写到夜，中间只"可怜"二字带感情，不知何意。但诗人明记时日，多有事在。诗言九月初三夜，或有所指，但已无考。

采莲曲

菱叶萦波荷飐风，荷花深处小船通。
逢郎欲语低头笑，碧玉搔头落水中。

代卖薪女赠诸妓

乱蓬为鬓布为裙，晓踏寒山自负薪。

一种钱塘江畔女，着红骑马是何人！

〔释〕两诗皆善于体会人情，故读来如见其人，如闻其声。

浪淘沙
（六首录二）

一泊沙来一泊去，一重沙灭一重生。
相搅相淘无歇日，会教山海一时平。

〔注〕〔泊〕漂泊也。

借问江潮与海水，何似君情与妾心。
相恨不如潮有信，相思始觉海非深。

〔释〕前首言世事变化无已，如浪之淘沙。"山海平"，言荣辱、贵贱
如一也。后首借海潮以喻人心之不同。

杨柳枝
（八首录二）

依依袅袅复青青，勾引清风无限情。
白雪花繁空扑地，绿丝条弱不胜莺。

曲沼荷風圖

漫將荷葉畫
為裳曲岸風來
遠益香欹剝蓮
蓬倩纖手如君何
必養鴛鴦

明漪泛弦社
掇謀壺中
風田之黃

无逮兄芳情

红版江桥青酒旗，馆娃宫暖日斜时。

可怜雨歇东风定，万树千条各自垂。

〔注〕〔馆娃宫〕《吴郡志》："灵岩山在平江府城西，吴王别苑在焉，有馆娃宫。"

〔释〕诗人作《柳枝词》，多有寓意，非纯粹咏物也。此二首，前首讥之，后首怜之也。前首首二句写其得意之态，后二句则讥其无可贵处。后首以红版桥比卑微者，馆娃宫比尊贵者。末二句见盛时一过，则同样无聊，故皆可怜也。于此知白居易盖有庄子"齐物"之思想。

魏王堤

花寒懒发鸟慵啼，信马闲行到日西。

何处未春先有思，柳条无力魏王堤。

〔注〕〔魏王堤〕洛水流入洛阳城，溢而成池。贞观中以赐魏王李泰。池有堤以隔洛水，名魏王堤。

〔释〕杜甫有"漏泄春光有柳条"之句，白氏诗言"未春先有思"则更进一层。"花懒""鸟慵""柳条无力"，皆是未春景象，然而柳之春思，乃为诗人所觉，正以见诗人之敏感，不必待"漏泄"而已知。诗人之所以异于常人者即在此。

大林寺桃花

人间四月芳菲尽，山寺桃花始盛开。

长恨春归无觅处，不知转入此中来。

〔注〕〔大林寺〕白居易《游大林寺序》曰："余与河南元集虚……凡十七人，自遗爱草堂，历东西二林，抵化城，憩峰顶，登香炉峰，宿大林寺。大林穷远，人迹罕到，环寺多清流苍石，短松瘦竹。寺中惟板屋、木器。其僧皆海东人。山高地深，时节绝晚。于时孟夏月，如正二月天。梨桃始华，涧草犹短。人物风候，与平地聚落不同，初到恍然若别造一世界者，因口号绝句云……时元和十二年四月九日乐天序。"按序中所指各处，皆在今庐山，此诗乃白谪居江州时所作。

〔释〕此诗亦以见诗人所感有与常人不同者。苏轼《望江南》词有"百舌无言桃李尽，柘林深处鹁鸪鸣，春色属芜菁"之句。辛弃疾《鹧鸪天》词亦有"城中桃李愁风雨，春在溪头荠菜花"之句，皆与白氏此诗用意相同，可以互参。

永丰坊园中垂柳

一树春风千万枝，嫩于金色软于丝。
永丰西角荒园里，尽日无人属阿谁！

〔注〕〔永丰坊〕徐星伯《唐两京城坊考》："东京外郭南面之门，东曰长夏门，长夏门之东第一街曰仁和坊，次北正俗坊，次北永丰坊。"〔阿谁〕不定何人之称。

〔释〕此以喻贤才不得地也。如此婀娜之柳，乃在荒园无人知之地，岂不可惜。但诗只言"尽日无人属阿谁"，而惜之之意自在言外。《本事诗》谓为放樊素作，非也。

乱后过流沟寺

九月徐州新战后，悲风杀气满山河。
惟有流沟山下寺，门前依旧白云多。

〔注〕〔徐州乱后〕唐顺宗贞元二十一年以徐州军为武宁军，穆宗长庆二年武宁军副使王智兴逐节度使崔群。徐州乱事当即此。长庆四年白居易由杭州回洛阳，当经过徐州，诗或作于此时。〔流沟寺〕据诗知在徐州境内，但未详在境内何处所。

〔释〕玩末句则知徐州乱后，民生凋敝不堪，诗人但言寺前白云依旧多，则除白云外，更无他物矣。

夜筝

紫袖红弦明月中，自弹自感暗低容。
弦凝指咽声停处，别有深情一万重。

〔释〕此写弹筝女也。白居易《琵琶行》有"别有幽愁暗恨生，此时无声胜有声"，与此诗末句同妙。

刘言史 言史邯郸人，与李贺同时，歌诗美丽恢赡，自贺外世莫能比，亦与孟郊友善。初客镇冀，王武俊奏为枣强令，辞疾不受，人因称为刘枣强。后客汉南，李夷简署司空椽，寻卒。歌诗六卷，今佚。

长门怨

独坐炉边结夜愁，暂时恩去亦难留。
手持金箸垂红泪，乱拨寒灰不举头。

〔**释**〕一种怨抑之情涌现纸上，亦宫怨词中另一种写法。

长孙佐辅 佐辅德宗时人，诗号《古调集》。

寻山家

独访山家歇还涉，茅屋斜连隔松叶。
主人闻语未开门，绕篱野菜飞黄蝶。

雍裕之　裕之，贞元后诗人也。存诗一卷。

芦花

夹岸复连沙，枝枝摇浪花。
月明浑似雪，无处认渔家。

农家望晴

尝闻秦地西风雨，为问西风早晚回。
白发老农如鹤立，麦场高处望云开。

〔释〕秦地西风则雨，故望西风勿来。此诗中兼存当时农谚。

宫人斜

几多红粉委黄泥，野鸟如歌又似啼。
应有春魂化为燕，年年飞入未央栖。

宋济 济，德宗时人，与杨衡、符载同栖青城。存诗二首。

塞上闻笛

胡儿吹笛戍楼间，楼上萧条海月闲。

借问梅花何处落，风吹一夜满关山。

〔**释**〕《梅花落》，本笛中曲也。诗人言吹笛则梅花落者甚多，李白《观吹笛》诗有"十月吴山晓，梅花落敬亭"，又《黄鹤楼闻笛》诗亦有"黄鹤楼中吹玉笛，江城五月落梅花"之句，盖习用已久，不以为非也。

刘皂 皂，贞元间人。存诗五首。

长 门 怨

宫殿沉沉月色分，昭阳更漏不堪闻。
珊瑚枕上千行泪，不是思君是恨君。

〔**释**〕《唐诗纪事》又有一首，云《韦庄集》载皂作，《万首绝句》作
刘媛诗，今录入列女诗中。

徐凝　凝，睦州人，元和中官至侍郎，存诗一卷。

庐山瀑布

虚空落泉千仞直，雷奔入江不暂息。
千古长如白练飞，一条界破青山色。

〔释〕此诗为凝得意之作。后苏轼游庐山，见凝与李白咏瀑布之诗，作一绝云："帝遣银河一派垂，古来惟有谪仙词。飞流溅沫知多少，不为徐凝洗恶诗。"以徐比李，固是小巫见大巫，然亦风气渐衰所致，盛唐雄浑宏阔气象一变而为韩愈之奇险，再变而成白居易之刻露。奇险之极，则有卢仝之怪僻；刻露之极，则有徐凝之粗率。其间复有浮艳与冗漫之作，而唐诗遂衰矣。

蛮入西川后

守隘一夫何处在，长桥万里只堪伤。
纷纷塞外乌蛮贼，驱尽江头濯锦娘。

〔注〕〔乌蛮〕《唐书·南蛮传》："两爨蛮……自弥鹿、升麻二川南至步头，谓之东爨乌蛮。"
〔释〕此诗责守土者不能御贼，致人民被掠也。

张碧　碧字太碧，贞元时人，孟郊甚推许之。

农 父

运锄耕劚侵星起，陇亩丰盈满家喜。
到头禾黍属他人，不知何处抛妻子。

〔释〕此二十八字，说尽当时劳动人民被剥削之苦。

孙革　革一作华，宪宗朝官监察御史，存诗一首。

访羊尊师

松下问童子，言师采药去。
只在此山中，云深不知处。

〔释〕此诗杨士弘《唐音》作孙革。或以为贾岛作，恐非。

裴交泰　交泰，贞元间诗人。

长门怨

自闭长门经几秋，罗衣湿尽泪还流。
一种蛾眉明月夜，南宫歌吹北宫愁。

李德裕 德裕字文饶，赵郡人，宰相吉甫子也。以荫补校书郎，拜监察御史。穆宗即位，擢翰林学士，再进中书舍人，未几，授御史中丞。牛僧孺、李宗闵追怨吉甫，出德裕为浙江观察使。大和三年，召拜兵部侍郎。宗闵秉政，复出为郑滑节度使，逾年，徙剑南西川，以兵部尚书召，俄拜中书门下平章事，封赞皇县伯。宗闵罢，代为中书侍郎，集贤殿大学士。郑注、李训怨之，乃召宗闵，拜德裕为兴元节度使，入见帝，自陈愿留阙下，复拜兵部尚书。为王璠、李汉所潜，贬太子宾客，分司东都，再贬袁州刺史，未几，徙滁州。开成初，起为浙西观察使，迁淮南节度使。武宗立，召为门下侍郎，同中书门下平章事，拜太尉，封卫国公。当国凡六年，威名独重。于时宣宗即位，罢为荆南节度使。白敏中、令狐绹使党人构之，贬崖州司户参军卒。德裕少力学，善为文，虽在大位，手不去书。《会昌一品集》二十卷、《别集》十卷、《外集》四卷，今存。

登崖州城作

独上高楼望帝京，鸟飞犹是半年程。
青山似欲留人住，百匝千遭绕郡城。

〔**注**〕〔崖州〕《隋书·地理志》："珠崖郡，梁置崖州。"

李涉　洛阳人。初与弟渤同隐庐山，后应陈许辟，宪宗时为太子通事舍人，寻谪峡州司仓参军，大和中为太学博士，复流康州，自号清溪子。集二卷，佚，存诗一卷。

润州听暮角

江城吹角水茫茫，曲引边声怨思长。
惊起暮天沙上雁，海门斜去两三行。

〔注〕〔润州〕《唐书·地理志》："润州丹阳郡，武德三年置，取润浦为州名。"

〔释〕诗不言人惊而曰雁惊，所谓不犯正位写法也。然有第二句"怨思长"，则人惊可知。

井栏砂宿遇夜客

暮雨萧萧江上村，绿林豪客夜知闻。
他时不用逃名姓，世上如今半是君。

〔释〕《唐诗纪事》："涉尝过九江至皖口，遇盗问何人。从者曰：'李博士也。'其豪首曰：'若是李涉博士，不用剽夺，久闻诗名，愿题一篇足矣。'涉赠一绝。"即此篇也。第三句作"他时不用相回避"。又《全唐诗话》"李汇征条"记汇征游闽越，至循州，投宿一村庄。主人年八十余，自称韦思明，与汇征谈诗，至李涉诗，韦忽变色，自言弱龄浪游江湖，结交奸徒，为不平事，遇李涉博士赠一诗，因而改行。胡震亨《唐音癸签》"谈丛"第五不以汇征遇韦一事为实事，疑唐人作小说者所增益，然亦别无证据，未能推翻《诗话》所说也。谓盗为夜客，甚奇。又按汇征事出范摅《云溪友议》。范谓"乾符辛丑岁客云川，值汇征，细述其事"。似非妄撰。

过襄阳上于司空顿

方城汉水旧城池，陵谷依然世自移。
歇马独来寻故事，逢人惟说岘山碑。

〔注〕〔于司空顿〕于顿也。顿镇襄阳颇骄蹇不法。〔方城〕《左传》："楚国方城以为城，汉水以为池。"〔岘山碑〕《晋书·羊祜传》："襄阳百姓于岘山祜平生游憩之所，建碑立庙，岁时赛祭。望其碑者，莫不流涕。杜预因名为堕泪碑。"

〔释〕此涉以羊祜讽于顿也。

陆畅 畅字达夫，吴郡人。元和元年登进士第，为皇太子僚属，后官凤翔少尹。存诗一卷。

送李山人归山

来从千山万山里，归向千山万山去。
山中白云千万重，却望人间不知处。

杨敬之 敬之字茂孝，元和初登进士第，擢累屯田、户部二郎中。坐李宗闵党，贬连州刺史。文宗向儒术，以敬之为国子祭酒，兼太常少卿。

赠项斯

几度见诗诗总好，及观标格过于诗。
平生不解藏人善，到处逢人说项斯。

〔注〕〔项斯〕斯字子迁，江东人，诗一首见后。

李绅　绅字公垂，润州无锡人。为人短小精悍，于诗最有名，时号短李。元和初擢进士第，补国子助教，不乐，辄去。李锜辟掌书记。锜抗命，不为草表，几见害。穆宗召为右拾遗、翰林学士，与李德裕、元稹同时号三俊。历中书舍人、御史中丞、户部侍郎。敬宗立，李逢吉构之，贬端州司马，徙江州长史，迁滁、寿二州刺史，以太子宾客分司东都。大和中擢浙东观察使。开成初迁河南尹、宣武节度使。武宗即位，召拜中书侍郎同平章事，进尚书右仆射，封赵郡公。居位四年，以检校右仆射平章事，节度淮南卒，赠太尉，谥文肃。存诗四卷。

古风

（二首）

春种一粒粟，秋成万颗子。
四海无闲田，农夫犹饿死。

锄禾日当午，汗滴禾下土。
谁知盘中餐，粒粒皆辛苦。

〔释〕此二诗说尽农民遭剥削之苦，与剥削阶级不知稼穑艰难之事，而王士祯乃不入选，但以肤廓为空灵，以缥缈为神韵，宜人多有不满之论。

鲍溶 溶字德源，元和进士第。与韩愈、李正封、孟郊友善。诗集六卷、外集一卷，今存。

宿水亭

雕楹彩槛压通陂，鱼鳞碧幕衔曲玉。
夜深星月伴芙蓉，如在广寒宫里宿。

〔释〕此诗写水亭夜景，笔彩与月色同鲜。"鱼鳞碧幕"，陂水也。"曲玉"，新月也。写水月已佳，而"星月芙蓉"之句，更作渲染。诗至晚唐，渐矜琢句而气象衰矣。

隋宫

柳塘烟起日西斜，竹浦风回雁弄沙。
炀帝春游古城在，坏宫芳草满人家。

〔释〕此诗于渲染景色之中见凭吊古迹之意，较他作但以一二物色表今昔盛衰者不同。

汉宫词

（二首录一）

月映东窗似玉轮，未央前殿绝声尘。
宫槐花落西风起，鹦鹉惊寒夜唤人。

殷尧藩　尧藩，苏州嘉兴人。元和中登进士第，辟李翱长沙幕府，加监察御史，又尝为永乐令。诗一卷，今存。

关中伤乱后

去岁干戈险，今年蝗旱忧。
关西归战马，海内卖耕牛。

〔释〕二十字中一片伤乱忧国之情。

潭州席上赠舞柘枝妓

姑苏太守青娥女，流落长沙舞柘枝。
满座绣衣皆不识，可怜红脸泪双垂。

〔释〕《唐诗纪事》："翱在潭州，席上有舞《柘枝》者，颜色忧悴。殷尧藩侍御当筵赠诗。翱诘其事，乃故苏台韦中丞爱姬所生女也。曰：'妾以昆弟夭折，委身乐部，耻辱先人。'言讫涕咽，情不能堪。"翱与韦族姻旧，乃命更衣与夫人相见，并于宾客中选一士人嫁之。

舒元舆　元舆，婺州东阳人。元和中登进士第，调鄠尉，裴度表掌书记，拜监察御史，再迁刑部员外郎，改著作郎，分司东都。李训与之相善，训用事，再迁左司郎中。御史大夫李固言表知杂事。固言辅政，权知御史中丞，不三月即真，兼刑部侍郎。专附郑注，以本官同中书门下平章事。甘露之变，为仇士良所害。

赠潭州李尚书

湘江舞罢忽成悲，便脱蛮靴出绛帷。
谁是蔡邕琴酒客，魏公怀旧嫁文姬。

〔**注**〕〔李尚书〕即李翱。〔文姬〕《列女传》："陈留董祀妻者，同郡蔡邕之女也，名琰，字文姬，博学有才辩，又妙于音律。为胡骑所获，在胡中十二年。曹操素与邕善，痛其无嗣，乃遣使者以金璧赎之而重嫁于祀。"

施肩吾 肩吾字希圣，洪州人。元和十年登第。隐洪州之西山。有《西山集》十卷，今存一卷。

杂 古 词

（五首录二）

郎为匕上香，妾作笼下灰。
归时即暖热，去罢生尘埃。

怜时鱼得水，怨罢商与参。
不如山栀子，却能结同心。

〔**释**〕诗人代怨妇抒情者，或因此事乃古代社会上一大问题，或借以抒写自己之遭遇也。

幼 女 词

幼女才六岁，未知巧与拙。
向夜在堂前，学人拜新月。

晓光词

日轮浮动羲和推，东方一轧天门开。
风神为我扫烟雾，四海荡荡无尘埃。

〔注〕〔羲和〕《离骚》王逸注："羲和，日御也。"
〔释〕此诗殊有浪漫意味，绝句中少见。

讽山云

闲云生叶不生根，常被重重蔽石门。
赖有风帘能扫荡，满山晴日照乾坤。

〔释〕此刺蔽明之诗也，所指何人则未知。

夜笛词

皎洁西楼月未斜，笛声寥亮入东家。
却令灯下裁衣妇，误剪同心一半花。

〔释〕此诗言东家妇闻笛而生念远戍之情，遂误剪同心之花。设想甚工，闺怨诗之别开生面者。

姚合 合陕州硖石人。登元和进士第，授武功主簿，调富平、万年尉。宝历中，历监察御史、户部员外郎，出为荆、杭二州刺史，后为给事中，陕虢观察使。开成末，终秘书监。合与马戴、费冠卿、殷尧藩、张籍游。李频师之。有《涵元集》十卷，今存七卷。

晦日送穷
（三首录一）

年年到此日，沥酒拜街中。
万户千门看，无人不送穷。

〔注〕〔送穷〕《四时宝镜》："高阳氏子好衣弊，食糜，正月晦巷死。世作糜，弃破衣，是日祝于巷曰除贫也。韩愈作《送穷文》，穷鬼之名有五，曰智穷、学穷、文穷、命穷、交穷。"

〔释〕此虽文人游戏之作，然亦可见古时风俗。

穷边词
（二首录一）

将军作镇古汧州，水腻山春节气柔。
清夜满城丝管散，行人不信是边头。

〔**注**〕〔汧州〕唐属关内道，其领县有汧源、汧阳。

〔**释**〕此美边将能安边也，故不为寒苦之词。

杨柳枝词

（五首录一）

叶叶如眉翠色浓，黄莺偏恋语从容。

桥边陌上无人识，雨湿烟和思万重。

〔**释**〕玩三四句似有士不遇之感。

王叡　叡元和后诗人，自号炙毂子。集五卷，今佚。存诗九首。

祠渔山神女歌
（二首录一）

蓬草头花柳叶裙，蒲葵树下舞蛮云。
引领望江遥滴酒，白蘋风起水生纹。

〔**注**〕〔渔山神女〕《乐府诗集·吴声歌曲》有王维《祠渔山神女歌》，题下引《述征记》："魏嘉平中有神女成公智琼，降弦超。同室疑其有奸，智琼乃绝。后五年，超使将之洛西，至济北渔山下陌上，遥望曲道头有车马似智琼，果至洛，克复旧好。"又引《十道志》："渔山一名吾山。"按《史记·河渠书》"功无已时兮吾山平"，徐广注："东郡东阿有鱼山，或者是乎？"鱼山即渔山。

〔**释**〕此诗末句有《九歌·湘夫人》"袅袅兮秋风，洞庭波兮木叶下"之意，盖疑神降也。

张祜 祜字承吉，清河人。以《宫词》得名。长庆中，令狐楚表荐之，不报，辟诸侯府多不合，自劾去。尝客淮南，爱丹阳曲阿地古淡有南朝遗风，遂筑室种植而家焉。集十卷，今存二卷。

自君之出矣

自君之出矣，万物看成古。
千寻亭历枝，争奈长长苦。

〔注〕〔亭历〕郝懿行《尔雅》疏："今验亭历实，叶皆似芥，三月开黄花，结角子亦微黄，味苦。"〔争奈〕怎奈也。"怎"字平读，故假"争"字为之。

读 曲 歌
（五首录一）

窗中独自起，帘外独自行。
愁见蜘蛛织，寻丝直到明。

〔注〕〔读曲歌〕《乐府诗集·吴声歌曲》有《读曲歌》，引《宋书·乐志》："读曲歌者，民间为彭城王义康所作也。"按"丝"字《万首唐人绝

句》及《乐府诗集》均作"思"。疑与此体习惯用字不合。古辞如"石阙生口中，衔碑不得语"，"碑"隐"悲"字；又"朝看莫牛迹，知是宿蹄痕"，"蹄"隐"啼"字；又《子夜歌》"雾露隐芙蓉，见莲不分明"，"莲"隐"怜"字。此诗则以"丝"隐"思"字，作"思"不合。

宫 词
（二首录一）

故国三千里，深宫二十年。
一声何满子，双泪落君前。

〔注〕〔何满子〕白居易《何满子》诗自注："开元中，沧州何满犯罪系狱，撰此曲进。四词八叠，其声甚哀。鞫狱者为奏明皇，不许，竟坐刑。"

〔释〕《唐诗纪事》："二章祜所作《宫词》也。传入宫禁，武宗疾笃，目孟才人曰：'吾即不讳，尔何为哉？'指笙囊泣曰：'请以此就缢。'上悯然。复曰：'妾尝艺歌，请对上歌一曲，以泄其愤。'上许。乃歌一声《何满子》，气亟立殒。上令医候之，曰：'脉尚温而肠已绝。'"按祜诗所咏乃何满子事，"何"一作"河"。祜别有咏孟才人一绝，见后。

孟才人叹

偶因歌态咏娇嚬，传唱宫中十二春。
却为一声何满子，下泉须吊旧才人。

雨霖铃

雨霖铃夜却归秦，犹见张徽一曲新。

长说上皇和泪教，月明南内更无人。

〔注〕〔雨霖铃〕《乐府诗集·近代曲辞》有《雨霖铃》，引《明皇别录》："帝幸蜀，南入斜谷，属霖雨弥旬，于栈道雨中闻铃声与山相应。帝既悼念贵妃，因采其声为《雨霖铃》曲以寄恨焉。时独梨园善觱篥乐工张徽从至蜀，帝以其曲授之。洎至德中，复幸华清宫，从官嫔御，皆非旧人。帝于望京楼命张徽奏《雨霖铃》曲，不觉凄怆流涕。"〔南内〕《新唐书·地理志》："兴庆宫在皇城东南，开元初置。十四年又增广，谓之南内。"按明皇自蜀回即居南内。

华清宫

（四首录一）

红树萧萧阁半开，上皇曾幸此宫来。

至今风俗骊山下，村笛犹吹阿滥堆。

〔注〕〔阿滥堆〕《唐诗纪事》："骊宫小禽名阿滥堆。明皇御玉笛，采其声翻为曲，且名焉。远近以笛争效之。"

集灵台

（二首录一）

虢国夫人承主恩，平明骑马入宫门。
却嫌脂粉污颜色，淡扫蛾眉朝至尊。

〔注〕〔集灵台〕《三辅黄图》："集灵台在华阴县界，汉武帝造。"〔虢
国夫人〕《唐书·杨国忠传》："贵妃姊虢国、韩国、秦国三夫人同日拜命。"
按此诗有误作杜甫作者。

马嵬坡

旌旗不整奈君何，南去人稀北去多。
尘土已残香粉艳，荔枝犹到马嵬坡。

〔注〕〔马嵬坡〕《通志》："马嵬，在西安府兴平县西二十五里。"又
《唐书·后妃传》："安禄山反，以诛国忠为名。及西，幸过马嵬，陈玄礼等
以天下计，诛国忠，已死，军不解，帝遣力士问故，曰：'祸本尚在。'帝
不得已，与妃诀，引而去，缢路祠下。"〔荔枝〕《杨太真外传》："上入行
宫，抚妃子出于厅门，至马道北墙口而别之，使力士赐死。……才绝，而
南方进荔枝至。"

〔释〕以上所录五诗，皆以唐宫事为题材，词意有惋惜，有唱叹，尤
喜咏明皇与杨妃事，盖唐运由盛而衰，此事乃其枢纽，诗人感慨所寄亦多
在此也。

悲纳铁

长闻为政古诸侯，使佩刀人尽佩牛。
谁谓今来正耕垦，却销农器作戈矛。

〔注〕〔佩刀〕《汉书·龚遂传》："为渤海太守，民有带持刀剑者，使卖剑买牛，卖刀买犊，曰：'何为带牛佩犊。'"
〔释〕唐自天宝乱后，内忧外患，战事频繁，致兵器耗损，乃销农器为兵器，于时农民失业，流亡甚众，此诗人所以兴悲也。

陈去疾　去疾字文医，侯官人。元和十四年及第，历官邕管副使。存诗十三首。

西上辞母坟

高盖山头日影微，黄昏独立宿禽稀。
林间滴酒空垂泪，不见丁宁嘱早归。

〔释〕读此诗末句，使人恻然。此等语乃从人子心腑中流出者。唐人绝句，此类作品不多见。

李敬方　敬方字中虔，登长庆进士第，大和中为歙州刺史。大中时，顾陶集《唐诗类选》云："李歙州敬方才力周备，兴比之间，独与前辈相近。家集三百首，简择律韵，八篇而已。虽前后复绝，或畏多言而典刑具存，非敢避弃。"

汴河直进船

汴水通淮利最多，生人为害亦相和。
东南四十三州地，取尽脂膏是此河。

〔注〕〔汴水通淮〕唐代东南租（田赋）庸（劳役，不役者日出绫、绢等物）调（绢、绫、紬）各物以岁二月至扬州，四月以后始渡淮入汴。见《唐书·食货志》。〔东南四十三州〕诗所指包括江苏、浙江、安徽、江西、广东、广西各地。唐时行政区分为若干州。此等州内劳动人民所生产之物，以各种名目，征收聚敛，皆由淮入汴以供统治者之用。

〔释〕诗言汴水通淮固有利，然人民遭害亦相和。唐代征收劳动人民生产品，或以国家征税之规定，或以地方上贡之名目，或由地方巧立之私法，搜括殆尽，为害已深，而水运之时，强征民船，滥用民夫，穷年累月，不得休歇，弊民亦甚。故言东南各州人民之脂膏皆从此河吞食以尽，其为害生民（唐人讳"民"故曰"生人"）与有利于国用亦正相同。相和即相同、相等之意。用和字与多字相协为韵也。

裴夷直 夷直字礼卿，河东人，擢进士第。文宗时，历右拾遗、礼部员外郎，进中书舍人。武宗即位，出刺杭州，斥驩州司户参军。宣宗初，复拜江、华等州刺史，终散骑常侍。

访刘君

扰扰驰蹄又走轮，五更飞尽九衢尘。
灵芝破观深松院，还有斋时未起人。

〔**释**〕此诗以喧、寂对写以见意。

朱庆馀 庆馀名可久，以字行，越州人。受知于张籍，登宝历进士第。今存诗一卷。

登玄都阁

野色晴宜上阁看，树阴遥映御沟寒。
豪家旧宅无人住，空见朱门锁牡丹。

〔释〕此以见富贵不常保，从旁观者口中说出，可以警世之迷恋世荣者。

闺意上张水部

洞房昨夜停红烛，待晓堂前拜舅姑。
妆罢低声问夫婿，画眉深浅入时无？

〔注〕〔张水部〕张籍也。籍曾为水部员外郎。

〔释〕此托之新妇见舅姑以比举子见考官。籍有酬朱庆馀诗曰："越女新妆出镜心，自知明艳更沉吟。齐纨未是人间贵，一曲菱歌敌万金。"其称许特甚，可见古人爱士之心。

宫词

寂寂花时闭院门，美人相并立琼轩。
含情欲说宫中事，鹦鹉前头不敢言。

〔释〕玩诗意似有所讽，恐鹦鹉泄人言语，鹦鹉当有所指。

过耶溪

春溪缭绕出无穷，两岸桃花正好风。
恰是扁舟堪入处，鸳鸯飞起碧流中。

〔注〕〔耶溪〕《寰宇记》："若耶溪在会稽东二十八里。"

雍陶 陶字国钧，成都人。大和间第进士。大中八年自国子毛诗博士出刺简州。

蜀人为南蛮俘虏
（五首录二）

但见城池还汉将，岂知佳丽属蛮兵。
锦江南渡闻遥哭，尽是离家别国声。

越巂城南无汉地，伤心从此便为蛮。
冤声一恸悲风起，云暗青天日下山。

〔注〕〔南蛮〕《唐书·南蛮传》："南诏本哀牢夷后，乌蛮别种也。渠帅有六，自号六诏。"〔越巂〕《文献通考·舆地考八》："巂州，故邛都国，谓之西南夷，汉武开之，置越巂郡……唐置巂州，或为越巂郡。至德二载没吐蕃，贞元十三年收复。大和五年，为蛮寇所破。"

〔释〕《唐诗纪事》："杜元颖为西川节度使，治无状。文宗大和三年，南诏蛮嵯巅乃悉众掩攻戎、巂二州，陷之。入成都，止西郛十日，掠女子工伎数万而南。至大渡河，谓华人曰：'此吾南境，尔去国当哭。'众号恸，赴水死者十三。"又载雍陶诗《别巂州，一时恸哭，云日为之变色》。按雍陶此诗所记乃大和三年事，《通考》所记为五年南诏再入侵事。据史称五年西川节度使李德裕索回南诏所掠百姓四千人还。又按杜元颖节度西川，因敬宗骄僻，元颖聚敛上供，削减军食，军民交怨，南诏蛮入侵，遂不能敌。

天津桥春望

津桥春水浸红霞，烟柳风丝拂岸斜。

翠辇不来金殿闭，宫莺衔出上阳花。

〔注〕〔天津桥〕《元和郡国志》："天津桥在河南县北。"〔上阳〕《唐书·地理志》："东都上阳宫在禁苑之东。"

杜牧 牧字牧之，京兆万年人。大和二年擢进士第，复举贤良方正。沈传师表为江西团练府巡官，又为牛僧孺淮南节度府掌书记，擢监察御史。移疾，分司东都，以弟颛病，弃官。复为宣州团练判官，拜殿中侍御史、内供奉，累迁左补阙、史馆修撰，改膳部员外郎。历黄、池、睦三州刺史，入为司勋员外郎，常兼史职，改吏部，复乞为湖州刺史，逾年，拜考功郎中、知制诰，迁中书舍人卒。牧刚直有奇节，不为龊龊小谨，敢论列大事，指陈病利尤切。其诗情致豪迈，人号"小杜"，以别甫云。《樊川文集》二十卷、外集一卷、别集一卷，今存。

过勤政楼

千秋佳节名空在，承露丝囊世已无。
唯有紫苔偏称意，年年因雨上金铺。

〔注〕〔勤政楼〕见前刘禹锡《杨柳枝词》注。〔千秋节〕《明皇实录》："开元十七年，百官上表请以八月五日为千秋节。"按明皇以八月五日生。〔承露丝囊〕《唐会要》："开元十七年八月五日，群臣献寿酒，王公戚里进金镜、绶带，士庶以结丝承露囊更相问遗。"又按《唐书·礼乐志》："明皇以马百匹，盛饰分左右，每千秋节舞于勤政楼下，后赐宴设酺于勤政楼。"

过华清宫

（三首录一）

长安回望绣成堆，山顶千门次第开。
一骑红尘妃子笑，无人知是荔枝来。

〔注〕〔华清宫〕《唐书》："开元五年置温泉宫于骊山，天宝六年改为华清宫。"〔荔枝〕《杨太真外传》："妃子生于蜀，嗜荔枝。南海荔枝胜于蜀者，故每岁驰驿以进。"

华清宫

零叶翻红万树霜，玉莲闲蕊暖泉香。
行云不下朝元阁，一曲淋铃泪数行。

〔注〕〔朝元阁〕《长安志》："华清宫……其南曰飞霜殿……朝元阁。"
〔释〕前《过华清宫》诗写天宝未乱前之华清宫，后一首则乱后归来之华清宫也。行云指贵妃，借用宋玉《高唐赋》"旦为行云"也。诗言妃子之灵不下朝元阁，玄宗但听淋铃之曲而伤感也。

登乐游原

长空淡淡孤鸟没，万古销沉向此中。
看取汉家何事业，五陵无树起秋风。

山人展石
山高臥
雲深更卧
中爨古
幢松水
入雲去

石門臥雲圖

提壺獨上石
門寬不散雲
陰暑凝寒
睡足忘歸
恩伴醉隔
三千里喚
陳搏

〔注〕〔乐游原〕《汉书·宣帝纪》:"神爵三年春起乐游苑。"颜注:"《三辅黄图》云:'在杜陵西北。'"又《长安志》:"万年县乐游庙在县南八里,亦曰乐游原。"〔五陵〕《文选》班固《西都赋》:"西眺五陵。"李善注:"《汉书》曰:'高帝葬长陵,惠帝葬安陵,景帝葬阳陵,武帝葬茂陵,昭帝葬平陵。'"

〔释〕沈德潜评曰:"'树树起秋风',已不堪回首,况于无树邪!"按此登高怀古之作,乐游起汉时,故即汉寄感。首二句已极豪宕。长空淡淡之中,不知销沉几许世代。今日登临但见孤鸟飞翔,此时诗人之感慨已深,而语却豪宕。沈评末句固是,但此诗第三句为一篇之主。盖即就汉代言,亦与万古同其销沉,故曰"看取汉家何事业"。言试看今日汉家尚余何事可供凭吊。即五陵亦已残破不堪,则他何可问。杨仲弘说绝句多以第三句为主,第三句转变得好,则第四句如顺流之舟矣。以此诗证之益信。

江 南 春

千里莺啼绿映红,水村山郭酒旗风。
南朝四百八十寺,多少楼台烟雨中。

〔释〕宋张表臣《珊瑚钩诗话》:"杜牧诗云:'南朝四百八十寺,多少楼台烟雨中。'帝王所都而四百八十寺,当时已为多,诗人侈其楼台殿阁焉。"杨慎《升庵诗话》:"千里莺啼,谁人听得?千里绿映红,谁人见得?若作十里,则莺啼绿红之景,村郭、楼台、僧寺、酒旗皆在其中矣。"何文焕《历代诗话考索》:"即作十里,亦未必尽听得着、看得见。题云《江南春》,江南方广千里,千里之中莺啼而绿映焉,水村山郭无处无酒旗,四百八十寺楼台多在烟雨中也。此诗之意,意既广不得专指一处,故总而命曰《江南春》,诗家善立题者也。"按杨慎之说,拘泥可笑。何文焕驳之是也。但谓为诗家善立题,则亦浅之夫视诗人矣。盖古诗人非如后世作者先立一题,然后就题成诗,多是诗成而后立题。此诗乃杜牧游江南时,感于景物之繁丽,追想南朝盛日,遂有此作。千里之词,亦概括言之耳,必欲以听得着、看得见求之，岂不可笑。

泊秦淮

烟笼寒水月笼沙，夜泊秦淮近酒家。
商女不知亡国恨，隔江犹唱后庭花。

〔注〕〔秦淮〕《太平御览·地部》引《舆地志》："秦始皇巡会稽，凿断山阜，此淮即所凿也，亦名秦淮水。"〔后庭花〕《旧唐书·音乐志》："《玉树后庭花》，陈后主所作。"又《隋书·乐志》："陈后主于《清乐》中造《黄骊留》及《玉树后庭花》《金钗两鬓垂》等曲，与幸臣等制其歌词，绮艳相高，极于轻荡，男女唱和，其音甚哀。"
〔释〕首二句写夜泊之景，三句非责商女，特借商女犹唱《后庭花》曲以叹南朝之亡耳。六朝之局，以陈亡而结束，诗人用意自在责陈后主君臣轻荡，致召危亡也。

赤壁

折戟沉沙铁未销，自将磨洗认前朝。
东风不与周郎便，铜雀春深锁二乔。

〔注〕〔赤壁〕《吴志·吴主传》："建安十三年，荆州牧刘表死，鲁肃乞奉命吊表二子，且以观变。肃未到而曹公已临其境，表子琮举众以降。刘备欲南济江，肃与相见，因传权旨，为陈成败。备进住夏口，使诸葛亮诣权，权遣周瑜、程普为左右督，各领万人，与备俱进，遇于赤壁，大破曹公军。公烧其余船引退。"按赤壁在今湖北嘉鱼县东北。〔铜雀〕《魏志》："建安

十五年冬，太祖乃于邺作铜爵台。"又《邺中记》："邺城西北立台皆因城为基址，中央名铜爵台。"〔二乔〕《吴志·周瑜传》："桥公两女，皆国色也。策自纳大桥，瑜纳小桥。"按桥公桥玄也，字本作"桥"，作乔其通假字也。

〔释〕杜牧此诗，后人颇多不同之论。宋《许彦周诗话》首责难之。许《诗话》曰："杜牧之作《赤壁》诗，意谓赤壁不能纵火，即为曹公夺二乔置之铜雀台上也。孙氏霸业，系此一战。社稷存亡，生灵涂炭都不问，只恐捉了二乔，可见措大不识好恶。"此论似正，却不免迂腐，非可谓知言者。故何文焕《历代诗话》驳之。何曰："诗人之词微以婉，不同论言直遂也。牧之之意正谓幸而成功，几乎家国不保。彦周未免错会。"冯集梧《樊川诗集注》则曰："彦周云云，诗不当如此论。此直村学究读史见识，岂足与语言近旨远之故乎！"吴景旭《历代诗话》又引《深雪偶谈》，谓"牧之以滑稽弄辞，彦周雌黄之，岂非与痴人言不应及于梦也"。吴又谓"牧之数诗（指《四皓庙》《乌江亭》及此诗）俱用翻案法，跌入一层，正意益醒。谢叠山所谓死中求活也"。又引《苕溪渔隐丛话》谓"牧之题咏好异于人，如《赤壁》《四皓》，皆反说其事"。而总断之曰："此岂深于诗者哉！"按诸家皆不以许说为然，是也。《深雪偶谈》谓为滑稽弄辞，《苕溪渔隐丛话》谓为好异，景旭吴氏又以为翻案，则亦不尽然。大抵诗人每喜以一琐细事来指点大事。即如此诗二乔不曾被捉去，固是一小事，然而孙氏霸权，决于此战，正与此小事有关。家国不保，二乔又何能安然无恙。二乔未被捉去，则家国巩固可知。写二乔正是写家国大事。且以二乔立意，可以增加诗之情趣，其非翻案、好异，以及滑稽弄辞，断然可知。至叠山所谓死中求活，盖论《乌江》诗则合，《乌江》诗谓项羽尚可回江东以图再起，乃于万无可为之中犹谓有可为，故曰"死中求活"，但不可以论此诗。

村舍燕

汉宫一百四十五，多下珠帘闭琐窗。
何处营巢夏将半，茅檐烟里语双双。

〔**释**〕此诗似有李义府《咏鸟》诗所谓"上林无限树，不借一枝栖"之意，但末句写得有情，不作失意语，昔人谓牧之俊爽，如此诗是也。

归 燕

画堂歌舞喧喧地，社去社来人不看。
长是江楼使君伴，黄昏犹待倚阑干。

〔**释**〕此又一咏燕诗，江楼使君独在歌舞喧喧之外，故有此闲情，倚阑相待。咏燕即咏人也。

山 行

远上寒山石径斜，白云深处有人家。
停车坐爱枫林晚，霜叶红于二月花。

〔**释**〕读此诗可见诗人高怀逸致。霜叶胜花，常人所不易道出者。一经诗人道出，便留诵千口矣。

题 村 舍

三树稚桑春未剁，扶床乳女午啼饥。
潜销暗铄归何处，万指侯家自不知。

〔注〕〔剦〕音洛，剔也。剔除旁枝也。〔万指〕众口也。

〔释〕潜销暗铄之中，伤残之人多矣，万指侯家安知此事。此亦劳民之呼吁也。

寄扬州韩绰判官

青山隐隐水迢迢，秋尽江南草未凋。
二十四桥明月夜，玉人何处教吹箫。

〔注〕〔二十四桥〕《舆地纪胜》："淮南东路扬州：二十四桥，隋置，并以城门坊市为名。"

遣怀

落拓江南载酒行，楚腰纤细掌中轻。
十年一觉扬州梦，赢得青楼薄幸名。

〔注〕〔落拓〕扬雄《解嘲》："何为官之拓落也。"注："拓落，不耦也。"此类字可倒用，一作"落魄"，《史记·郦生传》："家贫落魄。"《汉书》应劭注："志行衰恶之貌。"颜师古注："失业无倚也。"按此诗当作"落拓"，时杜牧在淮南节度府幕中，不可曰家贫失业，但非得意者。〔楚腰〕《后汉书·马廖传》："楚王好细腰，宫中多饿死。"〔薄幸〕犹言无情也。盖妓女指目游客无恩情也。

〔释〕次句即落拓之说，诗意言人视己轻也，非谓扬州之妓。三四句转入扬州一梦，徒赢得青楼女妓以薄幸相称，亦以写己落拓无聊之行为也。总之才人不得见重于时之意，发为此诗，读来但见其傲兀不平之态。

世称杜牧诗情豪迈，又谓其不为龊龊小谨，即此等诗可见其概。

赠渔父

芦花深泽静垂纶，月夕烟朝几十春。
自说孤舟寒水畔，不曾逢着独醒人。

〔注〕〔独醒〕《楚辞·渔父》："屈原既放，游于江潭，行吟泽畔，颜色憔悴，形容枯槁。渔父见而问之曰：'子非三闾大夫与，何故至于斯？'屈原曰：'举世皆浊我独清，众人皆醉我独醒，是以见放。'"

〔释〕此借渔父以讥世无贤才如屈子者也。言外盖有众人皆醉之意。

念昔游

（三首录二）

十载飘然绳检外，樽前自献自为酬。
秋山春雨闲吟处，倚遍江南寺寺楼。

〔注〕〔绳检〕《说文》："书署也。"徐注曰："书函之盖三刻其上，绳缄之，然后填以泥，题书其上而印之也。"按书帙之签曰检，古者书函以绳缄之然后题检，故以约束为绳检。

〔释〕此诗可作《遣怀》诗之自注。

云门寺外逢猛雨，林黑山高雨脚长。
曾奉郊宫为近侍，分明攒攒羽林枪。

〔注〕〔云门寺〕在会稽若耶溪上。《梁书·何胤传》："胤以会稽山多灵异，往游焉，居若耶山云门寺。"〔郊宫近侍〕杜牧曾为内供奉，皇帝郊祭必扈从。〔攦〕音悚，竦立貌。〔羽林枪〕颜师古《汉书》注："羽林亦宿卫之官，言其如羽之疾，如林之多也。"枪古时之矟，矛长八尺曰矟。

〔释〕此诗写猛雨之状。杜又有《大雨行》曰："四面崩腾玉京仗，万里横亘羽林枪。"盖雨脚之长而且密，如羽林之长矛竦立空中也。

读韩杜集

杜诗韩笔愁来读，似倩麻姑痒处搔。
天外凤凰谁得髓，无人解合续弦胶。

〔注〕〔杜诗韩笔〕六朝人以有韵者为诗，无韵者为笔。《南史·沈约传》："谢玄晖善为诗，任彦升工于笔，约兼有之。"〔麻姑〕《麻姑山记》："王方平降蔡经家，召麻姑至，年若十七八女子，爪长数寸，经意其可爬痒，忽有铁鞭鞭其背。"〔续弦胶〕《十洲记》："凤麟洲上多凤麟，数万成群，煮凤喙及麟角合煎作膏，名之为续弦胶。"据此则知制胶以凤喙，非凤髓。

〔释〕三四句叹无人能继起杜、韩后也。

秋 夕

红烛秋光冷画屏，轻罗小扇扑流萤。
瑶阶夜色凉如水，坐看牵牛织女星。

〔注〕〔牵牛织女星〕《荆楚岁时记》："天河之东有织女，天帝之子也。

年年织杼劳役，织成云锦天衣。天帝怜其独处，许嫁河西牵牛郎。嫁后遂废织纴。天帝怒，责令归河东，但使其一年一度相会。"

〔释〕此亦闺情诗也。不明言相怨之情，但以七夕牛、女会合之期，坐看不睡，以见独处无郎之意。

赠 别

（二首）

娉娉袅袅十三余，豆蔻梢头二月初。
春风十里扬州路，卷上珠帘总不如。

〔注〕〔豆蔻〕《本草》："豆蔻花作穗，嫩叶卷之而生。初如芙蓉，穗头深红色，叶渐展，花渐出而色微淡，亦有黄、白色似山姜花，花生叶间。南人取其未大开者谓之含胎花，言尚小如妊身也。"

多情却似总无情，唯觉樽前笑不成。
蜡烛有心还惜别，替人垂泪到天明。

〔释〕此二诗为张好好作也。杜别有赠好好五言古诗一首，诗前有小序曰："牧大和三年佐故吏部沈公江西幕。好好年十三，始以善歌来乐籍中。后一岁，公移镇宣城，复置好好于宣城籍中。后二岁，为沈著作述师以双鬟纳之。后二岁，于洛阳东城重睹好好，感旧伤怀，故题诗赠之。"按此诗有"娉娉袅袅十三余"句，当是初与好好别时所作。前首言其美丽，后首叙别。"似无情""笑不成"正十三龄女儿情态。

许浑　浑字用晦，丹阳人，故相圉师之后。大和六年进士第，为当涂、太平二县令，以病免，起润州司马。大中三年为监察御史，历虞部员外郎，睦、郢二州刺史。润州有丁卯桥，浑别墅在焉，因以名其集。集二卷，一本作六卷，今并存。

塞下曲

夜战桑乾北，秦兵半不归。
朝来有乡信，犹自寄征衣。

〔注〕〔桑乾〕《汉书·地理志》："代郡桑乾县。"

谢亭送别

劳歌一曲解行舟，红叶青山水急流。
日暮酒醒人已远，满天风雨下西楼。

〔注〕〔谢亭〕谢朓亭也。
〔释〕通首不叙别情而末句七字中别后之情，殊觉难堪，此以景结情之说也。

楚宫怨

十二峰晴花尽开，楚宫双阙封阳台。
细腰争舞君王醉，白日秦兵天上来。

〔注〕〔十二峰〕巫山有十二峰。〔阳台〕宋玉《高唐赋序》："旦为朝云，暮为行雨。朝朝暮暮，阳台之下。"〔细腰〕《后汉书·马廖传》："楚王好细腰，宫中多饿死。"

寄桐江隐者

潮去潮来洲渚春，山花如绣草如茵。
严陵台下桐江水，解钓鲈鱼有几人。

〔注〕〔桐江〕《唐书·地理志》："睦州新定郡有桐庐县。"《水经注》："（浙江）东南流径桐庐县，东为桐溪，自县至于潜凡十六濑，第二是严陵濑。"注："濑带山，山下有一石室，汉光武帝时，严陵之所居也，故山及濑皆即人姓名之。山下有磐石，周回十数丈，交枕潭际，盖陵所游也。"按严陵台即濑上磐石，相传子陵垂钓于此。《后汉书·严光传》："光字子陵，少与光武同游学，及光武即位，引光论道旧故，因共偃卧，光以足加帝腹上。……除谏议大夫，不屈，耕于富春山。"

李商隐　商隐字义山，怀州河内人。令狐楚帅河阳，奇其文，使与诸子游。楚徙天平、宣武，皆表署巡官。开成二年，高锴知贡举，令狐绹雅善锴，奖誉甚力，故擢进士第，调弘农尉，以忤观察使，罢去。寻复官，又试拔萃，中选。王茂元镇河阳，爱其才，表掌书记，以子妻之，得侍御史。茂元死，来游京师，久不调，更依桂管观察使郑亚府为判官。亚谪循州，商隐从之，凡三年乃归。茂元与亚皆李德裕所善，绹以商隐为忘家恩，谢不通。京兆尹卢弘正表为府参军，典笺奏。绹当国，商隐归，穷，自解，绹憾不置。弘正镇徐州，表为掌书记。久之，还朝，复干绹，乃补太学博士。柳仲郢节度剑南东川，辟判官，检校工部员外郎。府罢，客荥阳卒。商隐初为文，瑰迈奇古，及在令狐楚府，楚本工章奏，因授其学。商隐偶俪长短而繁缛过之。时温庭筠、段成式俱用是相夸，号三十六体。《樊南甲集》二十卷、《乙集》二十卷、《玉溪生诗》三卷，今存文集五卷、补编十二卷、诗集三卷。

乐游原

向晚意不适，驱车登古原。
夕阳无限好，只是近黄昏。

〔**释**〕纪昀《玉溪生诗说》："百感茫茫，一时交集，谓之悲身世可，谓之忧时事亦可。"程梦星《李义山诗集笺注》："此诗当作于会昌四五年

间，时义山去河阳退居太原，往来京师，过乐游原而作。是诗盖为武宗忧也。武宗英敏特达，略似汉宣，其任李德裕为相，克泽潞，取太原，在唐季世，可谓有为，故曰'夕阳无限好'也。而内宠王才人，外筑望仙台，封道士刘元静为学士，用其术以致身病，不复自惜，识者知其不永，故义山忧之，以为'近黄昏'也。"按纪说最妥，程氏指实为武宗忧，亦非不可，特专从帝王个人作想，实乃封建文士之习使然，诗人当时未必便如此，不如纪说概括性较大，意味较深也。又按从此诗可以说明诗家之兴。盖诗家所称之兴，皆指作者内心所感由外境引发之作品而言。因此之所感初不定发而为诗，一旦遇外境有与内心所感相符时，一触便发，虽无心于言而自然流露，故往往不易的指其为何而含意深广。即如此诗，作者因晚登古原，见夕阳虽好而黄昏将至，遂有美景不常之感，此美景不常之感，久蕴积在诗人意中，今外境适与相合，故虽未明指所感而所感之事即在其中。

悼伤后赴东蜀辟至散关遇雪

剑外从军远，无家与寄衣。
散关三尺雪，回梦旧鸳机。

〔注〕〔东蜀辟〕《唐书》本传："柳仲郢镇东川，辟为节度判官，检校工部郎中。"〔散关〕《方舆胜览》："大散关在梁泉县，为秦蜀要路。"〔剑外〕剑阁外之简称也。

〔释〕纪昀《玉溪生诗说》："'回梦旧鸳机'，犹作有家观也。缩退一步，正是加一倍法。"按无家之人于远方雪夜中，忽做有家之梦，情已可伤，况当悼亡之后，何以为怀？"鸳机"二字中含有无限温暖在。姚培谦《李义山诗笺》谓为"悲在一旧字"，不如说在"旧鸳机"三字。

北齐
（二首）

一笑相倾国便亡，何劳荆棘始堪伤。
小怜玉体横陈夜，已报周师入晋阳。

〔**注**〕〔荆棘〕《吴越春秋》："城郭丘墟，殿生荆棘。"〔小怜〕《北齐书》："后主冯淑妃名小怜，慧黠工歌舞，后主惑之。"〔周师〕《北齐书》："后主武平七年十二月，周武帝来救晋州，齐师大败。帝弃军先还，留安德王延宗等守晋阳。帝走入邺。辛酉，延宗与周师战，大败，为周师所虏。"

巧笑知堪敌万几，倾城最在着戎衣。
晋阳已陷休回顾，更请君王猎一围。

〔**注**〕〔倾城〕《汉书·外戚传》："李延年歌曰：'北方有佳人，绝世而独立。一顾倾人城，再顾倾人国。'"〔猎一围〕《北齐书》："周师取平阳，帝猎于三堆，晋州告急，帝将还，淑妃请更杀一围，从之。"

〔**释**〕姚培谦笺："前首是惑溺开场，后首是惑溺下场。"程梦星笺注："此托北齐以慨武宗王才人游猎之荒淫也。"按武宗会昌二年回鹘入侵，诏发三招讨使将许、蔡、汴、滑等六镇之兵会于太原。十月武宗幸泾阳校猎白鹿原。谏议大夫高少逸、郑朗等谏其"校猎太频，出城稍远，万几废弛，方用兵师，且宜停止"。又按武宗内宠有王才人，欲立为后。此诗当讽武宗而作，程说是也。

齐宫词

永寿兵来夜不扃，金莲无复印中庭。
梁台歌管三更罢，犹自风摇九子铃。

〔注〕〔永寿〕《齐书》："废帝宝卷别为潘妃起神仙、永寿、玉寿三殿，皆匝饰以金璧。萧衍兵入建康，王珍国、张稷引兵入殿，御刀丰勇之为内应。宝卷方在含德殿作笙歌，兵入斩之。"〔金莲〕《齐书》："东昏侯凿金为莲花贴地，令潘妃行其上。曰：'此步步生莲花也。'"〔梁台〕《容斋随笔》："晋宋后谓朝廷禁省为台，故称禁城为台城。"〔九子铃〕《齐书》："庄严寺有玉九子铃，外国寺佛面有光相，禅灵寺塔诸宝珥，皆剥取以施潘妃殿饰。"

〔释〕姚培谦笺："荆棘铜驼妙从热闹中写出。"按三句言兵入永寿殿而笙歌罢，此时庄严寺之九子铃犹自因风而摇，以铃声与笙歌对比，即从热闹中写其衰亡也。

华清宫

朝元阁迥羽衣新，首按昭阳第一人。
当日不来高处舞，可能天下有胡尘！

〔注〕〔朝元阁〕《雍录》："朝元阁在骊山。"〔羽衣〕《太真外传》："天宝四载七月，于凤凰园册太真宫女道士杨氏为贵妃，半后服用。进见之日，奏《霓裳羽衣曲》。"〔昭阳第一人〕《汉书》："飞燕立为皇后，宠少衰，女弟绝幸，为昭仪，居昭阳宫。"

〔释〕此以汉事比唐事而深责明皇荒淫，以致召安史之乱也。

骊山有感

骊岫飞泉泛暖香，九龙呵护玉莲房。
平明每幸长生殿，不从金舆惟寿王。

〔注〕〔骊岫飞泉〕《寰宇记》："骊山在昭应县东南二里，即蓝田山也，温汤在山下。"〔九龙〕《唐实录》："玄宗生日，源乾曜、张说上表曰：'陛下二气含元，九龙浴圣。'"按骊山温汤东有龙湫。〔玉莲〕郑嵎《津阳门诗》注：骊山华清宫"宫内除供奉两汤，内外更有汤十六所，长汤每赐诸嫔御。其修广与诸汤不侔，甃以文瑶宝石，中央有玉莲捧汤泉，喷以成池"。〔长生殿〕《长安志》："华清宫殿曰九龙以待上浴，曰飞霜以奉御寝，曰长生以备斋祀。"〔寿王〕《唐书》："惠妃薨，后宫无当意者。或言寿王妃杨氏之美。上见而悦之，乃令妃自以己意乞为女官，号太真，更为寿王娶韦昭训女。潜纳太真于宫中，不期岁，宠遇如惠妃。"

〔释〕程梦星笺注："唐人咏太真事，多无讳忌，然不过著明皇色荒已耳。义山独数举寿王，刺其无道之至，浮于新台，岂复可以君人。义山词极绮丽而持义却极正大，往往如此，今人都不觉也。"纪昀评此诗，谓："既少含蓄，亦乖风雅，如此诗不作何妨，所宜悬之戒律者此也。"按程说极是，纪氏之评不免迂腐。不知此正合于风人讽刺之义，何反诋为乖风雅，且宜悬之为戒。《诗·邶风·新台》，因卫宣公闻世子伋妻美，作新台于河上而要之，国人恶其淫荒，作《新台》诗以刺之也。若如纪说，则《新台》诗亦可不作。

龙池

龙池赐酒敞云屏，羯鼓声高众乐停。
夜半宴归宫漏永，薛王沉醉寿王醒。

〔注〕〔龙池〕《雍录》："明皇为诸王时，故宅在京城东南角隆庆坊。宅有井。井溢成池。中宗时，数有云龙之祥。后引龙首堰水注池。池面益广，即龙池也。"〔羯鼓〕《羯鼓录》："羯鼓出外夷，其声促急，破空透远，特异众乐，明皇极爱之。"〔薛王〕按，洪迈《容斋续笔》："唐明皇兄弟五王，兄申王㧑以开元十二年，宁王宪、邠王守礼以二十九年，弟岐王范以十四年，薛王业以二十二年薨，至天宝时已无存者。杨太真以三载方入宫，而元稹《连昌宫词》云'百官队仗避岐薛，杨氏诸姨车斗风'，李商隐诗云'夜半宴归宫漏永，薛王沉醉寿王醒'，皆失之也。"朱鹤龄笺注："按史睿宗六子，王德妃生业始王赵，降封中山王，进王薛，开元二十二年薨，子瑝嗣。此诗与微之词，岂俱指嗣王欤？要之作者微文刺讥，不必一一核实。"

〔释〕此与《骊山有感》同意，一醉一醒，以见讥意。

瑶　池

瑶池阿母绮窗开，黄竹歌声动地哀。
八骏日行三万里，穆王何事不重来。

〔注〕〔瑶池〕《神仙传》："昆仑阆风苑有玉楼十二，立台九层，左瑶池，右翠水。"《穆天子传》："天子觞西王母于瑶池之上。"〔黄竹歌〕《穆天子传》："天子游黄台之丘，北风雨雪，有冻人。天子作诗三章以哀之。曰：'我祖黄竹负閟寒。'"〔八骏〕《拾遗记》："穆王八骏：一名绝地，二名翻羽，三名奔宵，四名起影，五名逾辉，六名超光，七名腾雾，八名挟翼。"〔重来〕《穆天子传》："王母为天子谣曰：'将子无死，尚复能来。'"

〔释〕程梦星笺注："此追叹武宗之崩也。武宗好仙，又好游猎，又宠王才人。此诗镕铸其事而出之，只用穆王一事，足概武宗三端，用思最深，措词最巧。"

咏史

北湖南埭水漫漫，一片降旗百尺竿。
三百年间同晓梦，钟山何处有龙盘。

〔注〕〔北湖〕《宋书》："元嘉二十三年，筑北堤，立玄武湖于乐游苑北。"按北湖即玄武湖。〔南埭〕《金陵志》："南埭，上水闸也。"〔三百年〕庾信《哀江南赋序》："将非江表王气，终于三百年乎！"又《隋书·薛道衡传》："郭璞云：'江表偏王，三百年还与中国合。'"按江南建国起吴孙权至陈后主叔宝，共三百二十四年。〔钟山〕《丹阳记》："京师南北并连山岭，而蒋山岩崿嶷异，其形象龙，实作扬都之镇。诸葛亮尝至京，观秣陵山阜云：'钟山龙盘。'盖谓此也。"

〔释〕程梦星笺注："此诗似为河朔诸镇而发。是时诸镇跋扈皆恃地险，负固不服，阴有异志，故作此以警之。"按单从诗语看，盖言险固不可恃，虽有龙盘虎踞之形势，不能保不亡国。程氏实以其时史事亦合。

咸阳

咸阳宫阙郁嵯峨，六国楼台艳绮罗。
自是当时天帝醉，不关秦地有山河。

〔注〕〔咸阳宫阙〕《史记》："始皇每破诸侯，写放其宫室，作之咸阳北阪上。殿屋复道、周阁相通。所得美人、钟鼓以充之。"〔天帝醉〕张衡《西京赋》："昔者大帝悦秦缪公而觐之，飨以钧天广乐。帝有醉焉，乃为金策，锡用此土而翦诸鹑首。"薛综注："大帝，天也。"

〔释〕此与《咏史》诗同意。首二句极写秦之强盛，三四句故为抑扬之词以见作诗本意在不可恃山河之险，谓为戒诸镇可，谓为警凡有国者亦可。秦灭六国，二世而亡，可为前车之鉴，故诗人特举以为证。咏史事诗必如此作，方不至如胡曾辈之索然寡味也。

贾　生

宣室求贤访逐臣，贾生才调更无伦。
可怜夜半虚前席，不问苍生问鬼神。

〔注〕〔贾生〕《史记·贾生传》：“孝文帝方受釐，坐宣室。上因感鬼神事而问鬼神之本。贾生因具道所以然之状，至夜半。文帝前席。”按“受釐”，徐广注：“祭祀福胙也。”〔宣室〕《索隐》：“《三辅故事》云：‘宣室在未央殿北。’”

〔释〕程梦星笺注：“此谓李德裕谏武宗好仙也。”按诗责其不问苍生，则不止好仙为不当，且不恤国事，不重民生，尤非求贤之意，义更正大。

李卫公

绛纱弟子音尘绝，鸾镜佳人旧会稀。
今日致身歌舞地，木棉花暖鹧鸪飞。

〔注〕〔李卫公〕《唐书》本传：“刘稹平，德裕以功兼守太尉，进封卫国公。大中初历贬崖州卒。”

〔释〕纪昀评：“格意殊高，亦有神韵，似更在赵嘏《汾阳宅》诗以上，但末句如指南迁，不合云歌舞地，如指旧第，不合云木棉鹧鸪，此不了了，未敢入选。”按此诗明是为德裕贬崖州司户而作。“致身”犹言归身、收身也。“致身歌舞地”，言今日收身于纷华之地，并无不合。纪氏乃因"致身"二字未明，故有此疑。

杜司勋

高楼风雨感斯文，短翼差池不及群。
刻意伤春复伤别，人间惟有杜司勋。

〔注〕〔杜司勋〕杜牧也。

〔释〕程梦星笺注："义山于牧之凡两为诗，其倾倒于小杜者至矣。然'杜牧司勋字牧之'律诗，专美牧之也。此则借牧之以慨己。盖以牧之之文词，三历郡而后内迁，已可感矣。然较之于己，短翼雌伏者，不犹愈邪！此等伤心，惟杜经历，差池铩羽，不及群飞，良可叹也。玩上二语，则伤己意多而颂杜意少，味之可见。"按诗人之措意，至为融圆，伤人即以伤己，体物即是抒情，咏古即是讽今，故不宜过于拘泥。姚培谦注："天下惟有至性人，方解伤春伤别。茫茫四海，除杜郎外，真是不晓得伤春，不晓得伤别也。"此论亦极佳，盖从三四两句体认而得，伤春伤别而曰"刻意"，曰"人间惟有"，则知伤春伤别者亦非易得也。

读任彦升碑

任昉当年有美名，可怜才调最纵横。
梁台初建应惆怅，不得萧公作骑兵。

〔注〕〔任昉〕《梁书》："武帝（萧衍）与昉遇竟陵王西邸，从容谓昉曰：'我登三府，当以卿为记室。'昉亦戏帝曰：'我若登三事，当以卿为骑兵。'以帝善射也。"

〔释〕程梦星笺注："此诗明为大中四年十月，令狐绹入相而发。……末二句言绹竟为相，己且以文干之，譬如梁武欲以昉为记室，事则有之。昉欲以梁武为骑兵，不可得矣。"姚培谦注则谓："文人崛强如此，岂帝王所能夺邪！"语亦可喜。纪昀不取此诗，且谓"首句鄙，后二句写升沉之感亦直"。按商隐此诗虽有升沉之感，然以任昉、萧衍二人事为言，颇具调侃之致，非直也。

过广文旧居

宋玉平生恨有余，远循三楚吊三闾。
可怜留着临江宅，异代应教庾信居。

〔注〕〔广文〕郑虔也。《唐书》本传："玄宗爱郑虔才，更置广文馆，以虔为博士。"〔三闾〕《离骚》王逸序："屈原与楚同姓，仕于怀王，为三闾大夫。三闾之职，掌王族三姓，曰昭、屈、景。"〔临江宅〕《渚宫故事》："庾信因侯景乱，自建康遁归江陵，居宋玉故宅。宅在城北三里。"庾信《哀江南赋》："诛茅宋玉之宅，穿径临江之府。"

〔释〕程梦星笺注："宋玉比郑广文，庾信义山自比也。盖沦落文人，古今一辙，后先相望，未免有情。"按程说是也。

宫妓

珠箔轻明拂玉墀，披香新殿斗腰支。
不须看尽鱼龙戏，终遣君王怒偃师。

〔注〕〔宫妓〕朱鹤龄注："宫妓，内妓也。"〔披香殿〕《雍录》："唐庆善宫有披香殿。"〔鱼龙戏〕《汉书》："武帝作鱼龙角抵之戏。"〔偃师〕《列子》："周穆王西巡狩还，道有献工人名偃师，穆王荐之，问曰：'若与偕来者何人？'对曰：'臣之所造能倡者。'穆王惊视之。趣步俯仰，信人也。巧夫！颔其颐则歌合律，捧其手则舞应节，千变万化，惟意所适。王以为实人也，与盛姬内御并观之。伎将终，倡者瞬其目而招王之左右侍妾。王大怒，欲诛偃师。偃师大慑，立剖倡者以示王，皆傅会革木胶漆、白黑丹青之所为。穆王始悦而叹曰：'人之巧乃可与造化者同功乎！'"

〔释〕冯班曰："此诗是刺也。唐时宫禁不严，托意偃师之假人，刺其相招，不忍斥言，真微词也。"程梦星引冯说而断之曰："冯定远之论极是，但有'不须看尽'字，有'终遣怒'字，则著其非假，词亦微而显矣。"按冯、程所评是也。封建帝王宫闱黑暗，实有不可形之笔墨者，故诗人托词言之。冯谓"不忍斥言"，犹欠一层。后人又有以为"同朝有不相得者，故托以为言"，则更非诗意。

柳

曾逐东风拂舞筵，乐游春苑断肠天。
如何肯到清秋日，已带斜阳又带蝉。

〔释〕杨慎曰："形容先荣后悴之意。"程梦星笺注："杨升庵以为形容先荣后悴之意，此解固然。然所谓先荣后悴者乃谓人，非自谓。玩'如何肯到'一语，则极形其知进而不知退者为可笑也。"按二氏之说均当。首二句写其得意之状，三四句则衰落之况也。宋人晏几道有咏柳《浣溪沙》词曰："二月和风到碧城，万条千缕绿相迎，舞烟眠雨过清明。妆镜巧眉偷叶样，歌楼妍曲借枝名，晚秋霜霰莫无情。"用意正同，可以参看。

题鹅

眠沙卧水自成群，曲岸残阳极浦云。
那解将心怜孔翠，羁雌长共故雄分。

〔释〕程梦星笺注以为"此乃天末羁孤之感"。按此语未的。此诗写
不受人羁勒者，有自得之乐，亦无心怜惜受羁勒者之苦。纪昀评为"此深
怨牛李党人之作，殊径直无余味也"。说亦难信。

漫成

（五首录二）

沈宋裁辞矜变律，王杨落笔得良朋。
当时自谓宗师妙，今日惟观对属能。

〔注〕〔沈宋〕《唐书》："建安后讫江左，诗格屡变。至沈约、庾信
以音韵相婉附，属对精密。及宋之问、沈佺期又加靡丽。"〔王杨〕《唐
书·王勃传》："勃与杨炯、卢照邻、骆宾王皆以文章齐名，天下称四杰。"

李杜操持事略齐，三才万象共端倪。
集仙殿与金銮殿，可是苍蝇惑曙鸡。

〔注〕〔集仙殿〕《唐书·杜甫传》："天宝中进大礼赋。上奇之，命待
制集贤院，召试文章。"按集贤院即集贤殿，原名集仙殿。〔金銮殿〕又
《李白传》："李白召见金銮殿，论当世事，奏颂一篇。帝赐食，亲为调
羹。"〔苍蝇〕《诗经·齐风·鸡鸣》："匪鸡则鸣，苍蝇之声。"

〔释〕姚培谦评前首："王、杨、沈、宋乃唐初应运而兴者，岂料世无具眼，皮相至此，即少陵所谓'轻薄为文哂未休'也。"评后首："王、杨、沈、宋即不论，以李、杜二公之凌跨百代，犹未免苍蝇之惑曙鸡，世俗之忌才如此。"按此题原系五首，程梦星笺注一一皆从商隐说，不免失之比附。然诗人之言，原本圆融，未可拘泥，虽论他人而自己即在其中。姚氏世俗忌才之说，谓李、杜可，谓商隐自己亦何不可。但不能字字比附，反多滞碍。

夜雨寄北

君问归期未有期，巴山夜雨涨秋池。
何当共剪西窗烛，却话巴山夜雨时。

〔释〕纪昀评此诗，谓"探过一步作结，不言当下云何而当下意境可想"。纪氏所谓"探过一步"，即藏去当下不说而远想归后如何也。所谓"不言当下云何"，即巴山夜雨中人之意境如何也。所谓"当下意境"，即久客思归而不得之意境也。但此诗第三句"何当"二字，已透露出思归之希望，而此时尚不得归之苦，虽不言已可知。如此作法，笔势非常矫健，且可省却许多语言，诗家谓之顿挫者是也。

屏风

六曲连环接翠帷，高楼半夜酒醒时。
掩灯遮雾密如此，雨落月明俱不知。

〔释〕此讽谗障之害也。商隐平生受谗人之害甚深，故有此作。

薛莹 莹，文宗时人，有《洞庭诗集》一卷，已佚，今存诗十首。

锦

轧轧弄寒机，功多力渐微。
惟忧机上锦，不称舞人衣。

〔**释**〕此诗首二句言织锦女工之辛劳，三四句虽从织锦女工方面着笔，言下有衣锦者但求美观，不知他人辛苦之意。

刘得仁　得仁贵主之子。自开成至大中三朝，昆弟皆历贵仕，而得仁苦于诗，出入举场三十年卒无成。

贾 妇 怨

嫁与商人头欲白，未曾一日得双行。
任君逐利轻江海，莫把风涛似妾轻。

〔释〕此诗首二句微伤直率，三四句体情恰合。盖蓄怨甚深者正有此冷诮口吻也。

赵嘏　嘏字承祐，山阳人。会昌四年登进士第。大中间，仕至渭南尉卒。嘏为诗赡美，多兴味，杜牧尝爱其"长笛一声人倚楼"之句，吟叹不已，人因目为"赵倚楼"。有《渭南集》三卷、编年诗二卷，已佚，今存诗一卷。

寒塘

晓发梳临水，寒塘坐见秋。

乡心正无限，一雁度南楼。

经汾阳旧宅

门前不改旧山河，破虏曾轻马伏波。

今日独经歌舞地，古槐疏冷夕阳多。

〔注〕〔汾阳〕郭子仪也。子仪封汾阳王。〔马伏波〕马援也。

〔释〕此盛衰无常之感也。结句以景结情。

冷日过骊山

冷日微烟渭水愁，翠华宫树不胜秋。
霓裳一曲千门锁，白尽梨园弟子头。

〔注〕〔梨园弟子〕《唐书·礼乐志》："明皇既知音律，又酷爱法曲，选坐部伎子弟三百教于梨园。声有误者，帝必觉而正之，号皇帝梨园弟子。"按此诗作者一作孟迟。

江楼旧感

独上江楼思渺然，月光如水水如天。
同来望月人何处，风景依稀似去年。

西江晚泊

茫茫蔼蔼失西东，柳浦桑村处处同。
戍鼓一声帆影尽，水禽飞起夕阳中。

座上献元相公

寂寞堂前日又曛，阳台去作不归云。
从来闻说沙咤利，今日青娥属使君。

〔注〕〔阳台〕宋玉《高唐赋序》："旦为朝云，暮为行雨。朝朝暮暮，阳台之下。"〔沙吒利〕《章台柳传》："韩翃幸姬曰柳氏，艳绝一时。有蕃将沙吒利劫以归第。虞侯许俊径造沙吒利之第，夺柳氏归于韩翃。"

〔释〕《唐诗纪事》："嘏家于浙西，有美姬惑之。洎计偕，会中元鹤林之游，浙帅窥其姬，遂奄有。明年，嘏及第，固以一绝箴之。浙帅不自安，遣一介归之。嘏方出关，逢于横水驿，姬抱嘏痛哭而卒。"按《纪事》未言浙帅姓名，《唐人万首绝句》作元相公，未知孰是？封建社会中，豪强占人姬妾者屡见不鲜。见诸吟咏者，前有乔知之《绿珠篇》，为宠婢被武承嗣所夺而作。其歌末句有"百年离别在高楼，一旦红颜为君尽"之句。宠婢结其歌于衣带，投井而死。后有韦庄之《荷叶杯》《小重山》词，为宠姬被王建所夺而作。姬闻之亦不食而卒。此等事，一方面见美色之贾祸，一方面亦以见豪强之暴横，而受其害者惟无告之弱女子耳。

送弟

去日家无儋石储，汝须勤苦事樵渔。
古人尽向尘中远，白日耕田夜读书。

〔注〕〔儋石〕《汉书·扬雄传》："家产不过十金，乏无儋石之储，晏如也。"

〔释〕以耕读勉其弟，议论甚正而不腐。

卢肇　肇字子发，袁州人。会昌三年登第，初为鄂岳卢商从事，后除著作郎，迁仓部员外郎，充集贤院直学士。咸通中，出知歙州，移宣、池、吉三州卒。赋集八卷、诗文集十三卷，今佚。

题清远峡观音院

（二首）

清潭洞彻深千丈，危岫攀萝上几层。
秋尽更无黄叶树，夜阑惟对白头僧。

〔注〕〔清远峡〕《地志》："清远峡崇山峻立，中贯江流。"

风入古松添急雨，月临虚槛背残灯。
老猿啸狖还欺客，来撼窗前百尺藤。

〔释〕二诗写观音院景物，得萧条岑寂之趣。读之使人具有设身其境之感。

朱景玄 景玄，吴郡人，官翰林学士。著有《唐朝名画录》。

飞云亭

上结孤圆顶，飞轩出泰清。
有时迷处所，梁栋晓云生。

〔注〕〔泰清〕谓天也。

四望亭

高亭群峰首，四面俯清川。
每见晨光晓，阶前万井烟。

〔释〕此种诗颇有画所不到处，写景佳作也。

项斯　斯字子迁，江东人，会昌四年登第，终丹徒尉。诗今存一卷。

江村夜归

月落江路黑，前村人语稀。
几家深树里，一火夜渔归。

〔释〕光景如见。

薛能　能字太拙，汾州人。登会昌六年进士第。大中末，书判中选，补盩厔尉。李福镇滑，表能署观察判官，历御史、都官、刑部员外郎。福徙西蜀，奏以自副。咸通中，摄嘉州刺史，选主客、度支、刑部郎中，权知京兆尹事，授工部尚书，节度徐州，徙忠武。广明元年，徐军戍溵水经许。能以前帅徐，军吏怀恩，馆之州内。许军惧徐人见袭，大将周岌因乘众疑，逐能，自称留后，因屠其家。能僻于诗，日赋一章，有集十卷，今佚。

吴姬

（十首录一）

取次衣裳尽带珠，别添龙脑裹罗襦。
年来寄与乡中伴，杀尽春蚕税亦无。

〔释〕此诗三四句，盖愤税重残民也。衣珠熏香者何尝知养蚕织丝之苦。故首写此辈之奢华以增结句之愤慨。

宋氏林亭

地湿莎青雨后天，桃花红近竹林边。
行人本是农桑客，记得春深欲种田。

折杨柳
（十首录一）

和花香雪九重城，夹路春阴十万营。
惟向边头不堪望，一株憔悴少人行。

〔释〕杨慎《升庵诗话》评此诗云："此诗意言粉饰太平于京都，而废弛防守于边塞也。"按杨评是也。盖用对比作法，不明言作意而自见。

韩琮 琮字成封，初为陈许节度判官，后历中书舍人，湖南观察使。

暮春浐水送别

绿暗红稀出凤城，暮云宫阙古今情。
行人莫听宫前水，流尽年光是此声。

〔注〕〔浐水〕《说文》："浐水出京兆蓝田谷。"〔凤城〕《事原》："秦缪公女吹箫，凤降其城，因号丹凤城。其后言京都之城曰凤城。"
〔释〕此诗因送客出城，忽睹暮霭苍茫中之宫阙，觉其中消逝了无限兴亡往事，乃感于人世光阴，皆从无形无朕中流尽，故有三四句。读之知诗人对此感慨甚深，与李商隐登乐游原而伤好景难常，可谓异曲同工，盖晚唐衰微景象，激刺着诗人心情，而有此反映也。

崔橹　橹（一作鲁）大中时举进士，仕为棣州司马，有《无机集》四卷，今佚，存诗十六首。

华清宫

（四首录一）

门横金锁悄无人，落日秋声渭水滨。

红叶下山寒寂寂，湿云如梦雨如尘。

〔释〕此题唐人作者甚多，崔氏但从眼前所见凄凉景象描写，而昔盛今衰与荒淫召乱之故，皆可从言外得之。

李群玉 群玉字文山，澧州人。性旷达，赴举一上而止，惟以吟咏自适。裴休观察湖南延致之，及为相，以诗论荐，授弘文馆校书郎，未几，乞假归卒。集三卷、后集五卷，今存。

静夜相思

山空天籁寂，水榭延轻凉。
浪定一浦月，藕花闲自香。

〔注〕〔天籁〕《庄子·齐物论》："敢问天籁。子綦曰：'夫吹万不同而使其自己也，咸其自取，怒者其谁邪？'"按籁本箫名，庄子以喻天风。

〔释〕诗但写空寂夜景而相思之意在言外。盖凡境过于静寂，易生远思。所思或不一，故不可指实。

寄人

寄语双莲子，须知用意深。
莫嫌一点苦，便拟弃莲心。

〔释〕此乐府体，"莲"以隐喻"怜"也。

汉阳太白楼

江上晴楼翠霭间，满帘春水满窗山。
青枫绿草将愁去，远入吴云暝不还。

南庄春晚
（二首录一）

草暖沙长望去舟，微茫烟浪向巴丘。
沅湘寂寂春归尽，水绿蘋香人自愁。

黄陵庙

黄陵庙前莎草春，黄陵女儿茜裙新。
轻舟短棹唱歌去，水远山长愁杀人。

〔**注**〕〔黄陵庙〕《水经注》："湘水又北径黄陵亭西，又合黄陵水口，其水上承大湖，湖水西流径二妃庙南，世谓之黄陵庙也。"

沅江渔者

倚棹汀洲沙日晚，江鲜野菜桃花饭。
长歌一曲烟霭深，归去沧浪绿波远。

〔**注**〕〔桃花饭〕苏轼《物类相感志》:"桃花饭,做饭了以梅红纸盛之,湿后去纸和匀则红白相间。"按此诗则指渔人所食之红米饭也。

〔**释**〕群玉诗多写烟水微茫景象,录此四诗以见一斑。

贾岛　岛字浪仙（一作阆仙），范阳人。初为浮屠，名无本。来东都时，洛阳令禁僧，午后不得出，岛为诗自伤。韩愈怜之，因教其为文，遂去浮屠，举进士。岛诗思入僻，当其苦吟，虽逢公卿贵人，不之觉也。累举不中第，文宗时，坐飞谤，贬长江主簿。会昌初，以普州司仓参军迁司户，未受命卒。有《长江集》十卷、《小集》三卷，今存。

渡桑乾

客舍并州已十霜，归心日夜忆咸阳。
无端更渡桑乾水，却望并州是故乡。

〔注〕〔桑乾〕《太平寰宇记》："桑乾水西北自昌平县界来，南流经府西，又东流经府南，与高梁河合。"按永定河即古桑乾河，亦名卢沟河。〔并州〕《元和郡县志》："开元十一年又建北都，改并州为太原府。"按今山西太原县治。

〔释〕王世懋《艺圃撷余》："此岛思乡作。其意恨久客并州，远隔故乡。今非惟不能归，反北渡桑乾，还望并州又是故乡矣。并州且不得住，何况得归咸阳。"按王说是。

题兴化园亭

破却千家作一池，不栽桃李种蔷薇。

蔷薇花落秋风起，荆棘满庭君始知。

〔释〕《唐诗纪事》："晋公度初立第于街西兴化里，凿池种竹，起台榭。岛方下第，或以为执政恶之，故不在选，怨愤题诗。"按此虽出于怨愤，然以警豪贵之家，亦一剂清凉散也。

温庭筠　庭筠本名岐，字飞卿，太原人，宰相彦博裔孙。少敏悟，才思艳丽，韵格清拔，工为词章小赋，与李商隐皆有名，称"温李"，然行无检幅，数举进士不第，思神远，每入试，押官韵作赋，凡八叉手而成，时号温八叉。徐商镇襄阳，署为巡官，不得志归江东。后商知政事，颇右之，欲白用。会商罢相，杨收疾之，贬方城尉，再迁隋县尉卒。集二十八卷，今存集七卷、别集一卷。

弹　筝　人

天宝年中事玉皇，曾将新曲教宁王。
钿蝉金雁皆零落，一曲伊州泪万行。

〔注〕〔宁王〕《宗室世系图》："睿宗六子，长长宪称宁王房，宪初立为皇太子，以楚王有定社稷功，让位玄宗，薨，追册为让皇帝。"〔钿蝉〕李峤《咏筝》诗："钿装模六律，柱列配三才。"张羽诗："浅按红牙拍，轻和宝钿筝。"按钿蝉金雁皆指筝饰，其形制不可考。〔伊州〕《乐苑》："《伊州》商调曲，西凉节度盖嘉运所进也。"

〔释〕弹筝人当系唐明皇宫伎，诗语系追忆昔时而生感叹，必弹筝人自述而诗人写以韵语也。

瑶　瑟　怨

冰簟银床梦不成，碧天如水夜云轻。

雁声远向潇湘去，十二楼中月自明。

〔释〕瑟有柱以定声之高下，瑟弦二十五，柱亦如之，斜列如雁行，故以雁声形容之。结言独处，所谓怨也。

杨柳枝
（八首录一）

织锦机边莺语频，停梭垂泪忆征人。
塞门三月犹萧索，纵有垂杨未觉春。

〔释〕结句乃进一层说。塞上三月尚无柳，故曰"三月犹萧索"。结言纵有柳亦不觉是春时，征人之情苦矣，此所以思之垂泪也。

添新声杨柳枝词
（二首）

一尺深红蒙麹尘，天生旧物不如新。
合欢桃核终堪恨，里许元来别有人。

井底点灯深烛伊，共郎长行莫围棋。
玲珑骰子安红豆，入骨相思知不知。

〔释〕此二首皆乐府词也。前首起句当指衣服言，麹尘色浅黄，深红一尺，裙色也。此指深红裙上蒙以浅黄之衣。结句"人"字当本作"仁"，果核内有仁以隐喻合欢之人心中别有人，盖以讽喜新厌故者，故曰"旧物不如新"也。次首"烛"字隐喻"嘱"，"围棋"隐喻"违期"。"长行"，本古之双陆戏名，以隐喻"长别"。此首言与郎长别时，曾深嘱勿过时而不归。三四以骰子喻己相思之情，骰子各面刻有红点，以喻入骨之相思也。闺情词作者已多，此二首别开生面，设想极为新颖，庭筠本长于乐府也。

蔡中郎坟

古坟零落野花春，闻说中郎有后身。
今日爱才非昔日，莫抛心力作词人。

〔注〕〔蔡中郎坟〕《吴地志》："坟在毗陵尚宜乡互村。"按蔡邕仕至左中郎将，故称中郎。

〔释〕此感己不为人知而作，以蔡邕曾识王粲，欲以藏书赠之，伤今日无爱才如蔡者，故有"莫抛心力"之句。古来才人类多困厄，然如温之遭际者亦不多。考其生平，既不识宣宗于逆旅，又讥令狐绹之不学，已得罪于庸君权相。既被抑于沈询，又为杨收所疾，终生不得一第。既为亲表所侮辱，至不得不改名，又被逻卒所笞，诉之镇帅而不理。其遭遇如此，故过蔡坟而感慨系之也。相传蔡为张衡后身，未闻何人为蔡后身，次句不详。

段成式 成式字柯古，河南人，世客荆州，宰相文昌之子也。以荫为校书郎，研精苦学，秘阁书籍，披阅皆遍。历尚书郎、太常少卿，连典九江、缙云、庐陵三郡，坐累退居襄阳。集七卷，今存诗一卷。

汉宫词
（二首录一）

歌舞初承恩宠时，六宫学姜画蛾眉。
君王厌世姜头白，闻唱歌声却泪垂。

〔注〕〔厌世〕倦于世事，犹言死去也。厌，倦也。
〔释〕此题曰《汉宫》，实言唐事，与温庭筠《弹筝人》诗同。

折杨柳
（七首录一）

枝枝交影锁长门，嫩色曾沾雨露恩。
凤辇不来春欲尽，空留莺语到黄昏。

〔释〕此虽咏柳，实借柳以叹今昔盛衰也。

刘驾　驾字司南，江东人。登大中进士第，官国子博士，存诗一卷。

晓登迎春阁

未栉凭栏眺锦城，烟笼万井二江明。
香风满阁花满树，树树树梢啼晓莺。

〔**释**〕此诗写出城市晓景，如在目前，人但赏其能用叠字，未免皮相。

李郢　郢字楚望，长安人。大中十年第进士，官终侍御史。存诗一卷。

山行

小田微雨稻苗香，田畔清溪瀸瀸凉。
自忆东吴榜舟日，蓼花沟水半篙强。

南池

小男供饵妇搓丝，溢榼香醪倒接䍦。
日出两竿鱼正食，一家欢笑在南池。

〔注〕〔接䍦〕《晋书》："山简镇襄阳，童儿歌曰：'时时能骑马，倒着白接䍦。'" 按接䍦，白帽也。

〔释〕二诗皆即目所见，写来亲切有味。

曹邺　邺字业之，大中第进士。能文，有特操，咸通初为太常博士，议白敏中谥曰丑，议于瑓谥曰刺，其守正不阿如此。后以祠部郎中知洋州。晚唐以五言古诗鸣者，邺与刘驾、聂夷中、于濆、邵谒、苏拯数家，邺才颖较胜。

庭草

庭草根自浅，造化无遗功。
低回一寸心，不敢怨春风。

乐府体

莲子房房嫩，菖蒲叶叶齐。
共结池中根，不厌池中泥。

〔释〕此二诗皆有所指。读者不必强加附会，但从诗语得其大意，自可应用于各种具体之事。诗意主要在三四句上，前首"不敢怨"，后首"不厌"，即诗人命意所在。

怨 诗

（四首录一）

手推讴轧车，朝朝暮暮耕。
未曾分得谷，空得老农名。

〔释〕此为农民被剥削者写怨也。

筑 城

（三首）

郎有蘼芜心，姜有芙蓉质。
不辞嫁与郎，筑城无休日。

呜呜啄人鸦，轧轧上城车。
力尽土不尽，得归亦无家。

筑人非筑城，围秦岂围我。
不知城上土，化作宫中火。

〔注〕〔蘼芜〕《古今注》问答释义第八："将离别相赠以芍药，亦犹相招召赠之以文无。"按"文"，"蘼"之通字，"无"乃"芜"省。〔宫中火〕言咸阳三月火也。《史记·项羽本纪》："项羽引兵西屠咸阳，杀秦降王子婴，烧秦宫室，火三月不灭。"

〔释〕此伤劳役也。第三首三四句语尤激昂。盖秦筑长城，本以御外，而劳役伤民，致召刘项之起义，而咸阳一炬，根本倾覆。故曰"城上土""化作宫中火"。

田家效陶

黑黍春来酿酒饮，青禾刈了驱牛载。
大姑小叔常在眼，却笑长安在天外。

〔释〕此田家乐词也。结言不知富贵之乐也。长安乃求富贵之地，今却笑之，言下实轻视之也。

官仓鼠

官仓老鼠大如斗，见人开仓亦不走。
健儿无粮百姓饥，谁遣朝朝入君口。

〔释〕此刺贪也。鼠邪，贪官邪？二而一也。

出 关

山上黄犊走避人，山下女郎歌满野。
我独南征恨此身，更有无成出关者。

〔释〕此关，乃指函谷关，出入长安者必经由此关。诗言出关之人不及田野黄犊、女郎之自由也。

聂夷中　夷中字坦之，河东人。咸通十二年登第，官华阴尉。存诗一卷。

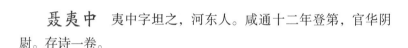

古别离

欲别牵郎衣，问郎游何处？
不恨归日迟，莫向临邛去。

〔注〕本篇一作孟郊作。〔临邛〕《汉书·司马相如传》言相如往依临邛令王吉，临邛富人卓王孙，以相如为令贵客，设宴请之。相如酒酣，令请鼓琴。卓王孙有女新寡，好音，夜奔相如。诗言"莫向临邛去"，恐郎如相如别有所恋也。

田 家
（二首录一）

父耕原上田，子劚山下荒。
六月禾未秀，官家已修仓。

〔释〕此诗刺剥削者不知人民劳苦，但知夺取人民辛勤之果实也。夷中又有五古《咏田家》一首曰："二月卖新丝，五月粜新谷。医得眼前疮，剜却心头肉。我愿君王心，化作光明烛。不照绮罗筵，只照逃亡屋。"尤为沉痛。《唐诗纪事》称："咸通十二年，高湜知举，牓内孤贫者夷中、公乘亿、许棠。夷中尤贫苦。"据此，知阶级不同者，其爱憎亦不同，夷中出身贫苦，故能为劳动阶级呼吁。其言皆劳动人民所欲言，与旁观同情者之言自然更为深刻。又按此题共二首，后首一作李绅，已录于前李绅诗中。

公子家

种花满西园，花发青楼道。
花下一禾生，去之为恶草。

〔释〕此讥富豪子弟之无知也。

乌夜啼

众鸟各归枝，乌乌尔不栖。
还应知妾恨，故向绿窗啼。

〔注〕〔乌夜啼〕《乐府诗集·清商曲》有《乌夜啼》曲引《唐书·乐志》："《乌夜啼》者，宋临川王义庆所作也。元嘉十七年，徙彭城王义康于豫章，义庆时为江州，至镇相见而哭。文帝闻而怪之，征还宅，大惧。伎妾夜闻乌夜啼声，扣斋阁云，明日应有赦。其年更为南兖州刺史，因此作歌。故其和云：'夜夜望郎来，笼窗窗不开。'今所传歌辞，似非义庆本旨。"

〔释〕乌乌何知，啼岂有意，此种无理牵涉，正以见其情之怨也。

长安道

此地无驻马，夜中犹走轮。
所以路傍草，少于衣上尘。

〔释〕此讽奔走名利者也。长安为求名利之地，人皆日夜奔走其中，以致路草亦为之践踏。衣尘多，亦以见奔走者之众。

武瓘 瓘，咸通中登第，唐末宰益阳。

感事

花开蝶满枝，花谢蝶还稀。
惟有旧巢燕，主人贫亦归。

〔释〕此讽趋附炎势之人而赞不忘故者也。

张乔　乔，池州人。有诗名于咸通中，与许棠、俞坦之、剧燕、任涛、吴宰、张蠙、周繇、郑谷、李栖远、温宪、李昌符，谓之十哲。按据《唐诗纪事》称十哲而有十二人，其中有诗传世者，亦止数人也。乔存诗二卷。

台城

宫殿余基长草花，景阳宫树噪村鸦。
云屯雉堞依然在，空绕渔樵四五家。

〔注〕〔景阳宫〕宫在台城内。按《南畿志》："景阳井在台城内。陈后主与张丽华、孔贵嫔投其中以避隋兵。旧传阑有石脉，以帛拭之作胭脂痕。一名辱井。"

〔释〕此兴亡之感也。语指南朝，意实在唐代。

河湟旧卒

少年随将讨河湟，头白时清返故乡。
十万汉军零落尽，独吹边曲向残阳。

〔注〕〔河湟〕《玉海》："长庆二年，刘元鼎使吐蕃，逾湟水至龙泉谷西三百里曰紫山，东距长安五千里，河源其间，故世谓西戎地曰河湟。"

按唐宣宗大中五年，张义潮略定瓜、伊、西、甘、肃、兰、鄯、河、岷、廓十州，遣使入献图籍，于是吐蕃所侵河湟之地尽复。

〔**释**〕此为老卒抒久戍之情也。

皮日休　日休字袭美，一字逸少，襄阳人。性傲诞，隐居鹿门，自号间气布衣，咸通八年登进士第。崔璞守苏，辟军事判官，入朝授太常博士。黄巢陷长安，署学士，使为谶文，疑其讥己，遂及祸。集二十八卷，今存十卷。

馆娃宫怀古

（五首录一）

半夜娃宫作战场，血腥犹杂宴时香。
西施不及烧残蜡，犹为君王泣数行。

〔注〕〔馆娃宫〕《吴郡志》："灵岩山在平江府城西，吴王别苑在焉，有馆娃宫。"

〔释〕首二句太直率，三四句设想轻灵，吴亡后，西施有随范蠡之说也。

晚秋吟

东皋烟雨归耕日，免去玄冠手刈禾。
火满酒垆诗在口，今人无计奈侬何。

陆龟蒙　龟蒙字鲁望，苏州人，举进士不第，辟苏、湖二郡从事，退隐松江甫里，多所论撰，自号天随子，以高士召，不赴。李蔚、卢携素重之，及当国，召拜拾遗，诏方下卒。集二十卷，今存。

筑城词

（二首）

城上一培土，手中千万杵。
筑城畏不坚，坚城在何处？

莫叹将军逼，将军要却敌。
城高功亦高，尔命何劳惜。

〔释〕前首言筑城不如修德也，后首更明讥筑城只为将军立功，何惜民命，语不嫌直，情最真也。

雁

南北路何长，中间万弋张。
不知烟雾里，几只到衡阳。

〔释〕此非咏雁，借雁言世乱多危机也。

月成弦

孤光照还没，转益伤离别。
姜若是嫦娥，长圆不教缺。

孤烛怨

前回边使至，闻道交河战。
坐想鼓鼙声，寸心攒百箭。

〔注〕以上二首录自《乐府杂咏六首》。

自遣诗

（三十首录五）

花濑蒙蒙紫气昏，水边山曲更深村。
终须拣得幽栖处，老桧成双便作门。

〔注〕〔花濑〕陆氏自注："紫花濑在顾渚步。"

本来云外寄闲身，遂与溪云作主人。
一夜逆风愁四散，晓来零落傍衣巾。

南岸春田手自农，往来横截半江风。

有时不耐轻桡兴，暂欲蓬山访洛公。

〔注〕〔洛公〕见陶宏景《真诰》，盖道家者流也。

无多药圃近南荣，合有新苗次第生。
稚子不知名品上，恐随春草斗输赢。

〔注〕〔南荣〕荣，屋翼也。〔斗输赢〕古儿童斗草戏也。

一派溪随箬下流，春来无处不汀洲。
漪澜未碧蒲犹短，不见鸳鸯正自由。

〔注〕〔箬下〕一作"若下"，按"若下"酒名，见邹阳《酒赋》；又
《吴地记》曰："若下出美酒。"箬，竹皮也。作"箸"似非。
〔释〕《自遣诗》颇得隐居恬适之趣，当是退隐松江时所作者。

北　渡

江客柴门枕浪花，鸣机寒橹任呕哑。
轻舟过去真堪画，惊起鸬鹚一阵斜。

夜泊咏栖鸿

可怜霜月暂相依，莫向衡阳趁队飞。
同是江南寒夜客，羽毛单薄稻粱微。

溪思雨中

雨映前山万绚丝，橹声冲破似鸣机。
无端织得愁成段，堪作骚人酒病衣。

冬柳

柳汀斜对野人窗，零落衰条傍晓江。
正是霜风飘断处，寒鸥惊起一双双。

岛树

波涛漱苦盘根浅，风雨飘多着叶迟。
迥出孤烟残照里，鹭鸶相对立高枝。

晚渡

一波飞雨半波晴，渔曲飘秋野调清。
各样莲船逗村去，笠檐蓑袂有余声。

〔注〕〔逗〕《集韵》："曲行也。"
〔释〕上录各首，皆乡村所见所闻之小小景物，诗人一时兴会所至，便写以韵语，今日诵之，光景犹新。

泰伯庙

故国城荒德未荒，年年椒奠湿中堂。
迩来父子争天下，不信人间有让王。

〔注〕〔泰伯〕《史记·周本纪》："古公有长子曰泰伯，次曰虞仲。太
姜生少子季历，季历生昌，有圣瑞。古公曰：'我世当有兴者，其在昌乎！'
长子泰伯、虞仲，知古公欲立季历以传昌，乃二人亡如荆蛮，文身断发以
让季历。"

〔释〕"德未荒"者，吴人年年祭奠泰伯也。"父子争天下"一语，道
破封建宫廷丑恶之事。

白莲

素蘤多蒙别艳欺，此花真合在瑶池。
还应有恨无人见，月晓风清欲堕时。

〔注〕〔蘤〕《唐韵》韦委切，音芛。《玉篇》："花荣也。"
〔释〕此亦借白莲咏怀也。结句得白莲之神韵，故古今传诵以为佳句。

馆娃宫怀古
（五首录二）

几多云榭倚青冥，越焰烧来一片平。
此地最应沾恨血，至今春草不匀生。

江色分明练绕台，战帆遥隔绮疏开。
波神自厌荒淫主，勾践楼船稳贴来。

钓侣
（二首录一）

雨后沙虚古岸崩，鱼梁移入乱云层。
归时月堕汀洲暗，认得妻儿结网灯。

虎丘寺西小溪闲泛
（三首录一）

荒柳卧波浑似困，宿云遮坞未全痴。
云情柳意萧萧会，若问诸余总不知。

〔注〕〔虎丘〕《越绝书》："阖闾冢在阊门外，名虎丘，筑之日而白虎踞上，故号虎丘。"

〔释〕《泰伯庙》以下皆和皮日休者，陆作较佳，故录陆作。"云情"句颇有远致，诗人盖谓世事不堪问，托言"不知"惟"云情柳意"差堪领会耳。柳意似困，云情未痴，即诗人所领会者，亦诗人之自道也。

司空图 图字表圣，河中虞乡人。咸通末擢进士第，由宣歙幕历礼部郎中。僖宗行在用为知制诰、中书舍人。归隐中条山王官谷。龙纪、乾宁间，征拜旧官，及以户、兵二部侍郎召，皆不起。迁洛后，被诏入朝，以野耄丐归。朱全忠受禅，召为礼部尚书，不食卒。图少有俊才，晚年避世栖遁，自号知非子、耐辱居士。有先世别墅，泉石林亭，颇惬幽趣，日与名僧高士游咏其中。有《一鸣集》三十卷，今存诗文集共十五卷。

杂 题

孤枕闻莺起，幽怀独悄然。
地融春力润，花泛晓光鲜。

〔释〕三四句体会静细，非有高度技巧亦不能表达。

河上
（二首）

惨惨日将暮，驱羸独到庄。
沙痕傍墟落，风色入牛羊。

新霁田园处，夕阳禾黍明。
沙村平见水，深巷有鸥声。

〔释〕此二诗写村景亦佳，总由诗人心情恬适所致。

退居漫题
（七首录二）

花缺伤难缀，莺喧奈细听。
惜春春已晚，珍重草青青。

燕语曾来客，花催欲别人。
莫愁春又过，看着又新春。

〔释〕此二诗贵无衰飒气，两结句皆有新意。

独望

绿树连村暗，黄花出陌稀。
远陂春草绿，犹有水禽飞。

〔释〕二十字构成一幅田园佳景，苏轼极赏此诗。

即 事

（九首录一）

宿雨川原霁，凭高景物新。
陂痕侵牧马，云影带耕人。

〔释〕确是新霁景象。

涔 阳 渡

楚田人立带残晖，驿迥村幽客路微。
两岸芦花正萧飒，渚烟深处白牛归。

虞 乡 北 原

泽北村贫烟火狞，稚田冬旱倩牛耕。
老人惆怅逢人诉，开尽黄花麦未金。

〔注〕〔虞乡〕唐县，在河东道河中府。

〔释〕此二诗皆写田家，《虞乡北原》诗用"狞"字甚险，此字训恶，
"烟火"恶，亦不可解。

河湟有感

一自萧关起战尘，河湟隔断异乡春。
汉儿尽作胡儿语，却向城头骂汉人。

〔注〕〔萧关〕《唐书·地理志》："大中五年以萧关置武州。"又《括地志》："陇山关在原州，即古萧关。"

〔释〕三四言河湟地沦陷之久也。此或是张义潮未复河湟前作。

力疾山下吴村看杏花
（十九首录一）

浮世荣枯总不知，且忧花阵被风欺。
侬家自有麒麟阁，第一功名只赏诗。

〔注〕〔麒麟阁〕汉武帝图尽功臣十一人于麒麟阁，见《汉书·苏武传》。

林宽　宽，侯官人，存诗一卷。

终南山

标奇耸峻壮长安，影入千门万户寒。
徒自倚天生气色，尘中谁为举头看。

〔释〕此讽长安奔竞之徒也。

闻雁

接影横空背雪飞，声声寒出玉关迟。
上阳宫里三千梦，月冷风清闻过时。

〔释〕此亦宫怨诗也。"月冷风清"，承宠者不得知。

来鹄　鹄，豫章人，咸通中举进士不第，存诗一卷。

蚕妇

晓夕采桑多苦辛，好花时节不闲身。
若教解爱繁华事，冻杀黄金屋里人。

云

千形万象竟还空，映水藏山片复重。
无限旱苗枯欲尽，悠悠闲处作奇峰。

〔释〕此借云以讽不恤民劳者之词。

鹭鸶

袅丝翘足傍澄澜，消尽年光伫思间。
若使见鱼无羡意，向人姿态更应闲。

〔释〕此借鹭鸶讽自命清高而未忘利禄之辈。刘勰所讥"志深轩冕，
而泛咏皋壤。心缠几务，而虚述人外"，即此辈矣。

梅花

枝枝倚槛照池冰，粉薄香残恨不胜。
占得早芳何所利，与他霜雪助威棱。

〔释〕此亦讽诗也，但未免唐突梅花矣。

李山甫　山甫，咸通中累举不第，依魏博幕府为从事。尝逮事乐彦祯、罗弘信父子。文笔雄健，名著一方。存诗一卷。

柳
（十首录一）

弱带低垂可自由，傍他门户倚他楼。
金风不解相抬举，露压烟欺直到秋。

〔**释**〕此士不遇赋也。

赠宿将

校猎燕山经几春，雕弓白羽不离身。
年来马上浑无力，望见飞鸿指似人。

〔**释**〕此美人迟暮之感也。

李咸用 咸用工诗不第，尝应辟为推官。有《披沙集》六卷，今编三卷。

自君之出矣

自君之出矣，鸾镜空尘生。
思君如明月，明月逐君行。

方干 干字雄飞，新定人。徐凝一见器之，授以诗律。始举进士，谒钱塘太守姚合。合视其貌陋，甚卑之，坐定览卷，乃骇目变容，馆之数日，登山临水，无不与焉。咸通中，一举不得志，遂遁会稽，渔于鉴湖。太守王龟以其亢直，宜在谏署，欲荐之，不果。自咸通得名迄文德，江之南无有及者。殁后十余年，宰臣张文蔚奏名儒不第者五人，请赐一官，以慰其魂，干其一也。后进私谥曰玄英先生。门人杨弇与释子居远收得诗三百七十余篇。集十卷，今存八卷。

君不来

远路东西欲问谁，寒来无处寄寒衣。
去时初种庭前树，树已胜巢人未归。

将归湖上留别陈宰

归去春山逗晚晴，萦回树石罅中行。
明时不是无知己，自忆湖边钓与耕。

〔**释**〕方干是实行其志，归隐会稽，渔钓鉴湖者，故知此诗非姑为此言，以示高洁也。

题宝林寺禅者壁

邃岩乔木夏藏寒，床下云溪枕上看。
台殿渐多山更重，却令飞去即应难。

〔注〕〔宝林寺〕《西溪丛话》："能大师传法衣处在曹溪宝林寺。宝林后枕双峰。"按方干题下自注："山名飞来峰。"

题君山

曾于方外见麻姑，闻说君山自古无。
元是昆仑山顶石，海风吹落洞庭湖。

〔注〕〔君山〕《水经注》："洞庭湖中有君山、编山。君山有石穴，潜通吴之包山。郭景纯所谓巴陵地道者也。是山湘君之游处，故曰君山矣。"

〔释〕此二诗写山均设奇想。惟其如此，所以不及初、盛唐，不及王、孟、李、杜。盖诸公皆兴发情至，与山水景物融会而出，晚唐诗人则不免用思虑经营，有时似精工胜于初、盛唐，而不及初、盛唐亦正在此。

罗邺　邺，余杭人，累举进士不第。光化中，以韦庄奏，追赐进士及第，赠官补阙。有诗一卷。

雁

（二首）

暮天新雁起汀洲，红蓼花开水国愁。
想得故园今夜月，几人相忆在江楼。

早背胡霜过戍楼，又随寒日下汀洲。
江南江北多离别，忍报年年两地愁。

〔释〕前首不言己思乡，却写人思己，与《陟岵》诗不写己思父母、兄弟而思父母、兄弟念己，同一机杼。

河湟

河湟何计绝烽烟，免使征人更戍边。
尽放农桑无一事，遣教知有太平年。

〔释〕此叹征戍之苦也。

望仙台

千金垒土望三山，云鹤无踪羽卫还。

若说神仙求便得，茂陵何事在人间。

〔**释**〕此讽求仙也。唐自宪宗李纯、穆宗李恒、武宗李炎、宣宗李忱皆服金石之药，或亲受法箓，求长生不死之道，故诗人多以秦皇、汉武事讽之。

汴河

炀帝开河鬼亦悲，生民不独力空疲。

至今呜咽东流水，似向清平怨昔时。

温泉

一条春水漱莓苔，几绕玄宗浴殿回。

此水贵妃曾照影，不堪流入旧宫来。

秋怨

梦断南窗啼晓乌，新霜昨夜下庭梧。

不知帘外如珪月，还照边城到晓无。

江帆

别离不独恨蹄轮，渡口风帆发更频。
何处青楼方凭槛，半江斜日认归人。

赏春

芳草和烟暖更青，闲门要路一时生。
年年点检人间事，唯有春风不世情。

水帘

万点飞泉下白云，似帘悬处望疑真。
若将此水为霖雨，更胜长垂隔路尘。

〔释〕此与来鹄咏云同意。此类诗意非不佳，但以议论出之，感人之力便较唱叹出之者逊一筹。

罗 隐 隐字昭谏，余杭人。本名横，十上不中第，遂更名，从事湖南、淮、润，无所合，归投钱镠，累官钱塘令、镇海军掌书记、节度判官、盐铁运副使、著作佐郎，奏授司勋郎。朱全忠以谏议大夫召，不行。魏博罗绍威推为叔父，表荐给事中，年七十七卒。罗少聪敏，既不得志，其诗以讽刺为主，有《歌诗集》十四卷、《甲乙集》三卷、外集一卷，今存诗十一卷。

雪

尽道丰年瑞，丰年事若何？
长安有贫者，为瑞不宜多。

〔释〕此仁者别有用心，与寻常但描写雪色、寒气者不同。

严 陵 滩

中都九鼎动英髦，渔钓牛蓑且遁逃。
世祖升遐夫子死，原陵不及钓台高。

〔注〕〔升遐〕帝王死称为升遐。〔原陵〕光武帝陵名。
〔释〕诗以帝王陵不及隐士钓台高，见权势不足重之意。

铜雀台
（二首录一）

台上年年掩翠蛾，台前高树夹漳河。
英雄亦到分香处，能共常人较几多。

〔**注**〕〔铜雀台〕《魏志》："建安十五年冬，太祖乃于邺作铜爵台。"《邺都故事》："魏武帝遗命诸子曰：'吾死之后，葬于邺之西冈上，与西门豹祠相近，无藏金玉珠宝，余香可分诸夫人，不命祭。吾妾与伎人皆著铜雀台，台上施六尺床，下穗帐，朝晡上酒脯粻糒之属，每月朝十五，辄向帐前作伎。汝等时登台望吾西陵墓田。'"

〔**释**〕魏武遗令，颇缠绵死后之情，罗隐殆讥其非英雄气概，故有三四句。

金钱花

占得佳名绕树芳，依依相伴向秋光。
若教此物堪收贮，应被豪门尽劚将。

〔**释**〕此讥豪门贪黩也。

炀帝陵

入郭登桥出郭船，红楼日日柳年年。
君王忍把平陈业，只博雷塘数亩田。

〔注〕〔雷塘〕《唐书·地理志》："扬州广陵郡县江都东有雷塘。"按炀帝在江都，被宇文化及所害，葬吴公台下，及唐平江南后，改葬雷塘。

淮上军葬

一阵孤军不复回，更无分别只荒堆。
莫言赋分须如此，曾作文皇赤子来。

〔释〕文皇之赤子，遂令如此牺牲，穷兵者可不戒哉！

蜂

不论平地与山尖，无限风光尽被占。
采得百花成蜜后，为谁辛苦为谁甜。

〔释〕诗意似有所悟，实乃叹世人之劳心于利禄者。

高蟾　蟾，河朔人，乾符三年登进士第，乾宁间为御史中丞。存诗一卷。

渔家

野水千年在，闲花一夕空。
近来浮世狭，何似钓船中！

〔释〕三四奇语，亦愤语也。

即事

三年离水石，一旦隐樵渔。
为问青云上，何人识卷舒？

〔释〕"卷舒"犹言出处也。

宋汴道中

平野有千里，居人无一家。
甲兵年正少，日久戍天涯。

长安旅怀

马嘶九陌年年苦，人语千门日日新。
唯有终南寂无事，寒光不入帝乡尘。

〔**释**〕此以一"寂"字与"马嘶""人语"作对照，亦讽奔竞者之词也。

唐彦谦 彦谦字茂业，并州人。咸通时举进士，十余年不第。乾符末，携家避地汉南。中和中，王重荣镇河中，辟为从事，光启末，贬汉中掾曹。杨守亮镇兴元，署为判官，累官至副使，阆、壁、绛三州刺史。彦谦博学多艺，文词壮丽，至于书画音乐，无不出于辈流，号鹿门先生。集三卷，今存二卷。

渔

相聚即为邻，烟火自成簇。
约伴过前溪，撑破虆芜绿。

〔释〕虆芜绿当是形容水色之词。

春风
（四首）

春风吹愁端，散漫不可收。
不如古溪水，只望乡江流。

新花红烁烁，旧花满山白。
昔日金张门，狼藉余废宅！

〔注〕〔金张〕《汉书·盖宽饶传》："宽饶上无许、史之属，下无金、张之托。"注："许伯，宣帝皇后父；史高，宣帝外家也。金，金日磾也。张，张安世也。许氏、史氏有外属之恩，金氏、张氏自托在于近狎也。"

回头语春风，莫向新花丛。
我见朱颜人，多金亦成翁！

多金不足恃，丹砂亦何益！
更种明年花，春风自相识。

〔释〕此四诗以讽当时权贵也。唐末朝政混浊，权豪贵要起伏无常，所谓"新花""旧花"，即此辈也。诗以前二句衬托出下二句，有古诗遗意。

克复后登安国寺阁

千门万户鞠蒿藜，断炽遗垣一望迷。
惆怅建章鸳瓦尽，夜来空见玉绳低。

〔注〕〔鞠〕穷也，尽也。〔建章〕《汉书·郊祀志》："武帝起建章宫，千门万户，周三十里。"〔玉绳〕《春秋元命苞》："玉衡北两星为玉绳。"谢脁诗："玉绳低建章。"

〔释〕唐都长安，自安禄山乱后，屡次沦陷。僖宗李俨广明元年，黄巢入长安，中和元年，再陷长安，三年，李克用收复，光启元年，田令孜逼帝出奔凤翔，文德元年始还长安。昭宗李杰乾符三年，李茂贞引兵犯阙，昭宗奔华州，天复元年，中尉韩全诲劫昭宗如凤翔，三年，李茂贞杀全诲，帝还长安。至昭宣帝李祝天祐元年，朱全忠弑帝篡位而告终，其间宫阙被毁之惨可知。此诗所称克复，当指中和间克用收复长安言。

周朴　朴字太朴，吴兴人。避地福州，寄食乌石山寺，黄巢入闽，欲降之，不从遂见害。诗存一卷。

塞 上 曲

一阵风来一阵沙，有人行处没人家。
黄河九曲冰先合，紫塞三春不见花。

〔注〕〔紫塞〕《古今注》："秦筑长城土色紫，汉塞亦然。一云雁门草皆色紫，故名紫塞。"

郑谷 谷字守愚，袁州人。光启三年擢第，官右拾遗，历都官郎中。幼时即能诗，名盛唐末。有《云台编》三卷、《宜阳集》三卷、外集三卷，今存四卷。

感 兴

禾黍不艳阳，竞栽桃李春。
翻令力耕者，半作卖花人。

〔释〕此讥逐末忘本也，亦可作用人但取浮华观。

采 桑

晓陌携笼去，桑林路隔淮。
何如斗百草，赌取凤皇钗。

〔释〕此亦《感兴》诗意。凤皇钗非寻常儿童可赌取者，故知意别有在。

雪中偶题

乱飘僧舍茶烟湿，密洒歌楼酒力微。

江上晚来堪画处，渔人披得一蓑归。

〔释〕首二句虽亦写雪，但为三四句作陪耳。

十月菊

节去蜂愁蝶不知，晓庭还绕折残枝。
自缘今日人心别，未必秋香一夜衰。

〔释〕此似讥世态炎凉也。"富贵他人合，贫贱亲戚离"，非人心别而何？

莲叶

移舟水溅差差绿，倚槛风摇柄柄香。
多谢浣纱人不折，雨中留得盖鸳鸯。

鹭鸶

闲立春塘烟澹澹，静眠寒苇雨飕飕。
渔翁归后汀沙晚，飞下滩头更自由。

疏籬對菊圖
西風吹袂櫊徘
徊短短秋籬霜
草衰衰一笑陶
潛折腰羅羅菊
花猶似舊時
開

金明
楊柳
郭垔
黄濤

淮上渔者

白头波上白头翁，家逐船移浦浦风。
一尺鲈鱼新钓得，儿孙吹火荻花中。

初还京师寓止府署偶题屋壁

秋光不见旧亭台，四顾荒凉瓦砾堆。
火力不能销地力，乱前黄菊眼前开。

〔释〕三四句于凋残中见生意，无此二句则但伤乱语耳。

淮上与友人别

扬子江头杨柳春，杨花愁杀渡江人。
数声风笛离亭晚，君向潇湘我向秦。

〔释〕明胡元瑞称此诗有一唱三叹之致，许学夷不以为然，谓"'渭城朝雨'自是口语，而千载如新"，并谓此诗"气韵衰飒"。按气韵衰飒，乃唐末诗人所同有之病，盖唐末国势衰微，乱祸频繁，反映入诗，自然衰飒也。

读前集

殷璠裁鉴英灵集，颇觉同才得旨深。

何事后来高仲武，品题间气未公心。

〔注〕殷璠选盛唐二十四人，诗二百三十四首为三卷，名曰《河岳英灵集》。高仲武选中唐二十六人，五言一百四十首，七言附之为二卷，名曰《中兴间气集》。

〔释〕《唐诗纪事》："谷不喜高仲武《间气集》，而喜殷璠《河岳英灵集》，尝有诗云云。"即此诗也。题曰《读前集》者，前人诗集也。唐选唐诗，各有所见，《唐音癸签》论之甚详。

偶书

承时偷喜负明神，务实那能庇此身。

不会苍苍主何事，忍饥多是力耕人。

〔释〕"承时"者与"务实"者不相同，首二句已明言之，第三句故作疑问语，使结句之意更有力。

崔涂　涂字礼山，江南人。光启四年登进士第，诗一卷。

感花

绣轭香鞯夜不归，少年争惜最红枝。
东风一阵黄昏雨，又到繁华梦觉时。

〔释〕三四句讽意宛然，黄昏雨后梦觉之人亦不易得。

韩偓 偓字致尧，京兆万年人。龙纪元年擢进士第，佐河中幕府，召拜左拾遗，累迁谏议大夫，历翰林学士、中书舍人、兵部侍郎，以不附朱全忠，贬濮州司马，再贬荣懿尉，徙邓州司马。天祐二年复原官，偓不赴召，南依王审知而卒。有《翰林院集》一卷、《香奁集》三卷，今存，合编诗四卷。

醉着

万里清江万里天，一村桑柘一村烟。
渔翁醉着无人唤，过午醒来雪满船。

自沙县抵龙溪县，值泉州军过后，村落皆空，因有一绝

水自潺湲日自斜，尽无鸡犬有鸣鸦。
千村万落如寒食，不见人烟空见花。

〔**注**〕〔沙县〕唐江南道汀州，今福建沙县。〔龙溪〕唐江南道漳州，今福建龙溪县。〔泉州〕唐江南道领县四，闽王氏置五县。泉州军事未详，待考。

〔**释**〕此偓南依王审知于闽时所作，二十八字中一片乱后荒芜景象。如寒食者，无有举火之人家也。

观斗鸡

何曾解报稻粱恩，金距花冠气遏云。
白日枭鸣无意问，唯将芥羽害同群。

〔注〕〔金距〕《左传》："季郈之鸡斗，季氏介其羽，郈氏为之金距。"注："捣介子而播其羽也。""芥""介"同。

〔释〕此讥同类相残也。

已凉

碧阑干外绣帘垂，猩血屏风画折枝。
八尺龙须方锦褥，已凉天气未寒时。

新上头

学梳松鬓试新裙，消息佳期在此春。
为爱好多心转惑，遍将宜称问傍人。

〔释〕《已凉》一首如工笔仕女图，古今传诵以此。《新上头》一首写女子爱好心情亦极工细，偓以香奁诗得名一时，《唐诗纪事》以为五代间和凝嫁名，葛立方《韵语阳秋》据《香奁集》中《无题》诗序证为偓作，许学夷《诗源辩体》又举出吴融集有和偓《无题》三首，与《香奁集》中《无题》诗同韵，断定香奁非和嫁名。考晚唐诗有两种，一沿白居易新体乐府道路，诗中多寓讽刺，流为宋代以议论为诗。一效温、李绮丽之体而有香奁一类之作，流为五代之闺情词。盖风气推移有如此者，不足怪也。

吴融 融字子华，越州山阴人。龙纪初及进士第。韦昭度讨蜀，表掌书记，累迁侍御史。去官依荆南成汭，久之，召为左补阙，拜中书舍人。昭宗反正，造次草诏，无不称旨，进户部侍郎。凤翔劫迁，融不克从，去客阌乡，俄召还翰林，迁承旨卒。有《唐英集》三卷，今编存四卷。

华清宫
（二首录一）

四郊飞雪暗云端，惟此宫中落旋干。
绿树碧檐相掩映，无人知道外边寒。

杨花

不斗秾华不占红，自飞晴野雪蒙蒙。
百花长恨风吹落，唯有杨花独爱风。

〔释〕此诗似嘲似赞，当有所指。

秋色

染不成乾画未销，霏霏拂拂又迢迢。
曾从建业城边路，蔓草寒烟锁六朝。

〔注〕〔建业城〕《吴志·孙权传》："十六年徙治秣陵，明年城石头，
改秣陵为建业。"

〔释〕结句七字抵多少咏六朝遗迹诗。

卢汝弼　汝弼登进士第，以祠部员外郎知制诰，从昭宗迁洛，后依李克用。克用表为节度副使。诗存八首。

和李秀才边庭四时怨
（四首）

春风昨夜到榆关，故国烟花想已残。
少妇不知归不得，朝朝应上望夫山。

〔注〕〔榆关〕《唐书·地理志》："胜州榆林县东有榆林关，贞观十三年置。"按胜州唐关内道有榆林县。〔望夫山〕《方舆胜览》："望夫山在当涂县，正对和州郡楼。昔人往楚，累岁不还，其妻登此山，化为石。"

卢龙塞外草初肥，雁乳平芜晓不飞。
乡国近来音信断，至今犹自着寒衣。

〔注〕〔卢龙塞〕唐河北道北平郡有卢龙县，卢龙塞在县城北西二百里。

八月霜飞柳半黄，蓬根吹断雁南翔。
陇头流水关山月，泣上龙堆望故乡。

〔注〕〔龙堆〕《汉书·匈奴传》："岂为康居、乌孙能逾白龙堆而寇西边哉，乃以制匈奴也。"孟康注曰："龙堆形如土龙身，无头有尾，高大者

二三丈，埤者丈余，皆东北向相似也，在西域中。"

朔风吹雪透刀瘢，饮马长城窟更寒。

半夜火来知有敌，一时齐保贺兰山。

〔注〕〔饮马长城窟〕《乐府诗集·瑟调曲》有《饮马长城窟行》，注曰："一曰《饮马行》，长城秦所筑以备胡者，其下有泉窟，可以饮马。"〔火来〕举烽火也。〔贺兰山〕《北边备对》："贺兰山在灵州保靖县，山有林，木青白，望如驳马。北人呼驳马为贺兰。"

〔释〕四诗写边塞戍卒之苦，极苍凉之致。

王驾　驾字大用，河中人。大顺元年登进士第，仕至礼部员外郎，自号守素先生。集六卷，今存诗六首。

古　意

夫戍萧关妾在吴，西风吹妾妾忧夫。
一行书信千行泪，寒到君边衣到无。

〔注〕此诗一作驾妻陈玉兰作，《全唐诗》列入王驾诗中。

社　日

鹅湖山下稻粱肥，豚栅鸡埘半掩扉。
桑柘影斜春社散，家家扶得醉人归。

〔注〕〔鹅湖〕在江西铅山县。〔埘〕音时，凿垣为鸡作栖曰埘。《诗·王风》："君子于役，鸡栖于埘。"
〔释〕此诗一作张演作，《全唐诗》入之王驾诗中。

王涣 涣字群吉，大顺二年登第，官考功员外郎。今存诗十四首。

惆 怅 诗
（十二首录一）

梦里分明入汉宫，觉来灯背锦屏空。
紫台月落关山晓，肠断君王信画工。

〔**注**〕〔紫台〕江淹《恨赋》："若夫明妃去时，仰天太息，紫台稍远，关山无极。"注："紫台，犹紫宫也。"

〔**释**〕此题唐人作者甚多，白居易两首外，王涣此首又别出一奇。

钱珝　珝字端文，吏部尚书徽之子，善文辞。宰相王溥荐知制诰，进中书舍人。溥得罪，珝贬抚州司马。

江行无题

（百首录十二）

霁云疏有叶，雨浪细无花。
稳放扁舟去，江天自有涯。

翳日多乔木，维舟取束薪。
静听江叟语，尽是厌兵人。

山雨夜来涨，喜鱼跳满江。
岸沙平欲尽，垂蓼入船窗。

月下江流静，村荒人语稀。
鸳鸯虽有伴，仍共影双飞。

岸草连荒色，村声乐稔年。
晚晴贪获稻，闲却采菱船。

映竹疑村好，穿芦觉渚幽。
渐安无旷土，姜芋当农收。

见底高秋水，开怀万里天。
旅吟还有伴，沙柳数枝蝉。

兵火有余烬，江村才数家。
无人争晓渡，残月下寒沙。

岸绿野烟远，江红斜照微。
撑开小渔艇，应到月明归。

咫尺愁风雨，匡庐不可登。
只疑云雾窟，犹有六朝僧。

细竹渔家路，晴阳看结罾。
喜来邀客至，分与折腰菱。

万木已清霜，江边村事忙。
故溪黄稻熟，一夜梦中香。

〔释〕此题共百首，皆咏谪抚州时途中见闻，诗人对乡村景物兴会甚佳，故入咏者多，今兹所录亦以此类诗为主。

杜荀鹤　荀鹤字彦之，池州人。有诗名，自号九华山人。大顺二年，第一人擢第，复还旧山。宣州田頵遣至汴通好，朱全忠厚遇之，表授翰林学士，主客员外郎，知制诰，恃势侮易缙绅。众怒，欲杀之而未及，天祐初卒。自序其文为《唐风集》十卷，今编诗三卷。

春闺怨

朝喜花艳春，暮悲花委尘。
不悲花落早，悲妾似花身。

钓叟

茅屋深湾里，钓船横竹门。
经营衣食外，犹得弄儿孙。

再经胡城县

去岁曾经此县城，县民无口不冤声。
今来县宰加朱绂，便是生灵血染成。

〔注〕〔朱绂〕绂，绶也。绶，所系印者。绂以色别官之尊卑。

〔释〕三四句所以斥责之意严矣，非止于讽刺也。如此县官，实乃民贼。盖唐末兵祸频繁，因而剥削加剧，县令乃直接人民之官，剥削人民即由其经手，剥削愈甚，则愈得上级之欢心，于是有朱绂之赐。荀鹤另有《乱后逢村叟》七律一首，反映更为具体，其诗曰："乱后衰翁居破村，村中何事不伤魂。因供寨木无桑柘，为点乡兵绝子孙。还似平宁征赋税，未尝州县略安存。至今鸡犬皆星散，日落前山独倚门。"如此诗篇，剥削者见之，安得不欲杀之耶！

蚕 妇

粉色全无饥色加，岂知人世有荣华。
年年道我蚕辛苦，底事浑身着苎麻。

〔释〕荀鹤又有《山中寡妇》诗曰："夫因兵死守蓬茅，麻苎衣衫鬓发焦。桑柘废来犹纳税，田园荒后尚征苗。时挑野菜和根煮，旋斫生柴带叶烧。任是深山最深处，也应无计避征徭。"皆代乡村妇女呼吁之作也。

田 翁

白发星星筋力衰，种田犹自伴孙儿。
官苗若不平平纳，任是丰年也受饥。

伤硖石县病叟

无子无孙一病翁，将何筋力事耕农。
官家不管蓬蒿地，须勒王租出此中。

〔**释**〕两诗所反映者，皆被惨重剥削者之无告苦情也。

韦庄　庄字端己，杜陵人，见素之后。疏旷不拘小节，乾宁元年第进士，授校书郎，转补阙。李询为两川宣谕和协使，辟为判官，以中原多故，潜依王建。建辟为掌书记，寻召为起居舍人，建表留之，后相建为平章事。集二十卷，今存诗五卷，补遗一卷。

古离别

晴烟漠漠柳毵毵，不那离情酒半酣。
更把玉鞭云外指，断肠春色在江南。

〔注〕〔不那〕不奈何也。

金陵图

谁谓伤心画不成，画人心逐世人情。
君看六幅南朝事，老木寒云满故城。

台城

江雨霏霏江草齐，六朝如梦鸟空啼。

无情最是台城柳，依旧烟笼十里堤。

〔**释**〕"六朝如梦"，一切皆空也。"依旧"之物，惟柳而已，故曰"无情"。然则有情者不免感慨可知矣。此种写法，王士祯所谓"神韵"也。

稻田

绿波春浪满前陂，极目连云䅣稏肥。
更被鹭鸶千点雪，破烟来入画屏飞。

悯耕者

何代何王不战争，尽从离乱见清平。
如今暴骨多于土，犹点乡兵作戍兵。

虎迹

白额频频夜到门，水边踪迹渐成群。
我今避世栖岩穴，岩穴如何又见君。

张蠙　蠙字象文，清河人。初与许棠、张乔齐名，登乾宁二年进士第，为校书郎、栎阳尉、犀浦令，入蜀，拜膳部员外，终金堂令，有诗一卷。

古战场

荒骨潜销垒已平，汉家曾说此交兵。
如何万古冤魂在，风雨时闻有战声。

吊万人冢

兵罢淮边客路通，乱鸦来去噪寒空。
可怜白骨攒孤冢，尽为将军觅战功。

崔道融　道融，荆州人。以征辟为永嘉令，累官右补阙，避地入闽。有《申唐诗》三卷、《东浮集》九卷，今存诗一卷。

田上

雨足高田白，披蓑半夜耕。
人牛力具尽，东方殊未明。

月夕

月上随人意，人闲月更清。
朱楼高百尺，不见到天明。

〔**释**〕三四句讽意甚明，楼纵高而人不闲，不知辜负若干风月。

牧竖

牧竖持蓑笠，逢人气傲然。
卧牛吹短笛，耕却傍溪田。

拟乐府子夜四时歌

（四首录一）

银缸照残梦，零泪沾粉臆。
洞房犹自寒，何况关山北。

溪上遇雨

（二首）

回塘雨脚如缲丝，野禽不起沉鱼飞。
耕蓑钓笠未暇取，秋田有望从淋漓。

坐看黑云衔猛雨，喷洒前山此独晴。
忽惊云雨在头上，却是山前晚照明。

〔释〕二诗深得夏雨之趣。

读杜紫微集

紫微才调复知兵，长觉风雷笔下生。
还有枉抛心力处，多于五柳赋闲情。

〔注〕〔紫微〕指杜牧也。《唐百官志》："开元元年改中书省为紫微省。"杜曾官中书舍人，故称紫微。〔五柳赋闲情〕陶潜有《闲情赋》。昭

明太子以为"白璧微瑕"。

〔释〕杜牧为人倜傥,好言兵,所著有《战论》《守论》,故有"风雷笔下生"之句。牧又不拘细节,诗有咏冶游之作,故曰"多于五柳赋闲情"。

徐夤 夤字昭梦,莆田人。登乾宁进士第,授秘书省正字。依王审知,礼待简略,遂拂衣去,归隐延寿溪。著有《探龙》《钓矶》二集,今存诗四卷。

偶 题
(二首录一)

买骨须求骐骥骨,爱毛宜采凤凰毛。
驽骀燕雀堪何用,仍向人前价例高。

〔释〕此屈子《九章·涉江》"鸾鸟凤皇日以远兮,燕雀乌鹊巢堂坛兮"之叹也。

曹松 松字梦征，舒州人。学贾岛为诗，久困名场，至天复初，杜德祥主文，放松及王希利、刘象、柯崇、郑希颜等及第，年皆七十余，时号"五老榜"。授秘书省正字。集三卷，今存二卷。

己亥岁
（二首录一）

泽国江山入战图，生民何计乐樵渔。
凭君莫话封侯事，一将功成万骨枯。

〔释〕题著《己亥岁》，题下注："僖宗广明元年。"按己亥为广明前一年，是年高骈大破黄巢兵。广明元年，巢势复振，是年冬陷东都，入潼关，破长安，非"一将功成"之时也。末句极沉痛，以万骨换侯封，是何政策！

商山

垂白商於原下住，儿孙共死一身忙。
木弓未得长离手，犹与官家射麝香。

〔注〕〔商山〕《十道山川考》："商山在商州上洛县南十四里，商洛县南一里，亦名地肺山，亦名楚山，四皓所隐。"〔商於〕《史记·屈原传》："张仪谓楚王曰：'王为仪闭关而绝齐，今使使者从仪西取故秦所分楚商於之地六百里。'"按商於唐属山南道商州。

裴说 说，天祐三年登进士第，官终礼部员外郎，有诗一卷。

乱中偷路入故乡

愁看贼火起诸烽，偷得余程怅望中。
一国半为亡国烬，数城俱作古城空。

〔**释**〕唐末诗人悯乱之作，所谓"亡国之音哀以思"也。

胡令能　令能，莆田隐者，少为负镂钉之业，梦人剖其腹，以一卷内入，遂能吟咏，远近号为胡钉铰。诗存四首。

喜韩少府见访

忽闻梅福来相访，笑着荷衣出草堂。
儿童不惯见车马，走入芦花深处藏。

〔注〕〔梅福〕《汉书·梅福传》："梅福字子真，九江寿春人也，为郡文学，补南昌尉。"按《容斋四笔》："尉曰少府。"

〔释〕此诗状山野儿童颇逼真。诗不说自身高洁而以"儿童不惯见车马"作点染，故佳。

小儿垂钓

蓬头稚子学垂纶，侧坐莓苔草映身。
路人借问遥招手，恐畏鱼惊不应人。

〔释〕此写儿童情态亦自生动。

李九龄　九龄，洛阳人，唐末进士，有诗一卷。

荆溪夜泊

点点渔灯照浪清，水烟疏碧月胧明。
小滩惊起鸳鸯处，一只采莲船过声。

〔注〕〔荆溪〕《常州志》："荆溪在荆南山北。《汉书·地理志》云'中江出芜湖之西南，东至阳羡入海'，即此溪也。盖荆溪上通芜湖，下注震泽，达松江而入于海。溪流既远，澄澈可鉴。溪南峰峦相映如画。名贤多取此为隐处之胜。"

黄巢　巢，冤句人，举进士不第。唐末朝政紊乱，内而宦官专横，外而藩镇弄兵，加之水旱频繁，百姓流殍，人心不安。僖宗李儇乾符元年，濮州人王仙芝起义，陷曹濮，次年黄巢起而应之。广明元年，巢陷长安，称帝，国号齐，中和四年为李克用所破，奔兖州，自刭于泰山狼虎谷。

题菊花

飒飒西风满院栽，蕊寒香冷蝶难来。
他年我若为青帝，报与桃花一处开。

〔释〕张端义《贵耳集》："巢五岁时，侍其翁与父为菊花诗。翁未就，巢信口曰：'堪与百花为总首，自然天赐赭黄衣。'父怪，欲击之。翁曰：'可令再赋。'巢应声云云。"按五岁小儿，能吟此诗，或系好事者增益之言，未必可信。然言为心声，诗虽未必作于五岁，谅非伪造。至陶谷《五代乱离记》所载巢《自题像》诗，则原为元稹《智度师二首》之一。其诗曰："三陷思明三突围，铁衣抛尽衲禅衣。天津桥上无人识，闲凭阑干望落晖。"至陶谷所记巢《自题像》诗，首句作"记得当年草上飞"，次句"抛尽衲禅"作"着尽着僧"，结句"闲凭"作"独倚"，"望"作"看"。又按陆游有"他年不死君须记，会在天津看落晖"诗句。封建士大夫，皆目黄巢为"贼"，未必引巢诗以自喻，故知此诗决非巢作。

孟宾于 宾于字国仪，连州人。天福九年登第，还乡为马氏从事，后归南唐，为涂阳令，坐系，赦归。后主起为水部员外致仕。有《金鳌集》二卷，今存诗八首。

公子行

锦衣红夺彩霞明，侵晓春游向野庭。
不识农夫辛苦力，骄骢踏烂麦青青。

〔**释**〕唐人《公子行》皆形容纨袴子弟之无知，但务享乐而不知稼穑之艰难，一旦得祖父余荫，出仕朝中，安得不举措乖方，殃民误国！

江为 为，宋州人。避乱家建阳，游庐山，师陈贶为诗。有集一卷，今存诗八首。

塞下曲

万里黄云冻不飞，碛烟烽火夜深微。
胡儿移帐塞笳绝，雪路时闻探马归。

张泌 泌字子澄，淮南人。仕南唐为句容令尉，累官至内史舍人。存诗一卷。

寄人
（二首录一）

别梦依依到谢家，小廊回合曲阑斜。
多情只有春庭月，犹为离人照落花。

〔**释**〕《古今词话》："泌少与邻女浣衣善，经年夜必梦之，女别字，泌寄以诗云云，浣衣流泪而已。"按泌有《江城子》二阕，即记此事。词曰："碧阑干外小中庭。雨初晴。晓莺声。飞絮落花，时节近清明。睡起卷帘无一事，匀面了，没心情。"又"浣花溪上见卿卿。脸波明。黛眉轻。高绾绿云，低簇小蜻蜓。好是问他来得么？和笑道，'莫多情'"。据此，则亦一崔、张故事也。唐人男女之防不似宋代之严，然有情人不得成眷属者亦多。故诗人每喜咏叹及之。

沈彬 彬字子文，高安人。唐末应进士，不第，浪迹湖湘，尝与僧虚中、齐己为诗友，事吴为秘书郎，以吏部郎中致仕，年八十余。李璟以旧恩召见，赐粟帛，官其子。诗存十九首。

都门送别

岸柳萧疏野荻秋，都门行客莫回头。
一条灞水清如剑，不为离人割断愁。

吊边人

杀声沉后野风悲，汉月高时望不归。
白骨已枯沙上草，家人犹自寄寒衣。

〔释〕此诗三四句与陈陶《陇西行》用意相同，可以参看。

陈陶　陶字嵩伯，岭南人。大中时，游学长安。南唐升元中，隐洪州西山，后不知所终。诗十卷，今存二卷。

续古

（二十九首录三）

吴洲采芳客，桂棹木兰船。
日晚欲有寄，徘徊春风前。

秦家无庙略，遮虏续长城。
万姓陇头死，中原荆棘生。

战地三尺骨，将军一身贵。
自古若吊冤，落花少于泪。

水调词

（十首录一）

长夜孤眠倦锦衾，秦楼霜月苦边心。
征衣一倍装绵厚，犹虑交河雪冻深。

〔注〕〔水调〕《水调》本隋炀帝制，唐又有新《水调》。〔交河〕《唐

书·地理志》：“西州交河郡都督府，贞观十四年平高昌置。”

陇 西 行

（四首录一）

誓扫匈奴不顾身，五千貂锦丧胡尘。

可怜无定河边骨，犹是春闺梦里人。

〔**注**〕〔陇西行〕《乐府诗集·相和歌辞·瑟调曲》有《陇西行》。〔无定河〕《元和郡县志》：“关内道夏州朔方县无定河，一名朔水，一名奢延水，源出县南百步。”

〔**释**〕此诗以第三句“无定河边骨”与第四句“春闺梦里人”一对照，自然使人读之生感，较沈彬之“白骨已枯”二句，沉着相同而辞采则此诗为胜。王世贞《艺苑卮言》虽赏此诗工妙，却谓“惜为前二句所累，筋骨毕露，令人厌憎”。其立论殊怪诞。不知无前二句则不见后二句之妙。且貂锦五千乃精练之军，一旦丧于胡尘，尤为可惜，故作者于前二句着重描绘，何以反病其“筋骨毕露”，至“令人厌憎”邪？

歌 风 台

蒿棘空存百尺基，酒酣曾唱大风词。

莫言马上得天下，自古英雄尽解诗。

〔**注**〕〔歌风台〕在徐州沛县东南泗水西岸。汉高祖征英布还，宴父老于此，有《大风》之歌，后人因以名台。

李中 中字有中,陇西人。仕南唐为淦阳宰。有《碧云集》三卷,今编存四卷。

再到山阳寻故人不遇
(二首)

维舟登野岸,因访故人居。
乱后知何处,荆榛满弊庐。

欲问当年事,耕人都不知。
空余堤上柳,依旧自垂丝。

溪边吟

鸂鶒双飞下碧流,蓼花蘋穗正含秋。
茜裙二八采莲去,笑冲微雨上兰舟。

忆溪居

竹轩临水静无尘,别后凫鹥入梦频。

杜若菇蒲烟雨歇，一溪春色属何人。

村行

极目青青垅麦齐，野塘波阔下凫鹥。
阳乌景暖林桑密，独立闲听戴胜啼。

〔注〕〔戴胜〕《广韵》："戴胜，鸟也，头上毛似胜。"按胜，妇人首饰，汉世谓之"华胜"。

〔释〕上录数诗皆能说村居景色者，作者盖于此中得其乐趣，故言之津津。

渔父
（二首）

偶向芦花深处行，溪光山色晚来晴。
渔家开户相迎接，稚子争窥犬吠声。

雪鬓衰髯白布袍，笑携赪鲤换村醪。
殷勤留我宿溪上，钓艇归来明月高。

〔释〕此两首于村人真情盛意，写来亦亲切有味。

蒋贻恭　贻恭，江淮人。唐末入蜀。孟氏时，官大井县令，存诗二首。

咏蚕

辛勤得茧不盈筐，灯下缫丝恨更长。
着处不知来处苦，但贪衣上绣鸳鸯。

孙光宪　光宪字孟文，陵州人。为荆南高从诲书记，历检校秘书，兼御史大夫。有集五十余卷，今存诗八首。

竹 枝 词
（二首录一）

门前春水白蘋花，岸上无人小艇斜。
商女经过江欲暮，散抛残食饲神鸦。

八 拍 蛮

孔雀尾拖金线长，怕人飞起入丁香。
越女沙头争拾翠，相呼归去背斜阳。

〔**释**〕五代诗人所作乐府每与词曲不分。光宪有《采莲曲》"菡萏香连十顷陂"，即诗、词并收。

颜仁郁 仁郁字文杰，泉州人。仕王审知为归德场长，存诗二首。

农 家

夜半呼儿趁晓耕，羸牛无力渐艰行。
时人不识农家苦，将谓田中谷自生。

王周　周登进士第，曾官巴蜀，存诗一卷。

霞

拂拂生残晖，层层如裂绯。
天风翦成片，疑作仙人衣。

巴江

巴江江水色，一带浓蓝碧。
仙女瑟瑟衣，风梭晚来织。

〔释〕杨慎极称此诗为晚唐诗中第一。按此与咏霞一首皆设想甚新，
杨氏称之以此。以为第一，则好奇之过。

采桑女
（二首）

渡水采桑归，蚕老催上机。
扎扎得盈尺，轻素何人衣。

采桑知蚕饥，投梭惜夜迟。
谁夸罗绮丛，新画学月眉。

金昌绪　昌绪，余杭人，存诗一首。

春 怨

打起黄莺儿，莫教枝上啼。
啼时惊妾梦，不得到辽西。

朱绛　世次爵里无考，存诗一首。（《万首唐人绝句》作
朱绛。）

春女怨

独坐纱窗刺绣迟，紫荆花下啭黄鹂。
欲知无限伤春意，尽在停针不语时。

辛弘智　诗存三首。

自君之出矣

自君之出矣，宝镜为谁明。
思君如陇水，常闻呜咽声。

西鄙人　天宝中，哥舒翰为安西节度使，控地数千里，甚著威令，故西鄙人歌之。

哥舒歌

北斗七星高，哥舒夜带刀。
至今窥牧马，不敢过临洮。

〔注〕〔临洮〕唐属陇右道临洮郡。

太上隐者 《古今诗话》："太上隐者，人莫知其本末，好事者从问其姓名，不答，留诗一绝云。"

答人

偶来松树下，高枕石头眠。
山中无历日，寒尽不知年。

七岁女子 女子南海人，武后召见，令赋送兄诗，应声而就。

送兄

别路云初起，离亭叶正飞。
所嗟人异雁，不作一行归。

　　黄崇嘏　崇嘏临邛人。喜为男子装，游蜀因事下狱，献诗蜀相周庠。庠以为司户参军，政事明敏，庠欲妻以女，嘏作诗辞婚，有"自服蓝衫居郡掾，永抛鸾镜画蛾眉"及"愿天速变作男儿"之句。庠大惊，问之，乃黄使君女也。

下狱贡诗

偶辞幽隐住临邛，行止坚贞比涧松。
何事政清如水镜，绊他野鹤在深笼。

张文姬　文姬，鲍参军妻也。诗存四首。

池上竹

此君临此地，枝低水相近。
碧色绿波中，日日流不尽。

〔注〕〔此君〕《晋书·王徽之传》："尝寄居空宅中，便令种竹。或问其故，但啸咏，指竹曰：'何可一日无此君耶？'"

溪口云

溶溶溪口云，才向溪中吐。
不复归溪中，还作溪中雨。

晁采　采小字试莺，大历时人，少与邻生文茂约为伉俪，及长，茂时寄诗通情，采以莲子达意，坠一于盘，逾旬，开花并蒂。茂以报采，乘间欢合。母得其情，叹曰："才子佳人，自应有此。"遂以采归茂。诗存二十二首。

寄文茂

花笺制叶寄郎边，的的寻鱼为妾传。
并蒂已看灵鹊报，倩郎早觅买花船。

〔释〕此女之母，胜莺莺之母矣。坠盘事，显系傅会。

子夜歌
（十八首录五）

何时得成匹，离恨不复牵。
金针刺菡萏，夜夜得见莲。

相逢逐凉候，黄花忽复香。
颦眉腊月露，愁杀未成霜。

寄语闺中娘，颜色不常好。
含笑对棘实，欢娱须是枣。

相思百余日，相见苦无期。
搴裳摘藕花，要莲敢恨池。

侬赠绿丝衣，郎遗玉钩子。
郎欲系侬心，侬思著郎体。

〔释〕此乐府诗也，颇得民歌真朴之致。诗中"莲"，怜也，"霜"，双也，"枣"，早也，"池"，迟也，皆双关语，民歌中多有之。

崔莺莺 贞元中，随母郑氏寓居蒲东佛寺。有张生者，与之赋诗赠答，情好甚笃。后张生弃之另娶，崔亦别嫁，张欲见之，作诗绝张。

寄诗

自从销瘦减容光，万转千回懒下床。
不为傍人羞不起，为郎憔悴却羞郎。

告绝诗

弃置今何道，当时且自亲。
还将旧来意，怜取眼前人。

姚月华　尝梦月坠妆台，觉而大悟，聪慧过人。少失母，随父寓扬子江，见邻舟书生杨达诗，命侍儿乞其稿。达立缀艳诗致情，自后屡相酬和。会其父有江右之行，踪迹遂绝。存诗六首。

制履赠杨达

金刀翦紫绒，与郎作轻履。
愿化双仙凫，飞来入闺里。

〔注〕〔双仙凫〕《后汉书·王乔传》："乔为叶令，有神术，每月朔望，诣台朝帝，怪其来数，而不见车骑，密令太史伺望之，有双凫从东南飞来，举网张之，得一凫，乃所赐尚书官属履也。"

怨诗寄杨达
（二首）

春水悠悠春草绿，对此思君泪相续。
羞将离恨向东风，理尽秦筝不成曲。

与君形影分吴越，玉枕经年对离别。
登台北望烟雨深，回身泣向寥天月。

刘媛 存诗三首。

长门怨

（二首录一）

雨滴梧桐秋夜长，愁心和雨到昭阳。
泪痕不共君恩断，拭却千行更万行。

葛鸦儿 存诗三首。

怀良人

蓬鬓荆钗世所稀，布裙犹是嫁时衣。
胡麻好种无人种，正是归时底不归？

刘瑶 一作裴瑶，存诗三首。

阖闾城怀古

五湖春水接遥天，国破君亡不记年。
惟有妖娥曾舞处，古台寂莫起寒烟。

关盼盼　盼盼，徐州妓也，张建封纳之。张殁，独居彭城故燕子楼，历十余年。白居易赠诗讽其死。盼盼得诗泣曰："妾非不能死，恐我公有从死之妾，玷清范耳。"乃和白诗，旬日不食而卒，存诗四首。

燕子楼
（三首）

楼上残灯伴晓霜，独眠人起合欢床。
相思一夜情多少？地角天涯未是长。

北邙松柏锁愁烟，燕子楼中思悄然。
自埋剑履歌尘散，红袖香销已十年。

〔**注**〕〔北邙〕北邙山在洛阳县。

适看鸿雁岳阳回，又睹玄禽逼社来。
瑶瑟玉箫无意绪，任从蛛网任从灰。

刘采春 采春越州妓也，存诗六首。

啰唝曲

（六首录二）

不喜秦淮水，生憎江上船。
载儿夫婿去，经岁又经年。

莫作商人妇，金钗当卜钱。
朝朝江口望，错认几人船。

〔注〕〔啰唝曲〕《唐音癸签》："《啰唝曲》一名《望夫歌》。啰唝，古楼名，陈后主所建。元稹廉问浙东，有妓女刘采春自淮甸而来，能唱此曲，闺妇、行人闻者莫不涟泣。"

张窈窕　窈窕寓居于蜀，当时诗人雅相推重，今存诗六首。

春思
（二首录一）

门前梅柳烂春辉，闭妾深闺绣舞衣。
燕子不知肠欲断，衔泥故故傍人飞。

武昌妓　诗一首。

续韦蟾句

悲莫悲兮生别离，登山临水送将归。
武昌无限新栽柳，不见杨花扑面飞。

〔注〕〔韦蟾句〕韦蟾廉问鄂州，及罢，宾僚祖饯，韦以笺书《文选》
句授坐客请续。有妓口占二句，无不嘉叹，蟾赠数十千纳之。

盛小丛　小丛，越妓。李讷为浙东廉使，夜登城楼，闻歌声激切，召至，乃小丛也。时崔侍御元范在府幕，赴阙，李饯之，命小丛歌饯，在座各赋诗赠之。小丛存诗一首。

突厥三台

雁门山上雁初飞，马邑阑中马正肥。
日旰山西逢驿使，殷勤南北送征衣。

〔**注**〕〔突厥三台〕《乐府诗集·杂曲歌辞》有《突厥三台》。〔雁门山〕《清统志》："雁门关在山西马邑县东南，山岩峭拔，中有路盘旋崎岖，绝顶置关，南通代州。"

徐月英　月英，江淮间妓也，有集行世，今存诗二首。

送人

惆怅人间万事违，两人同去一人归。
生憎平望亭前水，忍照鸳鸯相背飞。

〔注〕〔平望亭〕《水经注》："平望亭在平寿县故城西北八十里，或言秦始皇升以望海，因曰望海台。"

薛涛　涛字洪度，本长安良家女，随父宦，流落蜀中，遂入乐籍，辩慧工诗，有林下风致。韦皋镇蜀，召令侍酒赋诗，称为女校书，出入幕府，历事十一镇，皆以诗文受知。暮年屏居浣花溪，著女冠服，好制松花小笺，时号薛涛笺。有《洪度集》一卷，今存。

春望词

（四首）

花开不同赏，花落不同悲。
欲问相思处，花开花落时。

揽草结同心，将以遗知音。
春愁正断绝，春鸟复哀吟。

风花日将老，佳期犹渺渺。
不结同心人，空结同心草。

那堪花满枝，翻作两相思。
玉箸垂朝镜，春风知不知。

送友人

水国蒹葭夜有霜，月寒山色共苍苍。
谁言千里自今夕，离梦杳如关塞长。

题竹郎庙

竹郎庙前多古木，夕阳沉沉山更绿。
何处江村有笛声，声声尽是迎郎曲。

〔注〕〔竹郎〕夜郎侯也。《后汉书·西南夷传》："夜郎者，初有女子浣于遁水，有三节大竹，流入足间，闻其中有号声，剖竹视之，得一男，归而养之，及长有才武，自立为夜郎侯，以竹为姓。"

鱼玄机　玄机字幼微，长安里家女，喜读书，有才思。补阙李亿纳为妾，爱衰，遂从冠帔于咸宜观。后以笞杀女童绿翘事，为京兆温璋所戮。今存诗一卷。

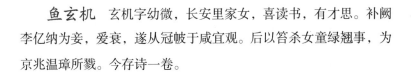

江陵愁望寄子安

枫叶千枝复万枝，江桥掩映暮帆迟。
忆君心似西江水，日夜东流无歇时。

景云　景云善草书，与岑参同时，存诗三首。

画松

画松一似真松树，且待寻思记得无。
曾在天台山上见，石桥南畔第三株。

灵一　灵一姓吴氏，广陵人。居余杭宜丰寺，禅诵之暇，辄赋诗歌，与朱放、张继、皇甫曾诸人为尘外友。存诗一卷。

送朱放

苦见人间世，思归洞里天。
纵令山鸟语，不废野人眠。

灵澈　灵澈字源澄，姓汤氏，会稽人，云门寺律僧也。少从严维学诗，后至吴兴与僧皎然游。贞元中，皎然荐之包佶，又荐之李纾，名振辇下，缁流嫉之，造飞语激中贵人，贬徙汀州，会赦归乡。存诗十六首。

天姥岑望天台山

天台众峰外，华顶当寒空。
有时半不见，崔嵬在云中。

〔注〕〔天姥岑〕《太平寰宇记》："天姥山在越州剡县南八十里。"《清统志》："天姥峰在台州天台县西北，与天台山相对，其峰孤峭，下临嵊县，仰望如在天表。"

皎然 皎然名昼，姓谢氏，长城人，灵运十世孙也。居杼山，文章俊丽，颜真卿、韦应物并重之，与之酬唱。贞元中，敕写其文集入于秘阁，存诗七卷。

秋晚宿破山寺

秋风落叶满空山，古寺残灯石壁间。
昔日经行人尽去，寒云夜夜自飞还。

子兰 子兰，昭宗朝文章供奉，存诗一卷。

长安早秋

风舞槐花落御沟，终南山色入城秋。
门门走马征兵急，公子笙歌醉玉楼。

贯休 贯休字德隐，俗姓姜氏，兰溪人，七岁出家，日读经书千字，过目不忘，既精奥义，诗亦奇险，兼工书画。初为吴越钱镠所重，后谒成汭荆南。汭欲授书法。休曰："须登坛乃授。"汭怒，递放之黔。天复中，入益州，王建礼遇之，署号禅月大师，或呼为得得来和尚，终于蜀，年八十一。初有《西岳集》，吴融为序，极称之。后弟子昙域更名《宝月集》。其全集三十卷已亡。胡震亨谓宋睦州刻本多载他人诗不足信，其说亦不知何据。胡存诗仅三卷，今编存十二卷。

边上作

（三首录一）

阵云忽向沙中起，探得胡兵过辽水。
堪嗟护塞征戍儿，未战已疑身是鬼。

宿深村

行行一宿深村里，鸡犬丰年闹如市。
黄昏见客合家喜，月下取鱼戽塘水。

〔注〕〔戽〕音户。《广韵》："戽斗，舟中渫水器也。"

齐己　齐己名得生，姓胡氏，潭之益阳人，出家大沩山同庆寺，复栖衡岳东林，后欲入蜀，经江陵，高从诲留为僧正，居之龙兴寺，自号衡岳沙门。有《白莲集》十卷，外编一卷、今编诗十卷。

赠琴客

曾携五老峰前过，几向双松石上弹。
此境此身谁更爱，掀天羯鼓满长安。

折杨柳

（四首录一）

馆娃宫畔响廊前，依托吴王养翠烟。
剑去国亡台殿毁，却随红树噪秋蝉。

处默 处默初与贯休同剃染，后入庐山与修睦、栖隐游，有诗一卷，今存八首。

织 妇

蓬鬓蓬门积恨多，夜阑灯下不停梭。
成缣犹自陪钱纳，未直青楼一曲歌。

郑遨　遨字云叟，滑州白马人。昭宗时举进士，不第，入少室山为道士，徙居华阴，种田自给。与道士李道殷、罗隐之友善，世目为三高士。唐明宗以左拾遗，晋高祖以谏议大夫召，皆不起，赐号逍遥先生，天福中卒。存诗十七首。

富贵曲

美人梳洗时，满头间珠翠。
岂知两片云，戴却数乡税。

伤农

一粒红稻饭，几滴牛领血。
珊瑚枝下人，衔杯吐不歇。

宿洞庭

月到君山酒半醒，朗吟疑有水仙听。
无人识我真闲事，赢得高秋看洞庭。

乐府词　胡震亨《唐音癸签》卷十三"乐通二"列举唐代乐曲题义无考者凡二百九十七曲曰："其录自《乐府诗集》者，多谱初、盛唐人绝句为曲，录自《教坊记》者，律绝诗及填词为曲者互有之。"盖唐乐工多采唐诗人绝句入乐。其中如《水调歌》《凉州调》《伊州歌》等，其乐谱或系旧有，或系边塞都督所进，而乐工采当时律绝为乐词，其题义有可考知者，有不可考知者，故胡氏有此论也。今略录数曲于此。

戎浑

风劲角弓鸣，将军猎渭城。
草枯鹰眼疾，雪尽马蹄轻。

〔注〕此王维《观猎》诗前四句；一作张祜作。

叹疆场

闻道行人至，妆梳对镜台。
泪痕犹在颊，笑靥自然开。

〔注〕此诗与乐府题不合，故有作《欢场曲》者，然乐府诗用古曲名非古曲题义者多，恐改作《欢场曲》者非也。

甘 州

欲使传消息，空书意不任。
寄君明月镜，偏照故人心。

濮阳女

雁来书不至，月照独眠房。
贱妾多愁思，不堪秋夜长。

盖罗缝

音书杜绝白狼西，桃李无颜黄鸟啼。
寒雁春深归去尽，出门肠断草萋萋。

〔注〕〔白狼〕《水经注》："辽水又右会白狼水，水出右北平白狼县。"

镇 西

天边物色更无春，只有牛羊与马群。
谁家营里吹羌笛，哀怨教人不忍闻。

无名氏

杂 诗

（七首）

石沉辽海阔，剑别楚山长。
会合知无日，离心满夕阳。

〔注〕〔剑别〕鲍照诗："双剑将别离，先在匣中鸣。"

青天无云月如烛，露泣梨花白如玉。
子规一夜啼到明，美人独在空房宿。

〔释〕前三句皆为结句设想。

不洗残妆并绣床，却嫌鹦鹉绣鸳鸯。
回针刺到双飞处，忆着征人泪数行。

眼想心思梦里惊，无人知我此时情。
不如池上鸳鸯鸟，双宿双飞过一生。

一去辽阳系梦魂，忽传征骑到中门。
纱窗不肯施红粉，图遣萧郎问泪痕。

〔注〕〔萧郎〕本王俭称萧衍之词，后人以泛指才郎。

水纹珍簟思悠悠，千里佳期一夕休。
从此无心爱良夜，任他明月下西楼。

数日相随两不忘，郎心如妾妾如郎。
出门便是东西路，把取红笺各断肠。

六言绝句附 六言诗亦绝句之一体，但唐人作者不多，今亦附录数首，以备一格。

王维

田 园 乐

（七首录四）

采菱渡头风急，策杖村西日斜。
杏树坛边渔父，桃花源里人家。

萋萋春草秋绿，落落长松夏寒。
牛羊自归村巷，童稚未识衣冠。

山下孤烟远村，天边独树高原。
一瓢颜回陋巷，五柳先生对门。

〔注〕〔一瓢〕《论语·雍也》："子曰：'贤哉回也！一箪食，一瓢饮，在陋巷，人不堪其忧，回也不改其乐，贤哉回也！'"〔五柳先生〕《晋书·陶潜传》："尝著《五柳先生传》以自况，曰：'先生不知何许人，不详姓字，宅边有五柳树，因以为号焉。'"

桃红复含夜雨，柳绿更带春烟。
花落家童未扫，莺啼山客犹眠。

韦应物

三台词

（二首录一）

冰泮寒塘始绿，雨余百草皆生。
朝来门合无事，晚下高斋有情。

刘长卿

寻张逸人山居

危石才通鸟道，空山更有人家。
桃源定在深处，涧水浮来落花。

皇甫冉

送郑二之茅山

水流绝涧终日，草长深山暮云。
犬吠鸡鸣几处，条桑种杏何人？

〔注〕〔茅山〕《唐书·地理志》："润州延陵县有茅山。"〔条桑〕《诗经》"蚕月条桑"，郑玄笺："条桑枝落之，采其叶也。"〔种杏〕《神仙传》："董奉居庐山，为人治病辄愈，重者种杏五株，轻者一株。"

〔释〕末句"条桑"，指蚕业，"种杏"，指医务，二者人生要事，故并言之，且以此二事为郑二劝也。

顾况

归山

心事数茎白发，生涯一片青山。
空林有雪相待，古道无人独还。

宋杨万里《诚斋诗话》

五七字绝句最少而最难工，虽作者亦难得四句全好者。晚唐
人与介甫最工于此。如李义山忧唐之衰云"夕阳无限好，其奈近黄
昏"，如"青女素娥俱耐冷，月中霜里斗婵娟"，如"芭蕉不解丁
香结，同向春风各自愁"，如"莺花啼又笑，毕竟为谁春"。唐人
《铜雀台》云"人生富贵须回首，此地岂无歌舞来"，《寄边衣》云
"寄到玉关应万里，戍人犹在玉关西"，《折杨柳》云"羌笛何须怨
杨柳，春风不度玉门关"，皆佳句也。……然鲜有四句全好者。杜
牧之云："清江漾漾白鸥飞，绿净春深好染衣。南去北来人自老，
夕阳长送钓船归。"唐人云："树头树底觅残红，一片西飞一片东。
自是桃花贪结子，错教人恨五更风。"韩偓云："昨夜三更雨，临明
一阵寒。蔷薇花在否，侧卧卷帘看。"……四句皆好矣。

宋范晞文《对床夜话》卷四

唐人五言四句，除柳子厚"钓雪"一诗外，极少佳者。今偶得四首漫录于此。《玉阶怨》云："玉阶生白露，夜久侵罗袜。却下水精帘，玲珑望秋月。"《拜月》云："开帘见月时，便即下阶拜。细语人不闻，北风吹裙带。"《芜城怀古》云："风吹城上树，草没城边路。城里月明时，精灵自来去。"《秋日》云："返照入闾巷，忧来与谁语。古道无人行，秋风动禾黍。"前二篇备婉恋之深情，后两首抱荒寂之余感。

元杨载《诗法家数》

绝句之法要婉曲回环，删芜就简，句绝而意不绝，多以第三句为主，而第四句发之，有实接，有虚接。承接之间，开与合相关，反与正相依，顺与逆相应，一呼一吸，宫商自谐。大抵起承二句固难，然不过平直叙起为佳，从容承之为是，至如宛转变化，工夫全在第三句，若于此转变得好，则第四句如顺流之舟矣。

元范德机《木天禁语·绝句篇法》

首句起 《画松》："画松一似真松树，待我寻思记得无。曾在天台山上见，石桥南畔第三株。"

次句起 《金陵即事》。

第三句起 前二句皆闲，至第三句方咏本题。

扇对 《存殁口号》："席谦不见近弹棋，毕曜仍传旧小诗。玉局他年无限笑，白杨今日几人悲。""郑公彩绘随长夜，曹霸丹青已白头。天下何曾有山水，人间不解重骅骝。"

问对 首句闲，次句说本题，第三句闲，结句再说本题，应第二句，即《摩笄山》诗也。

顺去 "松下问童子"，"问余何事栖碧山"，"湘中老人"，"行到水穷处"，"首座茶"。

藏咏 《江南逢李龟年》："岐王宅里寻常见，崔九堂前几度闻。正是江南好风景，落花时节又逢君。"

中断别意 前二句说本题，后二句说题外意，"愿领龙骧十万兵"是也。

四句两联 "两个黄鹂鸣翠柳"，"迟日江山丽"。

借喻 借本题说他事，如咏妇人者必借花为喻，咏花者必借妇人为比。

右十法，绝句之篇法也。此最为紧，推此以往，思过半矣。

明杨慎《升庵诗话》卷十一

绝句者，一句一绝。起于《四时咏》，"春水满四泽，夏云多奇峰。秋月扬明辉，冬岭秀孤松"是也。或以为陶渊明诗，非。杜诗"两个黄鹂鸣翠柳"实祖之。王维诗："柳条拂地不忍折，松树披云从更长。藤花欲暗藏猱子，柏叶初齐养麝香。"宋六一翁亦有一首云："夜凉吹笛千山月，路暗迷人百种花。棋散不知人世换，酒阑无奈客思家。"皆此体也。乐府有"打起黄莺儿"一首，意连句圆，未尝间断，当参此意，便有神圣工巧。

绝句四句皆对，杜工部"两个黄鹂"一首是也，然不相连属，即是律中四句也。唐绝万首，惟韦苏州"踏阁攀林恨不同"，及刘长卿"寂寂孤莺啼杏园"二首绝妙，盖字句虽对而意则一贯也。其余如李峤《送司马承祯还山》云："蓬阁桃源两地分，人间海上不相闻。一朝琴里悲黄鹤，何日山头望白云。"柳中庸《征人怨》云："岁岁金河复玉关，朝朝马策与刀镮。三春白雪归青冢，万里黄河绕黑山。"周朴《边塞曲》云："一队风来一队沙，有人行处没人家。黄河九曲冰先合，紫塞三春不见花。"亦其次也。

《升庵集》卷二

唐人之诗，乐府本自古诗而意反近，绝句本自近体而意实远。故求《风》《雅》之仿佛者，莫如绝句。唐人之所偏长独至，而后人力追莫嗣者也。擅场则王江宁，骖乘则李彰明，偏美则刘中山，遗响则杜樊川。少陵虽号大家，不能兼善，以拘于对偶，且汩于典故，乏性情尔。（按胡震亨《唐音癸签》卷十引杨慎此条加按语曰："按唐乐府五言绝法齐梁，然体制自别，七言亦有作乐府者。然如《宫词》《从军》《出塞》等，虽用乐府题，自是唐人绝句，与六朝不同。"）

明谢榛《四溟诗话》卷一

七言绝句，盛唐诸公用韵最严。大历以下，稍有旁出者。作者当以盛唐为法。盛唐人突然而起，以韵为主，意到辞工，不假雕饰，或命意得句，以韵发端，浑成无迹，此所以为盛唐也。宋人专重转合，刻意精炼，或难于起句，借用傍韵，牵强成章，此所以为宋也。

左舜齐曰："一句一意，意绝而气贯，此绝句之法。一句一意，不工亦下也，两句一意，工亦上也。以工为主，勿以句论。赵、韩所选唐人绝句，后两句皆一意。"舜齐之说，本于杨仲宏。

同书卷二

赵章泉、韩涧泉所选唐人绝句，惟取中正温厚，闲雅平易，若夫雄浑悲壮，奇特沉郁，皆不之取，惜哉。洪容斋所选唐人绝句，不择美恶，但备数尔，间多仙鬼之作，出于偏稗小说，尤不可取。

明王世贞《艺苑卮言》卷一

绝句固自难，五言尤甚，离首即尾，离尾即首，而腰腹亦自不可少，妙在愈小而大，愈促而缓。吾尝读《维摩经》得此法，一丈室中，置恒河沙诸天宝座，丈室不增，诸天不减。

同书卷四

（李攀龙《唐诗选序》）又云："太白五七言绝句，实唐三百年一人，盖以不用意得之，即太白亦不自知其所至，而工者顾失焉。"……余谓七言绝句，王江陵与太白争胜毫厘，俱是神品，而于鳞不及之。

五七言绝太白神矣……太白之七言律，子美之七言绝，皆变体，间为之可耳，不足多法也。

七言绝句，盛唐主气，气完而意不尽工，中晚唐主意，意工而气不甚完，然各有至者，未可以时代优劣也。

李于鳞言唐人诗句当以"秦时明月汉时关"压卷，余始不信，以少伯集中有极工妙者，既而思之，若落意解，当别有所取，若以有意无意可解不可解间求之，不免此诗第一耳。

绝句李益为胜，韩翃次之，权德舆、武元衡、马戴、刘沧五言，皆铁中铮铮者。"猿啼洞庭树，人在木兰舟"，真不减柳吴兴"回乐峰"一章，何必王龙标、李供奉。

"可怜无定河边骨，犹是深闺梦里人"，用意工妙至此，可谓绝唱矣，惜为前二句所累，筋骨毕露，令人厌憎。"葡萄美酒"一绝，便是无瑕之璧，盛唐地位不凡乃尔。

谢茂秦论诗，五言绝以少陵"日出篱东水"作诗法。又宋人以"迟日江山丽"为法，此皆学究教小儿号嗄者。若"打起黄莺儿，莫教枝上啼。啼时惊妾梦，不得到辽西"，与"山中何所有，岭上多白云。只可自怡悦，不堪持赠君"一法，不惟语意之高妙而已，其篇法圆紧，中间增一字不得，着一意不得，起结极斩绝，然中自舒缓，无余法而有余味。

明胡应麟《诗薮》内编卷六

五七言绝句，盖五言短古、七言短歌之变也。五言短古，杂见汉魏诗中，不可胜数。唐人绝体，实所从来。七言短歌始于垓下，梁陈以降，作者坌然。第四句之中，二韵互叶，转换既迫，音调未舒。至唐诸子，一变而律吕铿锵，句格稳顺。语半于近体而意味深长过之，节促于歌行而咏叹悠永倍之，遂为百代不易之体。

唐初五言绝，子安诸作已入妙境。七言初变梁陈，音律未谐，韵度尚乏。惟杜审言《度湘江》《赠苏绾》二首，结皆作对，而工致天然，风味可掬。至张说《巴陵》之什，王翰《出塞》之吟，句格成就，渐入盛唐矣。

太白五七言绝，字字神境，篇篇神物。于鳞谓即太白不自知所以至也，斯言得之。

摩诘五言绝穷幽极玄，少伯七言绝超凡入圣，俱神品也。

五七言律，晚唐尚有一联半首可入盛唐，至绝句则晚唐诸人，愈工愈远，视盛唐不啻异代，非苦心自得，难领斯言。

晚唐绝如"清江一曲柳千条"，真是神品，然置之王、李二集，便觉短气。"一将功成万骨枯"是疏语，"可怜无定河边骨"是词语；少时皆剧赏之，近始悟前之失。

"数声风笛离亭晚，君向潇湘我向秦""日暮酒醒人已远，满天风雨下西楼"，岂不一唱三叹，而气韵衰飒殊甚。"渭城朝雨"自是口语，而千载如新。此论盛唐、晚唐三昧。

"公道世间惟白发，贵人头上不曾饶""年年点检人间事，只有春风不世情""世间甲子须臾事，逢着仙人莫看棋""虽然万里连云际，争似尧阶三尺高""坑灰未冷山东乱，刘项元来不读书"，皆仅去张打油一间，而当时以为工，后世亦亟称之，此诗所以难言。

"明月自来还自去，更无人倚玉栏干""解释东风无限恨，沉香亭北倚栏干"，崔鲁、李白同咏玉环事，崔则意极精工，李则语由信笔，然不堪并论者，直是气象不同。

唐五言绝，得右丞意者，惟韦苏州，然亦有中盛别。

中唐绝，如刘长卿、韩翃、李益、刘禹锡，尚多可讽咏。晚唐则李义山、温庭筠、杜牧、许浑、郑谷，然途轨纷出，渐入宋元。多歧亡羊，信哉！

初唐绝"蒲桃美酒"为冠，盛唐绝"渭城朝雨"为冠，中唐绝"回雁峰前"为冠，晚唐绝"清江一曲"为冠。"秦时明月"，在少伯自为常调，用修以诸家不选，故唐绝增奇，首录之，所谓前人遗珠，兹则掇拾。于鳞不察而和之，非定论也。（按杨慎谓"清江一曲柳千条，十五年前旧板桥。曾与情人桥上别，更无消息到今朝"，小说以为刘采春女周德华作。又云刘梦得，刘集中不载。今按，此白居易作，题曰《板桥》，诗共六句曰："梁苑城西三十里，一渠春水柳千条。若为此路今重过，二十年前旧板桥。曾与美人桥上别，更无消息到今朝。"乐工采以入乐，止存四句，非刘作，杨说出《丽情集》。）

"野旷天低树，江清月近人"，神韵无伦，"天势围平野，河流入断山"，雄浑绝出，然皆未成律诗，非绝体也。

对结者须意尽，如王之涣"欲穷千里目，更上一层楼"，高达夫"故乡今夜思千里，霜鬓明朝又一年"，添着一语不得乃可。

谓七言律难于五言律，是也，谓五言绝难于七言绝，则亦未然。五言绝调易古，七言绝调易卑，五言绝即拙匠易于掩瑕，七言绝虽高手难于中的。

五言绝尚真切，质多胜文，七言绝尚高华，文多胜质，五言绝昉于两汉，七言绝起自六朝；源流迥别，体制自殊，至意当含蓄，语务春容，则二者一律也。

王无功"眼看人尽醉，何忍独为醒"，骆宾王"昔时人已没，今日水犹寒"，初唐绝句精巧，犹是六朝余习。然调不甚古，初学慎之。

唐五言绝，初盛前多作乐府。然初唐只是陈隋遗响，开元以后，句格方超。如崔国辅《流水曲》《采莲曲》，储光羲《江南曲》，王维《班婕妤》，崔颢《长干行》，刘方平《采莲》，韩翃《汉宫曲》，李端《拜新月》《闻筝曲》，张仲素《春闺曲》，令狐楚《从军行》《长相思》，权德舆《玉台体》，王建《新嫁娘》，王涯《赠远曲》，施肩吾《幼女词》，皆酷得六朝意象。高者可攀晋宋，平者不失齐梁。唐人五言绝佳者，大半此矣。

七言绝李、王二家外，王翰《凉州词》、王维《少年行》、高适《营州歌》、王之涣《凉州词》、韩翃《江南曲》、刘长卿《昭阳曲》、刘方平《春怨》、顾况《宫词》、李益《从军》、刘禹锡《堤上行》、张籍《成都曲》、王涯《秋思》、张仲素《塞下曲》《秋闺曲》、孟郊《临池曲》、白居易《杨柳枝》《昭君怨》、杜牧《宫怨》《秋夕》、温庭筠《瑶瑟怨》、陈陶《陇西行》、李洞《绣岭词》、卢弼《四时词》，皆乐府也。然音响自是唐人，与五言绝稍异。

五言绝，须熟读汉魏及六朝乐府，源委分明，径路谙熟，然后取盛唐名家李、王、崔、孟诸作，陶以风神，发以兴象，真积力久，出语自超。钱、刘以下，句渐工，语渐切，格渐下，气渐悲，便当着眼，不得草草。

七言绝，体制自唐，不专乐府。然盛唐颇难领略，晚唐最易波流。能知盛唐诸作之超，又能知晚唐诸作之陋，可与言矣。

盛唐绝句，兴象玲珑，句意深婉，无工可见，无迹可寻，中唐递减风神，晚唐大露筋骨，可并论乎！

中唐《水调》等歌，不甚类六朝语，而风格高华，似远而实近；中唐《竹枝》等歌，颇效法六朝语，而辞旨凡陋，似合而实离。

五言绝，唐乐府多法齐梁，体制自别。七言亦有作乐府体，如太白《横江词》《少年行》等，尚是古调。至少伯《宫词》《从军》《出塞》，虽乐府题，实唐人绝句，不涉六朝，然亦前尢六朝矣。

七言绝以太白、江宁为主，参以王维之俊雅，岑参之秾丽，高适之浑雄，韩翃之高华，李益之神秀。

顾华玉云："五言绝以调古为上乘，以情真为得体。'打起黄莺儿，莫教枝上啼。啼时惊妾梦，不得到辽西。'调之古者。'山月晓仍在，凉风吹不绝。殷勤如有情，惆怅令人别。'此所谓情真者。"

调古则韵高，情真则意远。华玉标此二者，则雄奇俊亮，皆所不贵。论虽稍偏，自是五言绝第一义。若太白之逸，摩诘之玄，神化幽微，品格无上，又不可以是泥也。

成都以江陵为擅场，太白为偏美。历下谓太白唐三百年一人。琅琊谓李尤自然，故出王上。弇州谓俱是神品，争胜毫厘。数语咸自有旨，学者熟习二公之诗，细酌四家之论，豁然有见，则七言绝如发蒙矣。

绝句最贵含蓄，青莲"相看两不厌，惟有敬亭山"，亦太分晓。钱起"始怜幽竹山窗下，不改青阴待我归"，面目尤觉可憎。

宋人以为高作，何也！

嘉州"枕上片时春梦中，行尽江南数千里"，盛唐之近晚唐者，然犹可借口六朝。至中唐"人生一世长如客，何必今朝是别离"，则全是晚唐矣。此等最是误人。

太白七言绝，如"杨花落尽子规啼""朝辞白帝彩云间""谁家玉笛暗飞声""天门中断楚江开"等作，读之真有挥斥八极，凌厉九霄意。贺监谓为"谪仙"，良不虚也。

太白诸绝句，信口而成，所谓无意于工而无不工者。少伯深厚有余，优柔不迫，怨而不怒，丽而不淫。余尝谓古诗、乐府后，惟太白诸绝近之，《国风》《离骚》后，惟少伯诸绝近之。体若相悬，调可默会。

张仲素《秋闺恩》"梦里分明见关塞，不知何路向金微""欲寄征人问消息，居延城外又移军"，皆去龙标不甚远。

盛唐绝亦有浅近者，如常建"太平天子无征战，兵气销为日月光"之类。建《塞下曲》五首，余四首皆直致不文，独此首诸家竞选，故及之。

太白《长门怨》："天回北斗挂西楼，金屋无人萤火流。月光欲到长门殿，别作深宫一段愁。"江宁《西宫曲》："西宫夜静百花香，欲卷珠帘春恨长。斜抱云和深见月，朦胧树色隐昭阳。"李则意尽语中，王则意在言外。然二诗各有至处，不可执泥一端。大概李写景入神，王言情造极。王宫词、乐府，李不能为。李览胜、纪行，王不能作。

太白五言，如《静夜思》《玉阶怨》等，妙绝古今。然亦齐梁体格。他作视七言绝句，觉神韵小减。缘句短，逸气未舒耳。右丞《辋川》诸作，却是自出机轴，名言两忘，色相俱泯，于鳞论七言遗少伯，五言遗右丞，俱所未安。

"千山鸟飞绝"二十字，骨力豪上，句格天成，然律以《辋川》诸作，便觉太闹。青莲"明月出天山，沧茫云海间。长风几万里，吹度玉门关"，浑雄之中，多少闲雅。

五言绝，晚唐殊少作者，然不甚逗漏。七言绝，则李、许、杜、赵、崔、郑、温、韦，皆极力此道，然纯驳相糅，所当细参。

中唐钱、刘虽有风味，气骨顿衰，不如所为近体。惟韩翃诸绝最高，如《江南曲》《宿山中》《赠张千牛》《送齐山人》《寒食》《调马》，皆可参入初盛间。

七言绝，开元之下，便当以李益为第一，如《夜上西城》《从军北征》《受降》《春夜闻笛》诸篇，皆可与太白、龙标竞爽，非中唐所得有也。

江宁之后，张仲素得其遗响，《秋闺》《塞下》诸曲俱工。

中唐五言绝，苏州最古，可继王、孟，《寄丘员外》《阊门》《闻雁》等作，皆悠然；次则令狐楚乐府，大有盛唐风格。

杜之律，李之绝，皆天授神诣。然杜以律为绝，如"窗含西岭千秋雪，门泊东吴万里船"等句，本七言律壮语，而以为绝句，则断锦裂缯类也；李以绝为律，如"十月吴山晓，梅花落敬亭"等句，本五言绝句妙境，而以为律诗，则骈拇枝指类也。

晚唐绝，"东风不与周郎便，铜雀春深锁二乔""可怜夜半虚前席，不问苍生问鬼神"，皆宋人议论之祖，间有极工者，亦气韵衰飒，天壤开宝。然书情则怆恻而易动人，用事则巧切而工悦俗，世希大雅，或以为过盛唐，具眼观之，不待辞毕矣。（按许学夷《诗源辩体》，对于胡氏此条有辨说，见后。）

明高棅《唐诗品汇·叙论》(摘录)

洪遘云:"唐人以绝句名家者多矣,其词华而艳,其气深而长,锦绣其言,金石其声,读之使人一唱而三叹。"

严沧浪《诗评》云:"五言绝句,众唐人是一样,少陵是一样,韩退之是一样。"又云:"律诗难于古诗,绝句难于八句,七言律诗难于五言律,五言绝句难于七言绝句。"(按严氏论五七言绝句难易,后人多有争辩。近人郭绍虞《沧浪诗话校释》征引甚备。今略录数条于此。孙鑛《唐诗品》云:"昔人有言,五言绝是截古诗后四句,味之果然,然此是《子夜歌》等古体耳,如此又非难也。是必音谐调协,意圆语响,情境兴象,靡不备至,孕八句之体裁,同七言之结构,斯无愧严氏之难耳。"潘德舆《养一斋诗话》云:"七言绝句,易作难精,盛唐之兴象,中唐之情致,晚唐之议论,途有远近,皆可循行,然必有弦外之言,乃得环中之妙。利其短篇,轻遽命笔,名手亦将颠蹶,初学愈腾笑声。五言绝句,古隽尤难。搦管半生,望之生畏。"陶明濬《诗说杂记》云:"作绝句必须涵括一切,笼罩万有,著墨不多,而蓄意无尽,然后可谓之能手,比古诗当然为难。")

汶阳周伯弼云:"绝句之法,以第三句为主,首尾率直而无婉曲者,此异时所以不及唐人也。"

刘辰翁云:"绝句难作,要一句一绝,短语长事,愈读愈有味为正。"

明许学夷《诗源辩体》卷十二

五言四句，其来既远，至王、杨、卢、骆，律虽未纯，而语多雅正。其声律尽纯者，则亦可为绝句之正宗也。

七言四句，始于鲍明远、刘孝威、梁简文、庾信、江总。至王、卢、骆三子律犹未纯，语犹苍莽。其雄伟处，则初唐本相也。

同书卷十三

七言绝自王、卢、骆再进而为杜、沈、宋三公，律始就纯，语皆雄丽，为七言绝正宗。

同书卷十五

盛唐七言绝，太白、少伯而下，高、岑、摩诘亦多入于圣矣。岑如"官军西出""鸣笳叠鼓""日落辕门"三篇，整栗雄丽，实为唐人正宗，而《正声》不录，不可晓。

同书卷十六

摩诘五言绝，意趣幽玄，妙在文字之外。摩诘《与裴迪书》略云："夜登华子冈，辋水沦涟，与月上下，寒山远火，明灭林外；

深巷犬吠声如豹，村墟夜春，复与疏钟相间。此时独坐，僮仆静默，每思曩昔携手赋诗，倘能从我游乎？"摩诘胸中，滓秽净尽，而境与趣合，故其诗妙至此耳。

五言绝太白、摩诘而外，浩然诸篇亦多入于圣矣。

同书卷十八

太白五七言绝多融化无迹而入于圣。

太白七言绝多一气贯成者，最得歌行之体。其他仅王摩诘"新丰美酒""汉家君臣"、王少伯"闺中少妇"数篇而已。

同书卷二十

中唐五七言绝，钱、刘而下皆与律诗相类，化机自在而气象风格亦衰矣。

同书卷二十一

（皇甫）冉五言绝《和王给事维禁掖梨花》，宛似摩诘，七言绝《酬张继》，则入晚唐矣。

（卢）纶五言绝"月黑雁飞高"一首，气魄、音调，中唐所无。

同书卷二十二

（李）益七言绝，开宝而下，足称独步。

同书卷二十三

（韦）应物五七言律绝，萧散冲淡，与五言古相类。然所称则在古也。

同书卷二十四

（退之）七言绝，以全集观，觉太粗率。入录者亦近中晚，《遣兴》《赛神》二篇，亦似宋人。（按许有《诗选》，故曰"入录"。）

同书卷二十八

乐天七言绝，如"雪尽终南""忆抛印绶""今年到时""行人南北""野店东头""烟叶葱茏""青苔故里""靖安宅里""朱门深锁"等篇，意虽深切，亦尚为小变。如"欲上瀛州""花纸瑶缄""小树山榴""紫房日照""我梳白发""柳老春深"等篇，亦大入游戏。如"老去将何""墙西明月""酒后高歌""莫嫌地窄""自知气发""自学坐禅""岁暮蟠然""卧在漳滨""劳将白叟""琴中有曲""莫惊宠辱""鹿疑郑相""相府潮阳"等篇，亦大人议论。如"狂夫与我""少年怪问""重裘暖帽""目昏思寝""纱巾草屦""自出家来"等篇，亦快心自得。此亦以文为诗，亦开宋人之门户耳。

同书卷二十九

梦得七言绝有《竹枝词》，其源出于六朝《子夜》等歌，而格与调则子美也。黄山谷云："刘梦得《竹枝》九章，词意高妙，元和间诚可独步。道风俗而不俚，追古昔而不愧。比之子美《夔州歌》，所谓同工而异曲也。"按今之《吴歌》，又是《竹枝》之流。

张祜元和中作宫体七言绝三十余首，多道天宝宫中事，入录者较王建工丽稍逊而宽裕胜之。其外数篇，声调亦高。

施肩吾七言绝，见《万首唐人绝句》，凡一百五十余首，中有艳词三十篇，语多新巧，能道人意中事。较微之艳诗远为胜之。

同书卷三十

杜牧七言绝，如"黄沙连海""青冢前头""翠屏山对""银烛秋光""监宫引出"五篇，声气尚胜，"清时有味"以下，尽入晚唐，而韵致可观。开成以后，当为独胜。

杜牧少年风流放荡，见于他书可考。其诗有"落魄江湖""华堂今日""自恨寻芳"等篇，今皆不见本集者何？按《唐书》，牧刚直有奇节，敢论列大事，临终悉取所为文章焚之，斯岂临终而焚之耶！中复有"婷婷袅袅""多情却似"二绝，疑后人增入也。且集中多怪恶僻涩之语，与前三绝及他入录者如出二手。乃知此公情致自在，怪恶僻涩，直欲自开堂奥耳。

商隐七言绝，如《代赠》云"芭蕉不展丁香结，同向春风各自愁"，《鸳鸯》云"不须长结风波愿，锁向金笼始两全"，《春日》云"蝶衔花蕊蜂衔粉，共助青楼一日忙"，全篇较古律艳情尤丽。

五言绝，许浑声急气促，商隐意新语艳，此又大历之降，亦正变也。

开成七言绝，许浑、杜牧、李商隐、温庭筠，声皆溜亮，语多快心，此又大历之降，亦正变也。中间入议论，便是宋人门户。

七言绝，盛唐诸公意常宽裕，晚唐诸公意常窘蹙。故盛唐诸公一题可为十数篇，而晚唐诸公一题仅可为一二也。

晚唐七言绝，意亦有宽裕者，然声每急促；声亦有和平者，而调又卑弱。较之大历，已自径庭，况可望盛唐耶！

王敬美云："晚唐诗萎苶无足言，独七言绝句脍炙人口，其妙至欲胜盛唐。予谓绝句觉妙，正是晚唐未妙处，其胜盛唐，乃其不及盛唐也。晚唐快心露骨，便非本色。议论高处，逗宋诗之径；声调卑处，开大石之门。"（原注，以上俱敬美语。）胡元瑞云："晚唐绝，'东风不与周郎便，铜雀春深锁二乔''可怜夜半虚前席，不问苍生问鬼神'，皆宋人议论之祖。间有极工者，亦气韵衰飒，天壤开宝。然书情则恻怆而易动人，用事则巧切而工悦俗。世希大雅，或以为过盛唐。具眼观之，不待其辞毕矣。"愚按，晚唐绝句，二子乃深得之。但二诗虽为议论之祖，然"东风"二句，犹有晚唐音调，"可怜"二句，则全入议论矣。（按许所引王敬美语出其所著《艺圃撷余》，文字微有不同。）

清屈绍隆《粤游杂咏序》（摘录）

（按绍隆乃屈大均之原名。）

诗以神行，使人得其意于言之外，若远若近，若无若有。云之于天，月之于水，心得而会之，口不得而言之，斯诗之神者也。而五七言绝句，尤贵以此道行之。昔之擅其妙者，在唐有太白一人，盖非摩诘、龙标之所及。吾尝以太白为五七绝之圣，所谓鼓之舞之以尽神，繇神入化为盛德之至者也。

清王夫之《姜斋诗话》卷二

七言绝句，惟王江宁能无疵颣；储光羲、崔国辅其次者。至若"秦时明月汉时关"，句非不练，格非不高，但可作律诗起句，施之小诗，未免有头重之病。若"水尽南天不见云""永和三日荡轻舟""囊无一物献尊亲""玉帐分弓射虏营"，皆所谓滞累，以有衬字故也。其免于滞累者，如"只今惟有西江月，曾照吴王宫里人""黄鹤楼中吹玉笛，江城五月落梅花""此夜曲中闻折柳，何人不起故园情"，则又疲苶无生气，似欲匆匆结煞。

作诗但求好句，已落下乘。况绝句只此数语，拆开作一俊语，岂复成诗？"百战方夷项，三章且易秦。功归萧相国，气尽戚夫人。"恰似汉高帝谜子，掷开成四片，全不相关通，如此作诗，所谓"佛出世也救不得"也。

论画者曰："咫尺有万里之势。"一"势"字宜著眼。若不论势，则缩万里于咫尺，直是《广舆记》前一天下图耳。五言绝句，以此为落想时第一义。惟盛唐人能得其妙，如"君家住何处？妾住在横塘。停船暂借问，或恐是同乡"，墨气所射，四表无穷，无字处皆其意也。

五言绝句自五言古诗来，七言绝句自歌行来，此二体本在律诗之前；律诗从此出，演令充畅耳。有云绝句者，截取律诗一半，或绝前四句，或绝后四句，或绝首尾各二句，或绝中两联。审尔，断头刖足为刑人而已。不知谁作此说，戕人生理。自五言古诗来者，就一意中圆净成章，字外含远神，以使人思。自歌行来者，就一气骀宕灵通，句中有余韵，以感人情。修短虽殊，而不可杂冗滞累，则一也。五言绝句有平铺两联者，亦阴铿、何逊古诗之支裔。七言绝句有对偶，如"故乡今夜思千里，霜鬓明朝又一年"，亦流动不羁，终不可作"江间波浪兼天涌，塞上风云接地阴"平实语。是绝律四句之说，牙行赚客语。皮下有血人不受他和哄。

清卢世㴶《紫房余论》

天生太白、少伯以主绝句之席，勿论有唐三百年，两人为政，亘古今来，无复有骖乘者矣。子美洽与两公同时，又与太白同游，乃恣其崛强之性，颓然自放，独成一家，可谓巧于用拙，长于用短，精于用粗，婉于用戆者也。

王士祯《唐人万首绝句选·凡例》（摘录）

五言初唐王勃独为擅场，盛唐王、裴辋川倡和，工力悉敌。刘须溪有意抑裴，谬论也。李白气体高妙，崔国辅源本齐梁，韦应物本出右丞，加以古淡。后之为五言者，于此数家求之，有余师矣。

七言初唐风调未谐，开元天宝诸名家无美不备。李白、王昌龄尤为擅场。昔李沧溟推"秦时明月汉时关"一首压卷，余以为未允，必求压卷则王维之"渭城"、李白之"白帝"、王昌龄之"奉帚平明"、王之涣之"黄河远上"，其庶几乎！而终唐之世，绝句亦无出四章之右者矣。中唐之李益、刘禹锡，晚唐之杜牧、李商隐四家亦不减盛唐之作者云。

唐绝句有最可笑者，如"人主人臣是亲家"，如"蜜蜂为主各磨牙"，如"若教过客都来吃，采尽商山枳壳花"，如"两人对坐无言语，尽日惟闻落子声"，如"今朝有酒今朝醉，明日愁来明日当"，当日如何下笔，后世如何竞传，殆不可晓。

清管世铭《读雪山房唐诗钞》卷二十七
《五绝凡例》（摘录）

八音之内，磬最难和，以其促数而无余韵也，可悟五言绝句之妙。王勃绝句若无可喜而优柔不迫，有一倡三叹之音。读崔颢《长干曲》，宛如舣舟江上，听儿女子问答，此谓天籁。专工五言小诗自崔国辅始，篇篇有乐府遗意。王维妙悟，李白天才，即以五言绝句论之，亦古今之岱、华也。裴迪辋川唱和不失为摩诘劲敌。王之涣"黄河远上"之外，五言如《送别》及《登鹳雀楼》二篇，亦当入旗亭之画。王维"红豆生南国"，王之涣"杨柳东门树"，李白"天下伤心处"，皆直举胸臆，不假雕锼。祖帐离筵，听之惘惘，二十字移情，固至此哉。韦苏州五言高妙，刘宾客七律沉雄，以作小诗，风流未远。

钱起《江行》、卢纶《塞下》，大历之高唱也。李君虞声情凄惋，尤篇篇可入管弦。孟郊之《古别离》，即其古诗。王建之《新嫁娘》，即其乐府。

司空曙之"知有前期在"，金昌绪之"打起黄莺儿"，张仲素之"提笼忘采叶"，于武陵之"远天明月出"，刘采春所歌之"不喜秦淮水"，盖嘉运所进之"北斗七星高"，或天真烂漫，或寄意深微，虽使王维、李白为之，未能远过。张祜"故国三千里"，亦自激楚动人。李义山《乐游原》诗消息甚大，为绝句中所未有。

同书卷二十九《七绝凡例》

初唐七绝，味在酸咸之外，"人情已厌南中苦，鸿雁那从北地来""独怜京国人南窜，不似湘江水北流""即今河畔冰开日，正是长安花落时"，读之初似常语，久而自知其妙。摩诘、少陵、太白三家鼎足而立，美不胜收。王之涣独以"黄河远上"篇当之，彼不厌其多，此不愧其少，可谓拔戟自成一队。王、李之外，岑嘉州独推高步，惟去乐府意渐远。常建、贾至作虽不多，亦臻大雅。少陵绝句，《逢李龟年》一首而外，皆不能工，正不必曲为之说，然质重之中，时得《铙吹》《竹枝》之遗意，则亦诸家所无也。

　　韦苏州《和人求橘》一章潇洒独绝，匪特世所称"门对寒流""春潮带雨"而已。大历以还，韩君平之婉丽，李君虞之悲慨，犹有两王遗韵，宜当时乐府传播为多。李庶子绝句，出手即有羽歌激楚之音，非古伤心人不能及此。刘宾客无体不备，蔚为大家，绝句中之山海也。始以议论入诗，下开杜紫微一派。玄都观前后看桃二作，本极浅直，转不足存。张仲素《塞下》《秋闺》诸曲，升王江宁之堂。张籍《秋思》《凉州》等篇，入岑嘉州之室。《竹枝》始于刘梦得，《宫词》始于王仲初，后人仿为之者，总无能掩出其上也。"树头树底觅残红"，于百篇中宕开一首，尤非浅人所解。王涯诸作，佳者几可乱群。

　　张祜喜咏天宝遗事，合者亦自婉约可思。杜紫微天才横逸，有太白之风，而时出入于梦得，七言绝一体，殆尤专长。观玉溪生"高楼风雨"云云，倾倒之者至矣。于鹄、雍陶名不甚著，而绝句颇多雅音。

　　李义山用意深微，使事稳惬，直欲于前贤之外，另辟一奇，绝句秘藏，至是尽泄，后人更无可以展拓处也。王阮亭司寇删定洪氏《万首唐人绝句》，以王维之"渭城"、李白之"白帝"、王昌龄之"奉帚平明"、王之涣之"黄河远上"为压卷，黜于前之举"蒲萄美酒""秦时明月"者矣。近沈归愚宗伯亦效举数首以续之。今按其所举为杜牧"烟笼寒水"一首为当，其柳宗元之"破额山前"，刘禹锡之"山围故国"，李益之"回乐峰前"，诗虽佳而非其至。郑谷"扬子江头"不过稍有风调，尤非数诗之匹也。必欲求之，其张潮之"茨菇叶烂"，张继之"月落乌啼"，钱起之"潇湘何事"，韩翃之"春城无处"，李益之"边霜昨夜"，刘禹锡之

"二十余年"，李商隐之"珠箔轻明"，与杜牧《秦淮》之作，可称匹美。

唐末之绝句不少名篇。司空图《赠日本鉴禅师》，崔涂《读庾信集》，骨色神韵，俱臻绝品，可以俯视众流矣。曹唐《小游仙》、王涣《惆怅诗》至为凡陋，然"玉诏新除沈侍郎""他年江令独来时"，未尝无孤鹤出群之致。罗虬《比红儿》百首，胡曾《咏古》诸篇，轻佻浅鄙，又下二人数等，不识何以流传至今。选中亦各收其一，此外皆当付之秉炬矣。

诗中谐隐始于古"稿砧"诗，唐贤绝句间师此意。刘梦得"东边日出西边雨，道是无晴却有晴"，温飞卿"玲珑骰子安红豆，入骨相思知不知"，古趣盎然，勿病其俚与纤也。李商隐"只应同楚水，长短入淮流"，亦是一家风味。

清沈德潜《唐诗别裁集·凡例》（摘录）

五言绝句，右丞之自然，太白之高妙，苏州之古淡，纯是化机，不关人力。他如崔颢《长干曲》、金昌绪《春怨》、王建《新嫁娘》、张祜《宫词》等篇，虽非专家，亦称绝调，后人当于此问津。

七言绝句，贵言微旨远，语浅情深，如清庙之瑟，一倡而三叹，有遗音者矣。开元之时，龙标、供奉，允称神品。外此高、岑起激壮之音，右丞作凄惋之调，以至"蒲桃美酒"之词，"黄河远上"之曲，皆擅场也。后李庶子、刘宾客、杜司勋、李樊南、郑都官诸家，托兴幽微，克称嗣响。

清沈德潜《说诗晬语》卷上

绝句，唐乐府也。篇止四语，而倚声为歌，能使听者低回不倦。旗亭妓女，犹能赏之，非以扬音抗节，有出于天籁者乎！着意求之，殊非宗旨。

七言绝句，以语近情遥、含吐不露为主。只眼前景、口头语，而有弦外音、味外味，使人神远，太白有焉。

王龙标绝句，深情幽怨，意旨微茫。"昨夜风开露井桃"一章，只说他人之承宠，而己之失宠，悠然可思。此求响于弦指外也。"玉颜不及寒鸦色"两言，亦复优柔婉约。

"秦时明月"一章，前人推奖之，而未言其妙。盖言师劳力竭，而功不成，繇将非其人之故；得飞将军备边，边烽自熄。即高常侍《燕歌行》，归重"至今人说李将军"也。防边筑城，起于秦汉，明月属秦关属汉，诗中互文。

李沧溟推王昌龄"秦时明月"为压卷，王凤洲推王翰"蒲桃美酒"为压卷，本朝王阮亭则云："必求压卷，王维之'渭城'、李白之'白帝'、王昌龄之'奉帚平明'、王之涣之'黄河远上'，其庶几乎！而终唐之世，亦无出四章之右者矣。"沧溟、凤洲主气，阮亭主神，各自有见。愚谓李益之"回乐峰前"，柳宗元之"破额山前"，刘禹锡之"山围故国"，杜牧之"烟笼寒水"，郑谷之"扬子江头"，气象稍殊，亦堪接武。

诗有当时盛称而品不贵者：王维之"白眼看他世上人"，张谓之"世人结交须黄金"，曹松之"一将功成万骨枯"，章碣之"刘项原来不读书"，此粗派也；朱庆馀之"鹦鹉前头不敢言"，此纤小派也；张祜之"淡扫蛾眉朝至尊"，李商隐之"薛王沉醉寿王醒"，此轻薄派也。又有过作苦语而失者，元稹之"垂死病中惊起坐，暗风吹雨入船窗"，情非不挚，成蹙頞声矣；李白"杨花落尽子规啼"，正不须如此说。

清施闰章《蠖斋诗话》（唐人绝句条）

太白、龙标外，人各擅能。有一口直述，绝无含蓄转折，自然入妙，如"昔年今日此门中，人面桃花相映红。人面不知何处去，桃花依旧笑春风""清江一曲柳千条，二十年前旧板桥。曾与美人桥上别，恨无消息到今朝""画松一似真松树，待我寻思记得无。曾在天台山上见，石桥南畔第三株"，此等著不得气力学问，所谓诗家三昧，直让唐人独步。宋贤要入议论、著见解，力可拔山，去之弥远。

清宋荦《漫堂说诗》

五言绝句，起自古乐府，至唐而盛。李白、崔国辅号为擅场。王维、裴迪辋川倡和，开后来门径不少。钱、刘、韦、柳，古淡清逸，多神来之句，所谓好诗必是拾得也。历代佳什，往往而有。要之词简而味长，正难率意措手。六言作者寥寥，摩诘、文房偶一为之，不过诗人之余技耳。

诗至唐人七言绝句，尽善尽美。自帝王公卿、名流方外，以及妇人女子，佳作累累。取而讽之，往往令人情移，回环含咀，不能自已，此真《风》《骚》之遗响也。洪容斋《万首唐人绝句》，编辑最广，足资吟咏。大抵各体有初盛中晚之别，而三唐七绝，并堪不朽。太白、龙标绝伦逸群。龙标更有"诗天子"之号。杨升庵云："龙标绝句无一篇不佳。"良然。少陵别是一体，殊不易学。宋元以后，颇有名篇。较之唐人，总隔一尘在。

清叶燮《原诗》

七言绝句，古今推李白、王昌龄。李俊爽，王含蓄。两人辞、调、意俱不同，各有至处。李商隐七绝，寄托深而措辞婉，实可空百代无其匹也。

杜七绝轮囷奇矫，不可名状。在杜集中，另是一格，宋人大概学之。宋人七绝，大约学杜者什六七，学李商隐者什三四。

清薛雪《一瓢诗话》

平生最爱随笔纳忠触景垂戒之作，如"昨日到城郭，归来泪满巾。遍身罗绮者，不是养蚕人""锄禾日当午，汗滴禾下土。谁知盘中餐，粒粒皆辛苦""子规啼彻四更时，起视蚕稠怕叶稀。不信楼头杨柳月，玉人歌舞未曾归""地湿莎青雨后天，桃花红近竹林边。游人本是农桑客，记得春深欲种田""一曲清歌一束绫，美人犹自意嫌轻。不知织女寒窗下，多少工夫织得成""一株杨柳一株花，云是官家卖酒家。惟有吾乡风土异，春深无处不桑麻""采采西风雪满篮，御寒功已倍春蚕。世间多少闲花草，无补生民亦自惭"之类，不论唐宋元明，中华异域，男子妇人所作，凡似此等，见必手录。信口闲哦，未尝忘之。

樊川"东风不与周郎便，铜雀春深锁二乔"，妙绝千古。言公瑾军功止借东风之力。苟非东风之便，以破曹兵，则二乔亦将被虏，贮之铜雀台上。"春深"二字，下得无赖，正是诗人调笑妙语。许彦周谓："孙氏霸业，系此一战。社稷存亡、生灵涂炭都不问，只恐捉了二乔，可见措大不识好恶。"此老专一说梦，不禁齿冷。

清钱木庵《唐音审体》(律诗五言绝句论)

二韵律诗，谓之绝句，所谓四句一绝也。《玉台新咏》有古绝句，古诗也。唐人绝句多是二韵律诗，亦不论用韵平仄，其辨在于声韵。古今人语音讹变，遂不能了了。其第二字或用平仄平仄，或用仄平仄平，不相黏缀者，谓之折腰体。五言、七言皆然。宋人有谓绝句是截律诗之半者，非也。

同书(律诗七言绝句论)

绝句之体，五言七言略同。唐人谓之小律诗，或四句皆对，或四句皆不对，或二句对、二句不对，无所不可。所稍异者，五言用韵，不拘平仄，七言则以平韵为正，然仄韵亦非不可用也。其作法则与四韵律诗迥别。四韵气局舒展，以整严为先；绝句气局单促，以警拔为上。唐人名作，家弦户诵者，绝句尤多。其"离合""叠字"诸体，近于儿戏。然古人业有此格，不可不知。

清马位《秋窗随笔》

李益诗："早雁忽为双，惊秋风水凉。夜长人自起，星月满空江。"所谓"不著一字，尽得风流"者耶？

郑云叟《富贵曲》云："美人梳洗时，满头间珠翠。岂知两片云，戴却数乡税。"李山甫《公子家》："不知买尽长安笑，活得苍生几户贫！"唐人犹有《咏蚕》诗云："遍身罗绮者，不是养蚕人。"此等诗读之令人知衣食艰难，有关风化，得《三百篇》遗意焉。（按《公子家》乃七律末二句，《咏蚕》乃北宋张俞作。）

清黄子云《野鸿诗的》

绝句字无多，意纵佳，而读之易索，当从《三百篇》中化出，便有韵味。龙标、供奉擅场一时，美则美矣，微嫌有窠臼，其余亦互有甲乙。总之，未能脱调，往往至第三句意欲取新，作一势喝起，末或顺流泻下，或回波倒卷，初诵时殊觉醒目，三遍后便同嚼蜡。浣花深悉此弊，一扫而新之，既不以句胜，并不以意胜，直以风韵动人，洋洋乎愈歌愈妙。如寻花也，有曰："诗酒尚堪驱使在，未须料理白头人。"又曰："桃花一簇开无主，可爱深红更浅红。"余童子时，闻一二老宿尝云："少陵五律各体尽善，七绝独非所长。"及年二十，于少陵五律稍有得，越数年从海外归，七古歌行亦有得；迨三十七八时，奔走岭外，五古、七律始窥堂户；明年于新安道上，方悟少陵七绝，实从《三百篇》来，高驾王、李诸公多矣。

清李重华《贞一斋诗说》

五言绝发源《子夜歌》，别无谬巧，取其天然，二十字如弹丸脱手为妙。李白、王维、崔国辅各擅其胜，工者俱吻合乎此。

七绝乃唐人乐章，工者最多。朱竹垞云，七绝至境，须要诗中有魂，"入神"二字，未足形容其妙。李白、王昌龄后，当以刘梦得为最，缘落笔朦胧缥缈，其来无端，其去无际故也。杜老七绝欲与诸家分道扬镳，故尔别开异径，独其情怀最得诗人雅趣。

清施补华《岘佣说诗》

谢朓以来，即有五言四句一体，然是小乐府，不是绝句。绝句断自唐始。五绝只二十字，最为难工，必语短意长而声不促，方为佳唱。若意尽言中，景尽句中，皆不善也。

摩诘《临高台送黎拾遗》："相送临高台，川原杳何极。日暮飞鸟还，行人去不息。"所谓语短意长而声不促也。可以为法。

辋川诸五绝，清幽绝俗。其间"空山不见人""独坐幽篁里""木末芙蓉花""人闲桂花落"四首尤妙，学者可以细参。

王昌龄："棕榈花满院，苔藓入闲房。彼此名言绝，空中闻异香。"句中有禅理，句外有神韵，可法也。

张仲素《春闺》："袅袅城边柳，猗猗陌上桑。提笼忘采叶，昨夜梦渔阳。"归愚尚书谓暗用"采采卷耳，不盈顷筐。嗟我怀人，置彼周行"意，甚是。

七绝用意宜在第三句，第四句只作推宕，或作指点，则神韵自出。若用意在第四句，便易尽矣。若一二句用意，三四句全作推宕、作指点，又易空滑。故第三句是转柂处。求之古人，虽不尽合，然法莫善于此也。

王翰《凉州词》："蒲萄美酒夜光杯，欲饮琵琶马上催。醉卧沙场君莫笑，古来征战几人回！"作悲伤语读便浅，作谐谑语读便妙，在学人领悟。

"秦时明月"一首，"黄河远上"一首，"天山雪后"一首，"回乐峰前"一首，皆边塞名作，意态绝健，音节高亮，情思徘恻，百读不厌也。

清刘熙载《艺概》卷二《诗概》

绝句取径贵深曲，盖意不可尽，以不尽尽之。正面不写，写反面；本面不写，写对面、旁面，须如睹影知竿乃妙。

绝句于六义多取风、兴，故视他体尤以委曲、含蓄、自然为高。

以鸟鸣春，以虫鸣秋，此造物之借端托寓也。绝句之小中见大，似之。

绝句意法无论先宽后紧，先紧后宽，总须首尾相衔，开阖尽变。至其妙用，惟在借端托寓而已。

出版后记

　　刘永济先生是我国现代著名的古典文学大家，其治学严谨，颇具见地。《唐人绝句精华》是刘永济先生晚年编著作品。基于南宋洪迈《万首唐人绝句》，先生优化选目，充实内容，选诗共 788 首，全面评述、展现了唐代绝句的源流正变及艺术价值。为尊重刘永济先生作品原貌，本书审改过程中参校中华书局 2010 年版《唐人绝句精华》，仅对个别字词及标点错误进行了修改。

　　另外，《唐人绝句精华》首版于 1981 年，而近年来行政区划变化较大。如刘永济先生称临圻"在今江苏江宁县东北三十里"，江宁县今已撤县，为南京市江宁区。又如"山西临汾县"，临汾县现已撤县并入临汾市。凡此种种，恕不一一列举。因现下行政区划已不能与此前区划及古代地名完全对应，故本书审改过程中并未改动刘永济先生原作地名。

　　编者学识有限，若有不妥及错漏处，敬请读者指正。